Blutnächte

EMILIA JONES

Blutnächte

EROTISCHER VAMPIRROMAN

Plaisir d'Amour Verlag

EMILIA JONES

Blutnächte

EROTISCHER VAMPIRROMAN

www.plaisirdamourbooks.com

info@plaisirdamourbooks.com

Plaisir d'Amour Verlag

Postfach 11 68

D-64684 Lautertal

Coverfoto: © Sabine Schönberger / www.sabine-schoenberger.de

Cover-Layout: Dody Klein / www.dquadr.at

ISBN: 978-3-938281-39-0

Paris

Jesse fühlte sich glücklich. Berauscht. Wie lange war es her, dass sie sich dafür entschieden hatte, Andrews ewiges, dunkles Dasein zu teilen? Einen Monat? Ein Jahr? Sie erinnerte sich nicht. Zeit spielte keine Rolle mehr. Sie hatte die Ewigkeit vor sich – an der Seite eines wundervollen Mannes. Seine Anwesenheit füllte sie vollkommen aus. Seine sanften Berührungen auf ihrer Haut. Das Drängen nach mehr, das ihnen inne wohnte.

Wie ein warmer Hauch glitten seine Finger über ihre Taille, hinauf zu ihren kleinen, festen Brüsten. Er hinterließ eine Spur von winzigen Küssen auf ihrem flachen Bauch. Feuer breitete sich in ihrem Inneren aus. Leise stöhnend reckte sie den Kopf. Ihre Hände massierten kurz seinen Nacken, bevor sie in seinem dichten schwarzen Haar versanken.

Andrews Lippen fuhren über ihren Hals. Seine Zähne streiften ihre Haut, ohne sie jedoch zu verletzen. Lediglich mit der Zungenspitze verweilte er einen unsagbar langen Moment, um das sanfte Pochen ihres Pulses zu spüren und in sich aufzunehmen. Dann hob er den Kopf und suchte ihren Mund, der seinen sinnlichen Kuss nur allzu bereitwillig erwiderte.

Ein überwältigendes Kribbeln breitete sich in Jesse aus. Sie fühlte sich so wohl mit ihm – und in ihrer neuen Umgebung.

Alles daran stimmte auf merkwürdige Weise. Selbst das zügellose Treiben im Club Noir störte sie nicht im Geringsten. Dies hatte ihr anfangs die größten Sorgen bereitet – die Vampire und die aufreizend gekleideten Frauen. Sie alle kamen nur an diesen Ort, um ihre Gier nach Blut und Sex zu stillen. Aber es war ihr egal. Jede neue Nacht rückten diese Dinge ein Stück mehr in den Hintergrund. Es gab nur noch Andrew und sie – und Mr. Lowman, durchfuhr es Jesse plötzlich eiskalt. Wie hatte sie ihn nur vergessen können? Drei Nächte lag ihr Telefonat mit ihm bereits zurück.

Jesse entzog sich Andrews sanfter Umarmung. Sie drehte sich auf den Rücken und starrte hinauf zur Decke. Ihre Züge wirkten angespannt und nachdenklich. Durch ihre langsame Atmung senkte sich ihre Brust verführerisch auf und ab. Andrew konnte sich ihrem sinnlichen Anblick einfach nicht entziehen. Er fuhr mit einer Hand ihre Taille hinauf zu ihrem Dekolleté. Dann spielte er mit ihren Knospen. Neckend umkreisten seine Fingerspitzen sie, bis er sich schließlich vorlehnte und eine von ihnen mit seinen Lippen umschloss.

Begierig seufzte Jesse auf. Sie spürte das Verlangen in sich, obwohl sie es doch gerade erst gestillt hatte.

„Andrew …“, flehte sie schwach, „bitte nicht.“

„Warum nicht?“ Seine leidenschaftlichen Küsse brannten heiß auf ihrer Haut. Sie spürte seine Zunge, die ihre Halsbeuge kitzelte. Ganz sachte streiften seine spitzen Zähne über ihren Nacken. Er war hungrig nach ihr, in jeder erdenklichen Weise. Doch Jesse schob ihn von sich.

„Du willst mich quälen." Seine dunklen Augen blitzten auf. Er nahm sie ins Visier, beobachtete ihre Reaktionen.

„Nein, ganz bestimmt nicht." Ihre Stimme war leise. Zudem scheute sie sich davor, ihn anzusehen. Sie zog sich zurück. „Ich quäle mich selbst."

„Das musst du nicht." Beschützend schloss er seine Arme um sie und zog sie ganz dicht an seinen athletischen Körper. „Erzähl mir, was dich beschäftigt. Du kannst mir alles sagen. Ich bin immer für dich da."

„Sicher?" Zaghaft legte sie ihre Finger auf seine Brust. „Du könntest mir böse sein."

„Nein, niemals."

„Ich habe eine Entscheidung getroffen, ohne dich vorher um deine Meinung zu fragen."

„So?" Er legte den Kopf zurück in die Kissen und betrachtete sie aufmerksam. Seine Miene wirkte belustigt, gerade so, als würde er es gar nicht für möglich halten, dass sie seinen Zorn erwecken könnte.

„Es geht um Paris."

„Oh ja, Paris ist wirklich eine schöne Stadt. Ich sollte mit dir dorthin." Schon drängte er sich wieder näher an sie und legte alles daran, sie mit seinen Liebkosungen abzulenken. „Aber dafür haben wir noch Zeit. Mindestens eine Ewigkeit …"

„Nein!", begehrte Jesse auf und schob ihn von sich. Sie musste sich aus seiner stürmischen Umarmung regelrecht frei kämpfen.

Andrew sah irritiert auf. Im Moment stand ihm der Sinn absolut nicht nach Diskussionen. Aber Jesse würde ihm offensichtlich keine andere Wahl lassen.

„Gut." Er gab sich geschlagen und nahm seine Hände von ihr. Genüsslich streckte er sich und verschränkte die Arme im Nacken, um Jesse schließlich auffordernd anzusehen. Ihm entging nicht, wie sehr sie sich zusammenreißen musste, um den Blick nicht permanent über seinen nackten Körper streifen zu lassen.

„Da gibt es ein Problem." Jesse setzte ein hilfloses Lächeln auf. Sie wagte nicht, Andrew in die Augen zu sehen. „Wir haben nicht die ganze Ewigkeit Zeit, um nach Paris zu gehen. Sondern nur zwei Tage."

„Zwei Tage!" Er lachte auf, als hätte sie einen Scherz gemacht.

Allerdings meinte sie es tatsächlich ernst. Paris war ihr wichtig. Sie würde alles tun, um ihren Willen durchzusetzen.

„Bitte! Du musst mit mir dorthin! Ich habe es Mr. Lowman bereits versprochen."

„Nun, dann wirst du deinen Mr. Lowman wohl enttäuschen müssen." Andrew streckte eine Hand aus und glitt mit den Fingern durch ihr blondes, langes Haar. Er spielte mit einer Strähne. Für gewöhnlich wäre Jesse nur allzu bereitwillig darauf eingegangen. Dieses Mal jedoch nicht. „Das werde ich nicht tun." Sie rutschte von ihm fort, sprang schließlich mit einem Satz vom

Bett, griff nach ihrem seidenen Morgenmantel und schlüpfte hinein. „Ich gehe allein. Du musst nicht mitkommen."

„Jesse!" Andrew richtete sich auf. Es war offensichtlich, dass sie ihre Reise nach Paris längst beschlossen hatte, egal, was er dazu sagte. „Was soll das? Komm wieder her!"

Doch sie schüttelte nur den Kopf.

Ärgerlich verzog er das Gesicht. An derlei Widerworte hatte er sich noch längst nicht gewöhnt. Schnell war auch er auf den Füßen. Schneller als Jesse reagieren konnte, stand er hinter ihr und schlang seine Arme um sie. Ganz nah zog er sie zu sich heran. Sie spürte seinen heißen Atem in ihrem Nacken, und wie seine Lippen gierig über ihre Haut glitten.

„Andrew …" Wohlige Schauer durchströmten ihren Körper. Das vertraut gewordene Pulsieren in ihrem Schoß ließ sie alarmiert aufbegehren. Er wollte doch nicht etwa auf diese Art ihren Willen brechen?

„Ich werde mich nicht umstimmen lassen." Sie machte sich aus seiner Umarmung frei, mit dem Erfolg, dass er sie bei den Schultern packte und zu sich herum drehte. Seine dunklen, unergründlichen Augen funkelten wild.

„Warum bist du nur so stur?", fragte er gequält.

„Das könnte ich dich auch fragen!"

Mit einem Seufzen fuhren seine Finger ihre Arme hinab, schließlich nahm er ihre Hände in die seinen und führte sie zu seinem Mund. Er hauchte einen zärtlichen Kuss auf ihren Handrücken, bevor er wieder zu Jesse aufsah.

„Mein Engel."

Sie verfluchte diesen Blick, mit dem er es immer wieder schaffte, ein sehnsuchtsvolles Verlangen in ihr auszulösen.

„Du weißt, dass ich mich um den Club kümmern muss. Wenn du unbedingt möchtest, können wir für ein oder zwei Tage nach Paris gehen, aber nicht länger. Die Vampire brauchen jemanden, der darauf achtet, dass die Regeln eingehalten werden. Brüssel würde in einem Blutbad untergehen, wenn niemand auf sie aufpasst. Du müsstest das doch wissen. Du kennst sie mittlerweile."

Jesse entzog ihm ihre Hände und verschränkte die Arme vor der Brust. Es fiel ihr unsagbar schwer, den Blick von Andrew abzuwenden. Am liebsten wäre sie schwach geworden – hätte sich auf der Stelle von ihm verführen und verwöhnen lassen. Aber sie wollte ihre eigenen Bedürfnisse nicht ständig dem Club-Geschehen unterordnen. Auch wenn sie sich nun mit Unsterblichkeit rühmen konnte, so hatte sie doch nach wie vor ein eigenes Leben. Und eigene Interessen – wie die Kunst.

„Ich sagte bereits, ich gehe alleine", beharrte sie.

Andrew konnte nicht fassen, welch große Blockade seine Geliebte vor ihm aufbaute. Sie ließ ihn keinen Millimeter mehr an sich heran. Ihr Verhalten war so unvernünftig, dass er vor Zorn mit den Zähnen knirschte.

„Wie stellst du dir das vor? Wie willst du in Paris überleben? Du kennst die Clubs nicht, in denen du dir Nahrung verschaffen könntest.“

„Nun, ich denke, in Paris werden genug Menschen herumlaufen, denen ich ein wenig Blut abzapfen kann.“

„Und du meinst, die Menschen dort lassen sich das einfach so gefallen, ohne etwas gegen dich zu unternehmen? Es wäre niemand da, der dich beschützt. Ich wäre nicht da.“

Jesse starrte an ihm vorbei. Er hatte mit seinem Einwand absolut recht. Sie wusste nicht, wie sie in Paris überleben sollte – woher sie das Blut bekommen könnte, um ihr eigenes Dasein zu sichern. Allerdings würde sie das niemals vor ihm zugeben. Sie hüllte sich in Schweigen.

Andrew wollte sie packen und dieses unsinnige Vorhaben von ihr abschütteln. Es trieb ihn zur Weißglut. Doch er erkannte auch, dass sie etwas vollkommen Unvernünftiges tun würde, ginge er nun nicht auf sie ein. Er überwand seinen Groll und nahm sie behutsam in den Arm.

„Ist es dir wirklich so wichtig?“

„Ja“, hauchte sie gegen seinen starken Oberkörper. Widerwillig ergab sie sich seiner betörenden Wärme.

„Dann finde ich eine Lösung.“ Mit diesem Versprechen konnte er ihr endlich einen langen, eindringlichen Kuss abringen. Er weckte die Glut in ihr, brachte sie zum ekstatischen Auflodern.

„Und du sagst das nicht nur, um mich rumzukriegen?“ Mit einem unschuldigen Blick sah sie zu ihm auf. Wäre es so gewesen, hätte sie seinen Verführungskünsten dennoch kaum länger widerstehen können. Ihre Haut reagierte unfassbar sensibel auf jede seiner Berührungen. Es durchfuhr sie heiß und kalt, als er ihr den Morgenmantel wieder vom Leib streifte.

„Das würde ich niemals tun.“ In seiner Stimme schwang unverkennbar ein Funke von Belustigung mit. Doch seine Hände glitten ernsthaft fordernd über ihre festen Brüste. Sie fuhren hinab zu ihrer Taille und legten sich schließlich auf ihre Pobacken. Er hob sie ganz leicht an, so dass Jesse spüren konnte, wie hart und bereit Andrew war. Mit einem sehnsuchtsvollen Seufzen schlang sie die Arme um seinen Nacken. Heiße Glutwellen durchströmten ihren Schoß, als sie Andrew bereitwillig in sich aufnahm. Er hielt sie ganz fest und schob sie in kleinen Stößen auf und ab. Jesse hatte den Boden unter ihren Füßen längst verloren. Ihre Beine klammerten sich um Andrews Leib. Keuchend suchte sie nach Halt. Sie fand feuchte, gierige Lippen, die ihre Laute der Lust erstickten. Dieser Vampir raubte ihr den Atem. Füllte sie aus. Vollkommen.

Ihre Wahrnehmungskraft verwandelte sich in einen leidenschaftlich verschwommenen Nebel. Sie bemerkte nicht einmal, wie eindringlich ihre Fingernägel über Andrews Rücken kratzten. Flammend rote Striemen zeichneten sich auf seiner Haut ab. Er entwand sich dem nicht. Stattdessen drang er immer fordernder in sie ein. Er ließ von ihrem Mund ab, um heiser an ihrem Ohr zu flüstern, wie sehr er sie begehrte.

Der Höhepunkt durchfuhr sie wie ein heißer Blitz. Sie erschauderte ein ums andere Mal, bis Andrew sich schließlich in ihr ergoss und ihren bebenden Körper ruhig und fest in seine Arme schloss.

Pascal streichelte über den schlanken Hals der jungen Claudette. Sie stöhnte wollüstig unter seinen flüchtigen Berührungen. Es bedurfte nicht viel, um sie wie Wachs in seinen Händen zerfließen zu lassen. Mit einem Aufbäumen presste sie ihren Oberkörper fest gegen den seinen. Er spürte, wie sich ihre harten Knospen an ihm rieben.

Unter seinen Lippen pulsierte verlockend ihr Blut. Ihr Herzschlag ging auf ihn über, versetzte ihn in ekstatisches Verlangen, bis er sich kaum mehr zurückhalten konnte. Er musste sich beherrschen, um seine Zähne nicht wie ein wildes Tier in ihren Hals zu schlagen.

„Nimm mich endlich", seufzte sie auf. „Warum wartest du so lange?" Ein weinerlicher, wimmernder Unterton lag in ihrer Stimme.

„Gleich ..." Er küsste ihre Halsbeuge, fuhr mit der Zunge genüsslich ihre Haut entlang und vergrub sich schließlich mit einem langsamen Biss in ihr.

Claudette stieß einen befriedigten Laut aus, als hätte sie soeben ihren Höhepunkt erreicht. Tatsächlich begann sie jedoch das Bewusstsein zu verlieren. Vor ihren Augen flackerte die Realität dahin. Pascal trank in bedächtigen Schlucken, ließ dabei immer wieder seine Hände über ihren Körper gleiten. Seine Fingerspitzen fuhren über ihre Taille, glitten hinauf bis zu den Achselhöhlen und schlossen sich am Ende um ihre Brüste. Sein Mund löste sich von ihrem Hals, wollte sich den verlockenden Knospen widmen. Doch genau in diesem Augenblick verspürte er die Anwesenheit eines anderen Vampirs in seinem Nacken.

„Andrew", flüsterte er, ohne den Kopf zu drehen. Ganz gemächlich begann er, die Schnüre von Claudettes Leder-Korsage zu öffnen.

„Wäre es dir wohl möglich, dich von deiner Gespielin zu lösen?" Andrews Ungeduld war nicht zu überhören.

Pascal leckte noch einmal über die kleinen Wunden, die er Claudette soeben beigebracht hatte. Dann küsste er sie zum Abschied auf die Stirn und erhob sich.

„Schlaf schön, meine Hübsche."

Er hätte sich ebenso von einem treuen Hund trennen können. Seine Gesichtszüge blieben vollkommen kalt.

„Sie bedeutet dir nichts", stellte Andrew fest.

Pascal blieb ungerührt. „Ich bin nicht wie du. Für mich ist eine wie die andere. Sie sind alle jung und hübsch und willig. Ich nehme mir ihr Blut und ihre

Unschuld.“ Er betrachtete Claudette, die sich schlummernd in die Kissen kuschelte. „Aber glaub mir – viele von ihnen sind nicht halb so unschuldig, wie sie vorgeben zu sein.“

Claudette war stark angetrunken gewesen, als sie ihn aufgesucht hatte – wie so oft. Seit Wochen verkehrte sie im „Club Noir“. Diese Stätte der Unzüchtigkeit war zu ihrem Lebensinhalt geworden.

Für heute Nacht würde sie allerdings nur noch ihren Rausch ausschlafen. Vermutlich blieb sie bis zum Morgengrauen dort liegen.

„Sie ist nichts Besonderes. Das sind sie nie.“

Andrew musste sich ein Schmunzeln verkneifen. Es gab eine Zeit, in der er Pascals Ansichten geteilt hatte. Nun war jedoch alles ganz anders. Ohne Jesse würde er sein verfluchtes, ewiges Dasein nicht länger ertragen wollen.

„Wie auch immer“, sinnierte er, bevor seine Miene ernst wurde. „Wir müssen uns unterhalten. Aber nicht hier.“ Zu viele Menschen und Vampire hielten sich in der Lounge des Clubs auf, einem großen, runden Raum, der aus samtüberzogenen Liegewiesen bestand. Kerzenschein und gedämpfte Musik gaben ihm eine nebulös-mysteriöse Atmosphäre.

Andrew und Pascal verließen diesen Ort durch einen geheimen Seitengang. Der kurze Weg führte sie direkt in Andrews sogenanntes Büro, ein Zimmer, in dem er alle clubbezogenen Gespräche abhielt. Dort angekommen, nahm er hinter seinem Schreibtisch Platz und brachte sein Anliegen ohne Umschweife vor.

„Du wirst eine wichtige Aufgabe für mich übernehmen.“

„So?“ Pascals helles, fein geschnittenes Gesicht verzog sich angriffslustig, und in seine eisblauen Augen trat ein gefährliches Funkeln. „Das klingt so endgültig. Du weißt, dass ich mir nichts befehlen lasse!“

„Natürlich.“ Andrew seufzte. „Aber mir bleibt keine Wahl. Ich muss dir diese Aufgabe überlassen.“

Pascal legte den Kopf schief. „Was meinst du damit? Was soll ich tun?“

„Du musst dich an meiner Stelle um den Club kümmern.“

„Warum? Hast du etwa vor, mit deiner geliebten Jesse in die Flitterwochen zu fahren?“ Er konnte sich den Anflug der Belustigung nicht verkneifen – und in seiner Stimme schwang dieses deutlich mit.

Bei jedem anderen Vampir hätte Andrew nicht lange gefackelt. Er hätte ihn bei seiner untoten Kehle gepackt und ihn gewürgt. Pascal genoss jedoch seine Freundschaft und sein Vertrauen. Er war beinahe wie ein Bruder für Andrew. Niemals würde er ihn angreifen.

„So etwas in der Art“, erwiderte er daher tonlos. „Wir werden für ein paar Tage nach Paris gehen. Jesse kümmert sich dort um eine Ausstellung.“

Pascal lachte auf. „So weit ist es also schon gekommen? Du tust, was sie sagt. Sie will nach Paris. Sie will sich um ihre Ausstellung kümmern. Und der mächtige Vampir hört auf das kleine Frauchen“, spottete er. „Sie hat dich schwach gemacht. Das solltest du die anderen nicht unbedingt wissen lassen.“

Allmählich wurde Andrew zornig. Er kam sich wie eine Zielscheibe vor, die nicht in der Lage war, seinem Angreifer auszuweichen.

„Hör auf damit!“, knurrte er. „Ich kann dir meine Gründe nicht erklären. Du würdest sie nicht verstehen. Alles, worum ich dich bitte, ist deine Loyalität. Mir gegenüber. Und gegenüber dem Club.“

Andrew war auf die Füße gesprungen und lehnte sich nun über den Tisch zu Pascal vor. Seine Fingernägel bohrten sich in das dunkle Holz – nur ein winziger Ausdruck seiner Wut.

„Kann ich also auf dich zählen?“

Pascal machte einen Schritt rückwärts. Geschmeidig wie eine Raubkatze ließ er sich in den Sessel sinken, der hinter ihm stand. Er starrte Andrew einen Moment lang an, bevor er sich zu einer Antwort entschloss.

„Natürlich.“

Andrew lächelte. Doch Pascal zeigte keine Regung. Wie erstarrt ruhte er in dem Sessel, die Handflächen geradezu gebieterisch auf den Lehnen abgelegt. Sein helles Haar, das in langen Strähnen herabhing, verlieh ihm eine zusätzliche Kühle.

„Du weißt, dass du dich auf mich verlassen kannst.“ Er reckte das Kinn vor. „Aber erwarte von mir kein Verständnis für deine Schwäche. Diese Jesse hat dich vergiftet.“

Andrew entspannte sich. Auch er ließ sich wieder zurück auf seinen Stuhl gleiten.

„Ich will mich nicht darüber unterhalten.“

„Das erwarte ich auch nicht.“ Pascal besah sich wie beiläufig die Fingernägel. „Wann wirst du abreisen? – Du wirst doch auf unserem Weg reisen ...?“ Er schenkte seinem Gegenüber einen kritischen Blick.

Als Andrew nur mit einem Schweigen antwortete, nickte Pascal verstehend und erhob sich. „Sie weiß also gar nichts über uns.“

„Es ist zu früh.“

„Das ist nicht meine Sorge.“

Nachforschungen

„Du hast doch nicht ernsthaft vor, dorthin zu gehen?“ Louisa bedachte ihre Freundin mit einem zweifelnden Blick. Mit den runden Gläsern ihrer Brille und dem festen Haarknäuel auf ihrem Oberkopf wirkte sie wie eine strenge Lehrerin. Das genaue Gegenteil der zierlichen und energischen Isabella, deren schwarze, offen getragene Haare ihr einen Hauch von Exotik verliehen. Nun wippte die lange Mähne unkontrolliert unter den hastigen Schritten der jungen Frau.

„Warum nicht?" Isabella redete, ohne innezuhalten. „Du hast doch selbst gesagt, es wäre die beste Möglichkeit, um den Dingen auf den Grund zu gehen."

Abrupt kam sie vor einem der riesigen Regale der Universitätsbibliothek zum Stehen. Ihre Finger glitten über die Buchreihe. Ziellos. Es schien unmöglich, auf diese Weise überhaupt nur annähernd das zu finden, wonach Isabella suchte. Dennoch zog sie schon im nächsten Augenblick einen grauen Folianten mit schwarzer Aufschrift heraus.

„Aber das habe ich doch nicht ernst gemeint! Isabella!" Louisa ergriff die Freundin am Arm. Die beiden Frauen sahen sich an. „Glaubst du denn wirklich, dass sich irgendwo öffentlich in Brüssel echte Vampire treffen? Wenn es an diesem Ort tatsächlich etwas zu entdecken gibt, dann sicherlich nur einen Haufen Verrückter."

Isabella machte sich von ihr frei. Das Gerede beeindruckte sie nicht im Geringsten. Stattdessen schlug sie das Buch auf und blätterte wie wild darin.

„Alles im Leben wird mit Blut besiegelt", setzte sie wie zu einem Vortrag an. „Jedes Bündnis in früheren Zeiten. Es muss sie schon damals gegeben haben. Es hat sie schon immer gegeben. Nur hier in Brüssel hat sie noch niemand aufgespürt." Wütend klappte sie den Folianten wieder zu. „In diesen verfluchten Büchern steht nicht ein einziger hilfreicher Satz darüber!"

„Isabella", versuchte es Louisa ein weiteres Mal. „Wer weiß, was dir alles passieren könnte!"

„Ich bin alt genug. Ich kann auf mich aufpassen!"

„Was, wenn nicht? Was, wenn es da wirklich Vampire gibt?" Louisa zuckte bei dem Gedanken zusammen. Sie fasste sich an die Kehle, als würde sie keine Luft mehr bekommen. „Sie würden dir dein Blut aussaugen. Vielleicht wirst du selbst zu einer von ihnen – einer Untoten. Hast du darüber schon mal nachgedacht?"

Isabella sah sie gelangweilt von der Seite an. „WIR sind untot", sagte sie lässig. „Nicht tot. Und nicht tot wäre ich auch danach. Was soll mir schon passieren?"

„Du nimmst mich nicht ernst."

„Nein, tue ich auch nicht."

Louisa machte einen Schmollmund. Sie lehnte sich gegen das Bücherregal und verschränkte die Arme vor der Brust.

„Dann geh doch zu deinen Vampiren und lass dir dein Blut aussagen. Ich werde jedenfalls nicht zu deiner Beerdigung kommen!"

Ihr Anblick war einfach zu komisch. Wie sehr sich Isabella auch bemühte, sie konnte sich das Lachen nicht verkneifen. Da behauptete Louisa mit beiden Beinen fest im Leben zu stehen und keinesfalls an jedwede mystische Begebenheit zu glauben. Aber nun, da es um Vampire ging, bekam sie es plötzlich mit der Angst zu tun und tatsächlich an die sagenumwobenen Wesen zu glauben.

„Es wird keine Beerdigung geben.“ Isabella legte ihrer Freundin eine Hand auf die Schulter und drückte sie kurz. „Ich sagte doch schon: Ich werde so oder so nicht tot sein.“

Isabella verharrte vor ihrem offenen Kleiderschrank. Sie legte eine Hand ans Kinn und überlegte, was man sich wohl am besten für die Begegnung mit einem Vampir anziehen sollte. Film und Fernsehen zeigten den Blutsauger jedes Mal in einem düsteren Outfit. Lack, Leder und Latex gehörten zu den bevorzugten Materialien. Farben gab es nicht. Nur schwarz. *Und warum auch nicht*, fragte sich Isabella. Die Nacht an sich war schwarz.

Sie kramte daher einen engen, schwarzen und ärmellosen Overall hervor. Ein einziges Mal hatte sie ihn auf einer Feier getragen. Danach war er, fern jeder Beachtung, in einer dunklen Ecke des Schrankes gelandet.

Isabella stellte sich vor ihren Ganzkörperspiegel und hielt sich das Kleidungsstück an.

„Genau das Richtige für heute Abend“, entschied sie. Es wirkte sexy, obwohl es kaum Haut zeigte. Daher schlüpfte sie in den Stoff und zog ihn über ihre rotleuchtende Spitzenunterwäsche. Nur mit dem Reißverschluss hatte sie Schwierigkeiten. Er befand sich am Rücken, zog sich vom Po bis hinauf in den Nacken. Sie verdrehte sich den Arm und musste selbst über die alberne Verrenkung lachen, die ihr Spiegelbild zeigte. Nach einem kurzweiligen Kampf war es jedoch vollbracht. Der Overall schmiegte sich perfekt an ihre schlanke Figur. Isabella betrachtete sich ausgiebig im Spiegel.

Sie gefiel sich.

Sie zwinkerte sich selbst zu, ehe sie noch etwas Rouge und Lippenstift auflegte.

„Das genügt.“

Mit einem tiefen Atemzug wandte sie sich ab. Sie griff nach einer kurzen, taillierten Jacke – ebenfalls schwarz – und schlüpfte in ein Paar hochhackige Schuhe.

So kurz vor der Umsetzung ihres Vorhabens wurde ihr nun doch etwas mulmig zumute. Ihre Knie fühlten sich weich an. Es gelang ihr kaum, mit den Pfennigabsätzen einen festen Stand zu finden. Sie lehnte sich kurz mit einer Hand gegen die Wand. Vielleicht hätte sie Louisa bitten sollen, mit ihr zu gehen. Allerdings konnte sich Isabella nur allzu lebhaft vorstellen, wie ihre Freundin auf diesen Vorschlag reagiert hätte.

Bist du verrückt geworden? Ich? Auf Vampirjagd? Genau das hätte Louisa gesagt, daraufhin eine Schnute gezogen und Isabella für den Rest des Tages keines Blickes mehr gewürdigt.

Bei dem Gedanken daran musste sie unwillkürlich lachen. Es half ihr, sich endgültig aufzuraffen und die Wohnung zu verlassen. Was sollte denn schon geschehen?

Als sie auf die Straße trat, holte sie aus ihrer Handtasche einen Zettel mit einer Skizze hervor, die den Weg zu einem abgelegenen Winkel von Brüssel zeigte. Dort sollte sich das Heim der Vampire befinden. Ein edler Nachtclub – der „Club Noir". Alice – eine Kommilitonin – hatte ihr die Beschreibung gegeben. Sie hielt sich des Öfteren in dieser mysteriösen Lokalität auf und schwärmte immer wieder von den vielen gutaussehenden Männern dort. Nach den Worten von Alice sollte es die High Society Brüssels sein. In der Klatschpresse war hingegen nie etwas über einen derartigen Club zu lesen.

Auf der letzten ausschweifenden Studentenfeier hatte Alice schließlich in betrunkenem Zustand von Vampiren erzählt. Niemand hatte sie ernst genommen. Bis auf Isabella. Und nun würde sie herausfinden, was sich hinter den wirren Erzählungen ihrer Kommilitonin verbarg.

„Wohin gehst du mit mir?", säuselte Chantal an Pierres Ohr. Ihr stand nicht der Sinn nach einer Entdeckungstour. Viel lieber wollte sie sich amüsieren. Mit ihm. Voller Euphorie schlang sie die Arme um seinen Oberkörper und presste sich fest gegen seine Brust, um seine harten Muskeln ganz deutlich zu spüren.

Pierre befreite sich aus ihrer Umklammerung. Er schob sie von sich fort, hielt ihre Arme mit beiden Händen fest und sah sie eindringlich an.

„Ich habe doch versprochen, dir die alte Ritual-Stätte der Vampire zu zeigen."

Chantal stockte der Atem. „Es gibt sie wirklich?" Ihre Augen weiteten sich.

„Sicher." Er lächelte düster. „Es gab sie schon die ganze Zeit. Aber leider hat unser verehrter Andrew immer wieder verhindert, dass wir sie aufsuchen. Über die Jahrhunderte hat er es sogar geschafft, uns seine Zuneigung für die Menschen aufzuzwingen. Er hat uns unserer wahren Natur beraubt."

„Wie konnte ihm das nur gelingen?" Chantal dürstete nach Pierres Berührungen. Seinen Küssen. Sie wollte nicht verstehen, wovon er da gerade sprach.

„Wir sind Sklaven seiner Macht geworden!" Mit einer ruckartigen, weit ausholenden Geste schleuderte er Chantal ungewollt heftig von sich. Sie stolperte, fing sich aber schon im nächsten Moment an einer der Steinwände ab. Wütend schüttelte sie sich das kinnlange schwarze Haar aus dem Gesicht. Ihre dunklen Augen glühten gefährlich auf.

„Ich bin niemandes Sklavin!", fauchte sie. „Nicht deine – und nicht Andrews!"

Lachend warf Pierre den Kopf in den Nacken. Seine Züge verwandelten sich in die eines Wahnsinnigen. Er musste etwas Grausames im Schilde führen. Dessen war sich Chantal sicher.

„Wir alle sollten aufhören, Sklaven zu sein.“ Ein merkwürdiges Vibrieren mischte sich in seine Stimme. Es erfüllte den kühlen, feuchten Kellergang und schien von jeder Wand widerzuhallen.

„Wir sollten die alten Zeiten erneut auferstehen lassen, in denen wir Vampire die Herrscher waren – und die Menschen unsere Sklaven. Diese Kreaturen!“ Er spuckte aus. „Sie haben uns nichts entgegenzusetzen. Es fehlt ihnen an Stärke. Und an so vielen anderen Dingen. Wir sollten uns nehmen, was uns gehört.“

Mit diesen Worten ging er wieder auf Chantal zu. Er streckte eine Hand aus und berührte ihre Wange. Streichelte sie. Ganz sanft war er, als er sich nun vorbeugte, um sie zu küssen.

Chantal ließ ihn gewähren. Sie empfing den sehnsüchtig erwarteten Kuss voller Begierde. Doch er setzte sich viel heftiger fort, als sie geahnt hätte. Pierres Zunge drang mit einem Stoß in ihre Mundhöhle vor. Wie zuvor angekündigt, nahm er sich einfach, wonach es ihm verlangte. Seine Liebkosungen waren weder zärtlich noch einfühlsam, eher besitzergreifend. Dennoch erlag Chantal seiner fordernden Art. Es versetzte sie geradezu in einen Rausch.

Als er wieder von ihr abließ, drohte sie zurückzutaumeln. Er hielt sie fest. Mit einem diabolischen Grinsen zog er sie mit sich, führte sie durch den düsteren Gang, bis sie in einen Gewölberaum traten. Hier schien die Dunkelheit ihren absoluten Tiefpunkt zu erreichen. Ein Mensch hätte niemals die Hand vor Augen erkennen können. Doch ein Vampir sah auch ohne Licht.

Chantal fuhr mit ihren krallengleichen Fingernägeln über die kalte, feuchte Steinwand. Sie atmete den fauligen Geruch des Verderbens so tief ein, als würde er sie in einen Rauschzustand versetzen.

„Herrlich“, seufzte sie. Mit geschlossenen Augen lehnte sie sich dagegen, breitete die Arme aus, so, als wollte sie mit diesem grausamen Ort verschmelzen. Pierre musterte sie. Ein gemeiner Zug lag auf seinem sonst so vollkommenen Antlitz. Das Glück hatte ihm ein engelsgleiches Gesicht verliehen, hinter dem wohl kaum jemand einen boshaften Geist vermuten würde. Aber tatsächlich nannte Pierre viele finstere Gedanken sein Eigen. Auch in diesem Moment drohte ihn der Trieb zu übermannen. Er stellte sich vor, wie köstlich es sein müsste, Chantal an die Steinwand zu ketten und ihr genussvolle Qualen zu bereiten.

Chantals schlanker Körper steckte in einem schwarzen Lackanzug. Das Oberteil bestand dabei lediglich aus zwei dünnen Stoffbahnen, die mehr von ihren prallen Brüsten frei legten, als sie verbargen. Seit ihrer Operation trug die rassige Vampirin ihre Reize ganz offen zur Schau. Sie genoss das neue Gefühl der Weiblichkeit ihrer unnatürlichen Proportionen noch immer. Schließlich lag der Eingriff erst fünf Jahre zurück. Der Chirurg hatte mit der perfekten

Vergrößerung ihrer Oberweite ganze Arbeit geleistet. Chantal lächelte bei dem Gedanken an ihn. Aus Dankbarkeit hatte sie ihm eine wahnsinnige Liebesnacht geschenkt – und ihm im Anschluss daran das Leben ausgesaugt. Glücklicherweise war die Vertuschung eines solchen Mordfalles ihr Spezialgebiet.

Nun lehnte sie sich vor, schlang die Arme um Pierres Nacken und zog ihn zu sich heran.

„Ich weiß, was du denkst." Sie knabberte an seinem Ohrläppchen, bis winzige Blutstropfen hervorquollen, die sie genussvoll aufleckte.

Pierre spürte die Gier in sich. Wie flüssiger Sprengstoff schlich sie durch seinen Körper und ließ seinen Penis groß und hart anschwellen. Geduld war keine seiner Tugenden. Er wollte sein Verlangen sofort stillen. Gefährlich knurrend packte er Chantal und wirbelte mit ihr herum. Seine Finger verharrten nur eine Sekunde an dem Reißverschluss ihres Anzuges, ehe er ihn gierig hinunterzog. Der Stoff fiel langsam zu Boden.

Chantal sah ihn durchdringend an. Stolz funkelte in ihren Augen. Sie hatte keine Angst vor ihm, doch sie würde sich auch nicht wehren. Pierre drehte sie herum und hievte sie grob auf den uralten Steinaltar inmitten des Kellergewölbes. Ihr nackter Po streckte sich ihm frech entgegen. Sie trug keine Unterwäsche. Das tat sie nie.

Überschäumend vor Lust entledigte sich Pierre seiner Hose so weit wie nötig. Er packte Chantal um die Taille und zog sie ein Stück weiter zu sich heran. Ihre Beine schlangen sich um seinen Unterleib. Mit beiden Händen suchte sie nach Halt. Ihre langen Nägel kratzten dabei mit einem widerwärtigen Geräusch über den Stein. Aber nichts sicherte ihr eine feste Bauchlage zu, so dass ihr Oberkörper wieder und wieder über die grobe Fläche schrammte. Mit jeder neuen Erschütterung ihres Leibes versenkte sich Pierre tiefer in sie. Sie spürte eine ekstatische Brandung, die sich ganz allmählich vom Rand des Altars bis zu ihrem Kopf hinaufspülte. Keuchend ergab sie sich dem Schauder der Lust. Beinahe gleichzeitig mit ihr erreichte Pierre seinen Höhepunkt und verbiss sich in ihrem Nacken. Chantal blieb regungslos liegen, als er sich an ihrem Blut labte.

Sie glaubte bereits, er würde nicht mehr von ihr ablassen, da hob er schließlich den Kopf.

„Mit einem Mensch wäre ich weit weniger gnädig umgegangen", flüsterte er an ihrem Ohr.

Isabella faltete den Zettel mit der Wegbeschreibung wieder zusammen und steckte ihn in ihre Handtasche zurück. Sie stand am Anfang einer Straße, die nur spärlich von Laternen beleuchtet wurde. Ein Haus ragte zwischen all den anderen Gebäuden heraus. Es war sehr breit und hoch angelegt, aber vor allem wirkte es unglaublich düster. Als sie darauf zuging, bemerkte sie, dass Vorhänge an jedem der Fenster einen Blick nach innen verhinderten.

Isabella sah sich um. Keine Menschenseele hielt sich in ihrer Nähe auf. Gerade so, als wäre dieser Teil der Stadt vom Leben abgeschnitten. Ihr wurde mulmig zumute.

Konnte das dort vor ihr wirklich ein Nachtclub sein? Darin sollte sich die High Society aufhalten?

Ein Schauder durchfuhr sie, und sie hätte nicht sagen können, ob es an dem kühlen Wetter oder an ihrer Angst lag. Dennoch ging sie weiter. Sie entdeckte die verschlungenen Buchstaben, die über der Eingangstür prangten. Tatsächlich stand da „Club Noir".

Etwas Bedrohliches ging von dem Gebäude aus. Isabella stockte der Atem. Der Mut verließ sie.

Plötzlich hatte sie kein Verlangen mehr danach, die Vampire zu finden. Sie wollte nur noch fort!

Heftig wirbelte sie herum, fuhr aber sogleich zusammen. Eine Gestalt schälte sich aus dem Schatten und versperrte Isabella den Weg. Die Gestalt entpuppte sich als eine Frau, die nicht nur schwarze Kleidung trug, sondern auch von dunkler Hautfarbe war mit langen schwarzen Haaren. Einzig die vollen Lippen glänzten blutrot.

Isabella erschrak, auf welch merkwürdige Weise sie von dem sinnlichen Mund der Fremden angezogen wurde. Sie konnte sich nicht von dem Anblick lösen. Und als die Frau nun zum Sprechen ansetzte, klangen ihre Worte wie eine betörende Melodie.

„Du bist noch nie da drin gewesen – habe ich recht?"

Stumm und nur mit einer Kopfbewegung verneinte Isabella.

„Ah! Da hat jemand Angst, gebissen zu werden!"

Die schöne Fremde lachte glockenhell auf. Für einen Moment war es Isabella, als schoben sich da zwei spitze Eckzähne hervor. Doch schon im nächsten Augenblick verflog dieser Eindruck wie eine Illusion.

„Na, komm." Sie hakte sich bei Isabella unter und zog sie mit sich auf den Eingang zu.

„Ich kenne keine junge Frau, der es im Club nicht gefallen hätte."

Wie von selbst öffnete sich die Tür. Sie gab den Weg frei in einen verräucherten Flur. Wie Nebelschwaden kroch es die dunklen, rot durchwirkten Wände hinauf. Goldene Kerzenleuchter prangten überall, und die brennenden Kerzen tauchten den Gang in eine mysteriöse Atmosphäre.

Friedhofsatmosphäre, schoss es Isabella in einem Anflug von Sarkasmus durch den Kopf.

Oder die eines Bordells, fügte sie ihren Gedanken hinzu, als sie mehr und mehr hübsche Gestalten in knapper Kleidung entdeckte.

Die Fremde verließ sie ebenso schnell, wie sie an ihrer Seite aufgetaucht war, und hakte sich stattdessen bei dem nächstbesten attraktiven Mann unter. Der küsste sie stürmisch, als hätte er sich schon eine halbe Ewigkeit nach ihr verzehrt. Mit einem Augenzwinkern bedeutete die Fremde Isabella, es ihr gleich zu tun. Dann verschwand das Paar in einem Nebenraum, aus dem eindeutige Geräusche drangen.

Isabella blieb allein zurück. Inmitten einer unbekannten Szene. Waren es einfach nur leichte Mädchen und ihre Freier? Oder ein viel düsterer Zusammenschluss von Gleichgesinnten?

Nun, da sie schon einmal im Flur des Gebäudes stand, wollte sie nicht gleich wieder davonlaufen. Sie nahm all ihren Mut zusammen, setzte ein falsches Lächeln auf und betrat den Innenraum des Clubs.

Auch dort wimmelte es von leicht bekleideten Frauen, die sich im Takt der berauschenden Musik wiegten. Die Männer wirkten wie Geschäftsleute, teils in Gespräche vertieft. Der ein oder andere zog sogar genüsslich an einer Zigarre.

Isabella entschied, dass sich ganz sicher auch Gangster und Ganoven unter ihnen verbargen. Sie ging auf die Theke zu und wurde dort von einem freundlich lächelnden Barkeeper empfangen.

„Einen Rotwein?" Pierre – der Barkeeper – hob neugierig eine Augenbraue.

„Ja, bitte." Isabella hatte alle Mühe, sich ihre Nervosität nicht anmerken zu lassen. Was verbarg sich wirklich hinter der Fassade des Barkeepers?

„Ich habe Sie hier noch nie gesehen." Galant stellte er ein Glas vor ihr auf den Tresen und füllte es sichtbar genussvoll mit Wein. Wie zufällig fuhr er sich mit der Zunge über die Oberlippe, während er Isabella einen intensiven Blick schenkte.

„Nein … ich …" Sie wandte sich ab. „Ich bin hier verabredet."

„Wirklich?" Pierres Augenbrauen konnten sich kaum noch höher schieben. Er wollte laut auflachen. Wäre sie tatsächlich verabredet, hätte er davon gewusst. Dann lehnte er sich jedoch zurück und setzte lediglich ein Lächeln auf. „Wie schade."

Sie spürte deutlich, wie sie in die Versuchung geriet, sich weiter vorzuwagen. Der Moment war einfach zu unwiderstehlich.

„Warum?"

Pierre wusste, dass er sie damit gewonnen hatte. Er reckte sich ein Stück und warf sich in die Brust wie ein stolzer Hahn auf seinem Hof. Strähnen seines langen, glänzenden Haares fielen ihm ins Gesicht. Es verlieh ihm einen verwegenen Ausdruck. Seine Lippen kräuselten sich verführerisch. Isabella kam nicht umhin sich vorzustellen, wie sich seine Küsse auf ihrer Haut anfühlen würden.

„Ich dachte, ich könnte Ihnen vielleicht etwas Gesellschaft leisten. Ich habe gleich Feierabend."

Isabellas Nackenhärchen stellten sich alarmierend auf. Von diesem Mann ging etwas Ungewöhnliches aus, mit dem er sie vollkommen in seinen Bann zog.

„Ich weiß nicht“, gab sie unsicher zur Antwort. Um der Situation ein wenig Spannung zu nehmen, griff sie endlich nach ihrem Glas und kostete von dem Wein. Der Geschmack überraschte sie. Er war einzigartig. Fruchtig. Nicht zu süß, aber auch nicht zu trocken. Sie konnte sich nicht daran erinnern, jemals einen so köstlichen Wein getrunken zu haben. Unvermittelt musste sie zu dem gut aussehenden Barkeeper aufblicken. Ihr fiel seine muskulöse Brust auf, die verführerisch unter seiner engen schwarzen Weste hervorblitzte. Sie stellte sich vor, wie sie mit ihren Fingern die Konturen seines Oberkörpers erkundete. Natürlich bemerkte sie dabei nicht, wie Pierre wohl wissend grinste. Ein angenehmer Schauder durchfuhr sie.

„Sie sind gar nicht verabredet, habe ich recht?“

Seine unergründlichen Augen fixierten sie so unnachgiebig, dass ihr sämtliche Ausreden in der Kehle stecken blieben. Isabella schüttelte nur den Kopf. Woraufhin Pierre ihr ein triumphierendes Lachen schenkte.

„Dann gehören Sie heute also ganz mir.“

Seine Worte hallten eigenartig in ihren Ohren nach. Gleich darauf ergriff er ihre Hand, und in diesem Moment veränderte sich etwas in Isabella. Sie vergaß vollkommen, aus welchem Grund sie den Club aufgesucht hatte. Stattdessen fühlte sie sich von diesem Mann in unbegreiflicher Weise angezogen. Er schien ein Netz um sie zu spinnen, in dem sie wie eine hilflose Gefangene hängen blieb.

„Wann haben Sie Feierabend?“, hörte sie sich selbst fragen. Ihre Stimme klang hohl. Bevor sie sich jedoch darüber wundern konnte, befand sich Pierre schon an ihrer Seite, um sie abzulenken. Er legte ihr einen Arm um die Schultern und zog sie mit sich.

In einer verborgenen Nische des Clubs erbebte Alice vor Lust und Verlangen. Sie war wieder einmal an diesen Ort gekommen, um ihr Vergnügen mit den Vampiren zu suchen. Leidenschaftliche Küsse bedeckten ihr Dekolleté. Kein gewöhnlicher Mann verstand es, sie auf gleiche Weise zu verführen. Sie wollte in dem Augenblick vergehen. Ihr glasiger Blick irrte ziellos durch das Geschehen. Nur schemenhaft nahm sie die anderen Besucher wahr. Als jedoch ein bekanntes Gesicht wie eine Vision an ihr vorüberglitt, fuhr sie erschrocken zusammen. Wie erstarrt blieb sie sitzen.

„Isabella ...“, flüsterte sie tonlos.

„Was ist?“ Ihr vampirischer Liebhaber warf ihr einen ungeduldigen Blick zu. Eben noch hatte er ihre vollen Brüste massiert. Aber nun hielt auch er inne. Er spürte ihre wirren Gedanken.

„So kenne ich dich gar nicht." Seine Finger strichen über ihre Wangen, spielten schließlich mit einer Strähne ihres blonden Haares. „So angespannt."

Alice begehrte diesen Vampir. Das wusste er selbst nur zu gut. Hin und her gerissen zwischen ihrer Lust und einer düsteren Ahnung, löste sie sich beinahe gequält aus seiner Umarmung.

„Verzeih mir, Geliebter. Ich muss dringend etwas erledigen."

„Ich werde nicht lange warten." Es war mehr eine Feststellung, als eine Drohung. Keines dieser Wesen der Nacht übte sich jemals in Geduld oder Zurückhaltung. Eine Tatsache, an die sich Alice wohl nie ganz gewöhnen würde.

„Ja, ich weiß", sagte sie. „Ich bin gleich zurück." Wie schmerzlich es für sie wäre, würde ihr Vampir sich im nächsten Moment in die Arme einer anderen begeben! Doch im Augenblick war es ihr gleichgültig. Sie musste wissen, was Isabella im Club tat.

Seit Monaten beschäftigte sich ihre Kommilitonin mit dem Vampir-Mythos. Angefangen mit Filmen und Romanen, hatte sie bald begonnen, unzählige sogenannte Sachbücher zu wälzen. Sie war regelrecht besessen von der Idee, einen echten Vampir zu finden und dessen Existenz zu beweisen. Alice hätte sich am liebsten auf die Zunge gebissen, als sie an ihre Leichtsinnigkeit dachte, Isabella von dem Club zu erzählen. Wäre sie doch nur nie auf diese Studenten-Party gegangen! Nun hatte sie die Bescherung – denn Isabella knüpfte die ersten Kontakte. Alice konnte nur hoffen, dass ihre Kommilitonin keinen Holzpflock, Weihwasser oder irgendetwas anderes in der Art bei sich trug.

Pierres Finger schlossen sich fest um Isabellas Handgelenk. Sein Griff war beinahe energisch. Dabei musste er nicht einmal befürchten, dass sie ihm entwischen könnte. Er besaß Kräfte, mit denen er sie notfalls gefügig machen würde. Bereits jetzt folgte sie ihm willenlos den dunklen Flur entlang, bis sie eine geheime Tür erreichten, hinter der eine Treppe in die Kellergewölbe des Club Noir hinabführte. Ein Ort mit grausamer Vergangenheit. Pierre hörte sein Blut rauschen, allein durch die Erinnerung an diese Zeit.

Unglücklicherweise war er noch ein recht junger, unerfahrener Vampir gewesen, als Andrew die blutigen Zeremonien beendet hatte. Der ausgiebige Genuss dieser Spielchen blieb ihm somit bislang verwehrt. Es gab seitdem kein Ausbluten – keine Todesopfer – mehr. Schlimmer noch: Es stand unter Strafe. Nur kontrollierte Blutaufnahmen, wie Andrew es nannte, waren erlaubt. Die Vampire mussten gewisse Regeln beachten. Und die meisten nahmen diesen Zustand sogar widerstandslos hin. Sie erfreuten sich an den blutjungen Mädchen, die den Club über die Jahre hinweg in andauernder Regelmäßigkeit besuchten. Es gefiel ihnen, sich an der mittlerweile großen Auswahl zu berauschen. Manche Vampire verließen das Club-Gebäude nicht einmal mehr. Alles, wonach sich ihre dunklen Seelen sehnten, kam von ganz allein zu ihnen.

Pierre hingegen fühlte sich seiner animalischen Triebe beraubt. Er wollte seine Natur ausleben. Zügellos und ohne Rücksicht auf die schwächlichen Menschen. Die anderen Vampire hatten ja keine Ahnung, in welch ekstatischen Zustand sie sich durch die alten Blutrituale versetzen könnten. Pierre selbst verfügte nur über die Vorstellung dessen. Oft hatte er den Erzählungen eines der Ältesten gelauscht. Doch dieser Vampir weilte längst nicht mehr unter ihnen. Er hatte sich mit seinen Handlungen strafbar gemacht, sich am Ende aber auch freiwillig seinem Schicksal gefügt. So weit wollte Pierre es nicht kommen lassen. Seine Planungen waren ausgefeilter. Er hatte sich rechtzeitig um Verbündete bemüht.

Ein finsteres Lächeln streifte seine Züge, als sein Blick nun gierig über Isabellas wohlgeformten Körper glitt. Sie war perfekt für sein erstes Ritual. Sie sollte seine Gefangene sein, bis er die Nacht der Nächte herbei rief. Nun, da Andrew sich nicht in Brüssel aufhielt, wäre es ein Leichtes, seinen Trieben endlich nachgehen zu können.

„Wohin gehen wir?“, hörte er Isabella plötzlich fragen. Sie war verwirrt – wusste nicht, wo sie sich befand.

„Ich führe dich in meine Privatgemächer.“ Pierres Hand strich sanft über ihre Wange.

Isabella strahlte keinerlei Angst aus. Es gab da vielmehr etwas anderes, was sein Misstrauen weckte. Er konnte einen Impuls auffangen, den er bei keinem Menschen zuvor wahrgenommen hatte. Etwas Unbekanntes schlummerte in ihr. Etwas, das sie selbst vielleicht nicht einmal kontrollieren konnte. Er würde sie genau beobachten müssen.

„Ich will da nicht lang!“ Sie riss sich von ihm los, als sie das untere Ende der Treppe erreicht hatten. Tiefe Dunkelheit schloss sie ein. Sie konnte nichts erkennen. Ganz im Gegensatz zu Pierre. Sein Blick war nicht getrübt.

„Ruhig.“ Er legte die Arme von hinten um ihre Taille.

Ein Schauder durchfuhr Isabella. Wollte er sie etwa beschützen? Oder wollte er etwas ganz anderes?

Ihr Bewusstsein kehrte zurück. Es meldete sich mit einem heftigen Dröhnen in ihrem Kopf. Wie ein unliebsamer Kater fühlte es sich an. Dabei konnte sie sich nicht daran erinnern, mehr als ein Glas Wein getrunken zu haben. Und selbst bei diesem war sie sich nicht sicher, ob sie es gänzlich geleert hatte.

„Ganz ruhig“, wiederholte Pierre. Seine Lippen waren nun nah an ihrem Ohr. Sie spürte seine Zunge, die für einen winzigen Augenblick ihre Schläfe streifte.

„Folge mir. Ich bringe dich an einen Ort, den du niemals vergessen wirst.“ *Und den du niemals verlassen wirst,* fügte er in Gedanken hinzu.

Isabellas Argwohn wuchs. Er drohte in einer Panik zu gipfeln. Sie wusste, dass sie an diesem Ort nicht länger bleiben durfte. Pierres Zähne mussten sich nicht erst in ihrem Hals verbeißen, um sie die Wahrheit erkennen zu lassen. Er war nicht nur ein Vampir, sondern obendrein ein sehr gefährlicher seiner Art.

„Du bist einer!“ Sie entwand sich ihm erneut. Blind strauchelte sie in der Düsternis, bis sie gegen eine Steinwand stieß und sich daran die Handflächen aufscheuerte.

„Du bist ein Vampir! Ich wusste, dass es euch gibt!“

Pierre verlor allmählich die Geduld. Dieses starrköpfige Weib wehrte sich plötzlich mehr, als ihm lieb war. Hinzu kamen die kleinen Blutstropfen, die durch die gerissene Haut ihrer Hände hervortraten. Es brachte ihn beinahe zur Raserei. Er packte sie grob – drehte ihr die Arme auf den Rücken. Ihren Schrei erstickte er, indem er sie gleichzeitig vorwärts stieß. Ächzend stolperte Isabella durch den Gang.

Isabella hatte sich Pierre, den Barkeeper, als Begleiter ausgesucht. Kaum zu glauben! Alice wusste nicht, ob sie ihre Kommilitonin für äußerst mutig oder äußerst dumm halten sollte. Aber schließlich konnte Isabella nicht ahnen, auf welche Art von Weiberheld sie sich da einließ. Im Club war er bekannt für seine ausschweifenden Eskapaden. Er würde nicht lange fackeln, ehe er ihr die Kleider vom Leib riss und sich an ihrem Körper und Blut bediente.

Zu ihrer Überraschung stellte Alice jedoch fest, dass Pierre nicht die Richtung zu seinen Räumen einschlug. Er wollte scheinbar auch nicht in eines der anderen Liebeszimmer des Clubs. Stattdessen führte er Isabella in einen abgelegenen Flur. Mitten darin blieb er stehen und griff in die Wand hinein, als gäbe es dort keinerlei Widerstand. Er öffnete eine Tür, die zuvor nicht vorhanden war. Dann schob er seine taumelnde Begleiterin ins Ungewisse. Sie wirkte wie betäubt. Alice musste bei diesem Anblick unwillkürlich frösteln.

Als die beiden verschwunden waren, wagte sie sich weiter vor. Sie lief auf die Wand zu, suchte nach der Tür, dem Griff oder wenigstens einem Hinweis darauf. Aber da war nichts.

Alice sank auf die Knie. Was hatte Pierre vor? Wenn er Isabella etwas Schreckliches antun würde, wäre das ganz allein ihre Schuld. Sie hatte der Kommilitonin den Weg in den Club Noir gewiesen.

Mit dieser Schuld konnte Alice nicht leben!

Im Kerker

Pascal stand still hinter dem großen Schreibtisch und betrachtete die glatte, saubere Fläche für einen langen Moment. Das dunkle Holz glänzte. Beinahe schien es, als würde das spärliche Licht Funken darauf zeichnen. Die Versuchung war gewaltig. Pascal konnte nicht umhin, die Hand auszustrecken und über den Tisch zu streichen.

Im selben Augenblick klopfte es energisch an der Tür. Es dauerte nur wenige Sekunden, bis der Eindringling den Raum betrat.

Eine junge Frau. Ihre blonden Haare fielen ihr lang und wild über die Schultern. In ihrem Blick ruhte ein stummes Entsetzen. Jemand oder etwas musste sie erschreckt haben.

Pascal musterte sie, während seine Fingerkuppen weiter über das ebenmäßige Holz glitten. Er hatte sich in dieser Nacht noch nicht genährt. Zu sehr beschäftigte ihn die Aufgabe, den Club unter Kontrolle zu halten. Es war für ihn somit nicht abwegig, sich zu fragen, wie das Blut dieser jungen Schönheit wohl schmecken würde. Allein ihre Anwesenheit brachte ihn in Versuchung. Seine Zunge stieß gegen die scharfen Spitzen seiner Zähne. Sie lechzten nach dem Lebenssaft des Mädchens. Es war so jung und unschuldig und sah ihn mit großen, leuchtenden Augen an. Doch sie stand nicht wegen ihm in der offenen Tür. Das hatte er bereits im Moment ihres Anklopfens bemerkt.

„Wo ist Andrew?", fragte sie unvermittelt.

„Nicht hier." Pascal ließ von der Holzoberfläche ab. Er trat vor den Tisch und lehnte sich mit dem Gesäß gegen die Kante. Eine stumme Aufforderung lag in seiner Haltung.

Das Mädchen zog die Nase kraus. Sie fühlte sich gereizt. „Und wann wird er wieder hier sein?"

Pascal schmunzelte. Ihr resoluter Auftritt amüsierte ihn. „Das könnte noch eine Weile dauern."

Resignierend ließ sie die Schultern hängen. „Dann muss ich wohl warten." Damit wollte sie ihn einfach zurücklassen. Aber ehe sie auch nur herumwirbeln konnte, war Pascal auch schon an ihrer Seite und fasste sie um die Taille. Seine Lippen schmiegten sich kühl gegen ihre Wange.

„Vielleicht könnte ich etwas für dich tun?" Er hauchte einen Kuss auf ihre Schläfe.

„Nicht für mich!" Energisch entzog sie sich seiner Umarmung.

„Es ist ..." Als sie zu ihm aufsah, bemerkte sie ein böses Funkeln in seinen Augen. Sie fragte sich, ob sie zu weit gegangen war. Schließlich hatte sie als einfache menschliche Frau kein Recht, die Räumlichkeiten eines Vampirs zu stürmen, um sich gleich darauf derart unverschämt wieder entfernen zu wollen. Schuldbewusst biss sie sich auf die Unterlippe. „Es ist nur ... Isabella braucht vielleicht Hilfe. Andrew würde bestimmt nicht wollen, dass sie ..." Ihr blieben die Worte im Hals stecken. Sie wusste nicht, was mit ihrer Kommilitonin möglicherweise geschehen konnte. Was ging es sie auch an? Warum mischte sie sich nur in solche Angelegenheiten ein?

„Wer ist diese Isabella?“

Das Mädchen wandte den Kopf zur Seite, so dass sich die Haare wie ein Vorhang vor ihrem Gesicht zusammenschlossen. „Ich sollte dir nicht davon erzählen. Andrew hätte ...“

„Andrew ist nicht hier!“ Pascal musterte sie scharf. Er legte seine Hände auf ihre Schultern. Sein Griff wurde bedrohlich fest, als wollte er eine Antwort mit aller Gewalt erzwingen. „Ich bin jetzt für Andrews Angelegenheiten zuständig. Also, erzähl mir von dieser Isabella!“

Es war kein leichtes Unterfangen gewesen, Isabella den Gang zum Kerker entlang zu zwingen. Am Ende hatte Pierre sich ihren wild zappelnden Leib über die Schulter geworfen und sie getragen. Sie fluchte und beschimpfte ihn unablässig. Selbst der mächtigste Vampir hätte dies als reine Strapaze empfunden.

Als Pierre seine Geisel schließlich in das Verlies gebracht hatte, band er sie mithilfe eiserner Ketten an die kalte, feuchte Wand. Er nahm ihr gegenüber auf einem Hocker Platz und betrachtete sie in aller Ruhe mit sehr eindringlichen Blicken. Isabella begann sich nackt zu fühlen, obwohl sie noch immer in ihrem schwarzen Overall steckte. Ihr Körper hätte kaum verhüllter sein können. Dennoch zeichneten sich ihre verführerischen Rundungen mehr als deutlich ab. Sie schämte sich für das enge Kleidungsstück und zog die Beine noch näher an ihren Oberkörper heran. Wie ein verängstigtes Tier hockte sie dort in der Ecke des düsteren Kerkers. Nur durch ein winziges Fenster, hoch über ihrem Kopf, schien ein wenig Mondlicht herein. Direkt auf Pierres Gesicht, das teuflisch markant und attraktiv war, und gleichwohl eine unsagbare Gefahr ausstrahlte.

Er beugte sich lässig vor. Die Unterarme stützte er auf seinen Knien ab. In seine Züge legte sich ein überlegenes Grinsen.

„Du bist so schön. Eigentlich ein Jammer, dass du da im Dreck sitzt.“

Sie zeigte keine Reaktion, sondern verharrte stumm in ihrer Position.

„Weißt du, Kleines, ich würde dich ja losbinden, wenn du versprichst, mir zu gehorchen.“

Ein verächtliches Schnaufen war alles, was sie ihm darauf zur Antwort gab.

„Du machst es dir doch nur unnötig schwer. Ich könnte dich hier tagelang gefangen halten, ohne dass irgendjemand davon erfährt.“

In seine Augen schlich sich ein diabolisches Glitzern. „Ich könnte auch noch ganz andere Dinge mit dir anstellen. Und du hättest keine Chance, dich zu wehren. Oder glaubst du etwa, du könntest gegen einen mächtigen Vampir irgendetwas ausrichten?“

Endlich hob sie den Kopf und warf ihm einen wütenden Blick zu.

„Du Missgeburt!“, schleuderte sie ihm voller Hass entgegen. Ihr Herz klopfte zum Zerspringen. Zwar wollte sie sich keine offensichtliche Blöße geben, doch in ihrem Inneren tobte ein entsetzlicher Kampf um ihre Selbstbeherrschung. Sie wusste nicht nur, dass da ein Vampir vor ihr saß, sondern noch viel mehr. Sie hatte Wesen wie ihn studiert.

Nachdem Alice ihre Erzählungen beendet hatte, ließ Pascal sich von ihr in den Flur des Geschehens führen. Ein geheimer Gang, wie er bald feststellte, den nur wenige Vampire benutzten. Dort befand sich lediglich eine Tür, die ganz am Ende lag und hinaus ins Freie führte. Vor Jahrhunderten diente sie als Fluchtweg oder zum Schmuggeln von Menschen und sonstiger Ware. Sollte Pierre tatsächlich eine junge Frau durch diese Tür gestoßen haben, wären sie nun vermutlich längst außerhalb des Club-Bereiches.

Pascals Laune verfinsterte sich. Es kam ihm vor, als hätte Alice ihn regelrecht an der Nase herumgeführt.

„Offensichtlich verschwendest du meine Zeit“, zischte er und wollte sie im gleichen Moment stehen lassen. Doch sie machte einen Satz nach vorn. Mit beiden Händen klammerte sie sich an seinem Arm fest und wollte ihn so am Gehen hindern.

„Nein, ganz bestimmt nicht.“ Sie fürchtete seinen Zorn. Daher wagte sie es nicht, ihm in die Augen zu blicken. „Bitte! Ich habe sie doch gesehen. Die Tür war in der Wand da vorne. Da sind sie durch.“

Pascal funkelte sie an. Die Stelle, auf die Alice deutete, bestand aus einer samtüberzogenen Fläche, die sich ebenmäßig den kompletten Flur entlangzog. Nicht einmal ein Gemälde hing dort, hinter dem sich eine versteckte Tür hätte befinden können. Nur ein paar goldene Leuchter, deren schwacher Schein die Dunkelheit durchbrach.

„Die Augen eines Vampirs sehen mehr als die von euch Sterblichen.“ Seine Stimme klang verächtlich. „Aber ich sehe rein gar nichts dort an der Wand. Entweder bist du verrückt oder du hältst mich absichtlich zum Narren.“

„Das würde ich niemals wagen!“, keuchte Alice. „Pierre hat die Tür genau an dieser Stelle geöffnet. Er hat Isabella in die Dunkelheit geschubst. Dann ist er ihr gefolgt. Und als die Tür sich hinter ihm schloss, verschwand sie einfach so ...“

„... als hätte es sie nie gegeben“, vollendete Pascal ihren Satz.

„Aber sie war da!“

Pascal ging auf die Wand zu und strich über die Fläche. Ein Zauber? Aber wann hatte es zuletzt einen Vampir gegeben, der sich eines Zaubers bemächtigte? Und aus welchem Grund sollte er das getan haben?

Pierres Hände legten sich klauengleich um Isabellas Hals. Er drückte zu, bis sie röchelnd nach Luft rang. Ihre Lippen prickelten, und ihre Augenlider flimmerten. Doch sie wollte nicht das Bewusstsein verlieren. Sie rüttelte an den Ketten und trat mit den Füßen nach ihrem Peiniger. Vergeblich. Nicht ein einziges Mal erwischte sie ihn. Er hielt sie auf eine merkwürdige Weise gegen die Wand gepresst. Seine Stärke war überwältigend. Isabella hatte nicht damit gerechnet, einem Vampir gegenüber derart hilflos ausgeliefert zu sein. In den Büchern und in ihrer Vorstellung war alles so viel einfacher gewesen.

Nun sank sie kraftlos in sich zusammen. Ihr Bewusstsein dämmerte dahin. Lediglich das Prickeln auf ihren Lippen verstärkte sich. Plötzlich spürte sie etwas Kühles.

Ein Glas?

Einen Kelch?

Eine süße Flüssigkeit benetzte ihren Mund. Die ersten Tropfen rannen an ihrem Kinn hinab, doch schließlich schmeckte sie das Getränk auf der Zunge. Es fand seinen Weg in ihre Kehle, bis sie einen Schluck nach dem anderen in sich aufnahm. So lange, bis sie willenlos in der Ecke des Verlieses ruhte, die Arme schlaff in den Ketten herabhängend.

Pierre lächelte düster, während er über ihr seidiges, dunkles Haar strich. Für ihn war sie ein wildes Tier, dem er zunächst seinen Willen aufzwingen musste. Wie praktisch, dass die Drogen ihm diese Arbeit so ungemein erleichterten.

Er streichelte ihre mittlerweile arg geschundenen nackten Arme. Sie waren mit Kratzern und Striemen nur so übersät – und überall traten Spuren von Blut hervor. Der Duft ihres Lebenssaftes stieg ihm verführerisch in die Nase. Er zeugte von einem würzig-frischen Aroma.

Pierre leckte sich genüsslich über die Lippen. Er beugte sich vor und küsste die Verletzungen. Seine Zunge sog das Blut immer gieriger auf, bis er schließlich zubiss, um seinen Hunger an der rassigen Schönheit zu stillen.

Nur Sekunden später forderte jedoch ein wildes Fauchen seine Aufmerksamkeit. Er wirbelte herum und spürte im gleichen Moment den spitzen Absatz eines Lackstiefels gefährlich gegen sein Gemächt drücken. Widerwillig ließ er von seinem Opfer ab.

„Chantal." Er schenkte ihr einen unschuldigen Blick.

„Du amüsierst dich ohne mich?" Wut verzerrte ihr Gesicht. Sie hätte es niemals offen zugegeben, aber sie war eifersüchtig auf das billige Flittchen in seinen Armen. Dass sich die Frau nicht freiwillig an diesem Ort aufhielt, ignorierte sie.

„Ich amüsiere mich nicht. Ich nähre mich." Gelassen schob er ihren Fuß von seiner empfindsamen Körperregion und richtete sich auf.

„Sie wird die Erste sein. Ich habe dir doch versprochen, dass ich mich um ein angemessenes Opfer kümmere."

„So?" Chantal lächelte. Sie kniete neben Isabella und betrachtete diese einen Augenblick.

„Ich denke, sie gefällt mir."

Dunkle Leidenschaften

Mit einem dumpfen Ton schlug es zur Mitternacht. Eine einzige Fledermaus umkreiste die Gebäudespitze der Londoner Temple Church und setzte sich schließlich auf den höchsten Punkt des Daches. Sie konnte sich kaum halten. Ihr sonst so sicherer Flug war ins Wanken geraten. Ein Stich zog sich durch ihre kleine Brust. Immer schneller rasselte der Atem und ließ den dunklen Körper in grotesker Weise aufblähen.

Er konnte und wollte es nicht länger aufhalten. Die Wandlung schmerzte ihn in dieser Nacht. So ergab er sich der Qual und kehrte in seine gewöhnliche Gestalt zurück. Ein düsterer Mann, der langsam Halt suchend das Dach hinabrutschte. Als er abzustürzen drohte, richtete er sich auf und sprang mit einem gewaltigen Satz dem Erdboden entgegen. Katzengleich landete er auf den Füßen.

Er hatte seine Kraft nicht verloren. Aber diese verdammten Schmerzen drohten ihn zu lähmen. War das sein Ende?

In der folgenden Nacht schlich Pascal unentwegt durch den Innenraum des Club Noir. Er behielt Pierre im Auge, ohne sich dabei allzu auffällig zu verhalten. Claudette schmiegte sich schließlich in einer der dunklen Nischen an Pascals Seite. Sie kraulte sein Haar, als wäre er ein Schoßhündchen. Doch Pascal konnte sich in diesem Moment nur wenig für sie erwärmen. Tatsächlich fühlte er sich von ihrer anbiedernden Art eher belästigt. Er schob ihre Finger fort und beugte sich vor, um einen besseren Blick auf die Bar zu haben.

„Warum gehen wir nicht in eins der Zimmer? Oder irgendwohin, wo wir etwas ungestörter sind?“, säuselte Claudette. Sie knabberte verspielt an seinem Ohrläppchen. „Vielleicht kannst du dich da besser entspannen?“

„Ich bin vollkommen entspannt“, gab Pascal barsch zur Antwort. Es interessierte ihn nicht, wonach es Claudette verlangte. Sie war nicht mehr als ein Spielzeug, für das ihm augenblicklich die nötige Aufmerksamkeit fehlte.

Mit einem schrillen Auflachen warf sie den Kopf in den Nacken. „Wir könnten es auch gleich hier tun.“ Mit diesen Worten setzte sie sich auf seinen Schoß und versperrte ihm somit die Sicht. Sie begann ihn zu küssen und die Knöpfe an seinem blaugrauen Hemd zu öffnen.

„Hör auf damit.“ Pascal beförderte sie mit einigen groben Handgriffen zurück in das Sitzkissen.

Doch so schnell wollte sich Claudette nicht geschlagen geben. Erneut richtete sie sich auf und setzte alles daran, ihn zu verführen.

„Ich sagte: Hör auf“, zischte Pascal. Ihm wurde klar, dass er sie zwingen musste, von ihm abzulassen. Daher bog er ihren Oberkörper zurück und küsste ihren Hals, bis sie sich ihm seufzend ergab. Schnell biss er zu. Er trank so viel von ihrem Blut, dass sie in einer Ohnmacht versank. Nun würde er für eine Weile seine Ruhe haben.

Als er sich wieder aufrichtete und den Club-Raum durchspähte, hatte Pierre seinen Platz hinter der Bar verlassen. Pascal fluchte innerlich. Er stand auf und sah sich um. Gleich mehrere Mädchen drängten sich nacheinander dicht an ihn. Sie tanzten für ihn, boten sich ihm dar, in der Hoffnung, seine Aufmerksamkeit zu erlangen. Aber er beachtete sie nicht. Er musste sich um den Club kümmern und um Pierre. Er würde Andrew nicht enttäuschen, sondern die ihm auferlegten Pflichten mit Bravour bewältigen.

Zielstrebig bahnte er sich seinen Weg zur Theke. Jean-Luc, einer der jüngeren Vampire, hatte offensichtlich den Posten des Barkeepers übernommen.

„Wo ist Pierre?“ Pascal vermittelte dem anderen einen gefährlichen Eindruck. Er machte sofort deutlich, dass er die Kontrolle über den Club besaß und über sämtliche Vorgänge Bescheid wissen musste.

„Ich weiß nicht. Er sagte nur, er würde früh Feierabend machen, da heute nicht so viel los ist.“

„Das hat er also einfach so entschieden?“

„Ja.“ Jean-Luc ließ sich nicht aus der Ruhe bringen. Ganz gemächlich polierte er eines der Gläser auf Hochglanz.

Pascal entschied, dass es nur zwei Möglichkeiten gab: Entweder hatte Pierre den Club verlassen, oder er widmete sich einem dunklen Geheimnis, das es zu entdecken galt.

Auch Pascal kehrte der Bar und dem Club-Raum nun den Rücken zu. Er wollte erneut den Flur aufsuchen, in den ihn das Mädchen von letzter Nacht geführt hatte. Das arme Ding! Völlig verzweifelt hatte sie um ihre Freundin Isabella geweint. Aber Pascal kannte keine Isabella. Und die Beschreibung des

Mädchens passte auch auf keine der anderen Club-Besucherinnen. Hinzu kam das Rätsel um die verborgene Tür. Gab es sie wirklich? Und hatte einer der Vampire einen uralten Zauber gewirkt?

Noch während er über diese Dinge grübelte, huschte ein Schatten vor ihm durch den Flur. Davon aufgerüttelt suchte Pascal in dem nächstbesten Winkel ein Versteck. Er lugte hervor und erkannte Pierre. Voller Unglauben beobachtete er nun, wie Pierre in die Wand hineingriff und eine Tür öffnete.

Es bedurfte nur eines Fingerschnipsens, schon flammten Fackeln entlang der Steinwände auf und erhellten den düsteren Kellergang. Nicht, dass Pierre auf das Licht angewiesen war – aber das Austesten der Magie bereitete ihm schiere Freude und eine Überlegenheit, die ein einfacher Vampir wohl niemals spüren würde. Er hatte die Fähigkeiten aus der Verborgenheit geraubt. Von einem Ahnen, der längst vermodert in seiner Gruft lag. Als Pierre diese ungeheuerliche Entdeckung gemacht hatte, hatte er nicht verstehen können, warum diese Macht und das Wissen darum in Vergessenheit ruhte.

Andrew hatte wirklich keine Ahnung, welch gefährlichen Gegner sein überlegenes Schweigen nun hervorbrachte. Seine Abwesenheit gab Pierre die perfekte Gelegenheit, sich in den neuen Kräften zu üben und die Vampire des Clubs zu bekehren. Am Ende würden sie nicht mehr auf ihren vernünftigen Anführer und seine Zuneigung für das schwache, menschliche Volk hören. Warum sollten sie sich auch mit weniger zufrieden geben, wenn sie die Fähigkeit besaßen, die Welt zu beherrschen?

Der Gedanke erheiterte ihn, und so betrat er gut gelaunt das Verlies, in dem Isabella an Ketten gefesselt am Boden lag. Sie wirkte wie tot. Aber Pierre konnte deutlich den schwachen Puls spüren, der wie eine sanfte Vibration auf seinen Körper übergriff und ihn in Erregung versetzte. Schon in der letzten Nacht hatte er sie nehmen wollen. Ihren Leib besitzen und ihre Leidenschaft zur Qual werden lassen wollen.

Er kniete nieder und setzte ihren erschlafften Körper auf. Seine Hände glitten gierig zu ihren Brüsten, die er grob umfasste. Er drängte sich an sie. Hart und wild.

Plötzlich wurde ihre Atmung schneller. Schwach wand sie sich unter seinen Berührungen. Sie blinzelte. Doch ihr Blick war verschwommen.

Sie spürte Pierres heißen Atem auf ihrer Haut. Verlangend strich seine Zungenspitze über ihre Halsbeuge. Er begann schließlich an ihr zu knabbern, sich von ihrem unkontrollierten Pulsschlag verführen zu lassen. Seine spitzen Zähne schoben sich immer weiter über die Lippen.

In Isabellas Unterbewusstsein breitete sich Panik aus. Wie konnte sie ihm und seinen Spielchen entkommen? Die Ketten, die sie hielten, hingen an einem großen eisernen Ring, der wie ein unbezwingbares Joch aus der Wand hinausragte. Sie hatte keine Chance. Stöhnend legte sie den Kopf in den Nacken.

Pierres Feuer wurde von dem schwachen Laut nur noch mehr angeheizt. Er wollte diese Frau besitzen! Wenn er erst einmal ihren Willen gebrochen hatte, würde sie sich ihm wie eine Sklavin unterwerfen. Ein grausames Lächeln schlich sich in seine Mundwinkel. Seine Küsse bedeckten ihren Hals und ihr Dekolleté. Ausgiebig kostete er den Geschmack ihrer Haut. Doch so kläglich es auch sein mochte, Isabella wollte sich wehren.

Jede Bewegung ihrer Glieder schmerzte. Ihre Fesseln und die Drogen in ihrem Körper erlaubten ihr nur wenig Handlungsfreiheit. Darum musste sie ihre geballte verzweifelte Wut in eine einzige Tat legen. Ihr Kopf kippte scheinbar unkontrolliert vor. Sie erwischte mit dem Mund seinen Arm und biss kräftig zu.

Pierre wich fauchend zurück.

„Du kleines Biest!“ Sein Gesicht verzerrte sich vor Wut. Mit seiner unverletzten Hand holte er aus. Bedrohlich ragte er über ihr auf.

Isabella stieß einen erstickten Schrei aus, noch ehe er sie ein weiteres Mal tatsächlich berührte. Sie zog Arme und Beine an sich und war bemüht, sich so klein wie möglich zu machen.

„Pierre!“ Eine herrische Stimme durchbrach die angespannte Situation.

Langsam zog sich der Schatten des dunklen Mannes von Isabellas zierlicher Gestalt zurück. Gefahr schwängerte die ohnehin stickige Luft. Mit einem grimmigen Lächeln auf den Lippen wandte Pierre sich dem Eindringling zu.

„Verzeih mir, Pascal. Ich hatte nicht mit Besuch gerechnet.“

Pierre schob sich vor ihn. Er versperrte ihm die Sicht auf die Frau. Seine Haltung wirkte bedrohlich, als bereite er sich auf eine heftige Auseinandersetzung vor.

„Das sehe ich.“ Pascal blieb ruhig. „Du hast bereits Besuch. – Wer ist sie?“

„Interessiert sie dich?“

„Vielleicht.“

„Willst du mich abhalten von dem, was ich hier unten tue?“

„Das entscheide ich, wenn ich weiß, was genau du hier unten eigentlich machst.“

Es gelang Pierre nicht, Pascal aus der Ruhe zu bringen.

„Die anderen tun es oben, ich hier unten. Ich vergnüge mich. Was sonst?“ Pierres Lächeln verzog sich zu einem dreckigen Grinsen. „Die da ist mein Gast.“

„Du behandelst deine Gäste nicht sehr gut. Andrew würde das ganz sicher missfallen. Das weißt du.“ Als wollte die Frau ihm zustimmen, seufzte sie kläglich. Der Laut löste ein unbestimmtes Verlangen in Pascal aus. Es irritierte ihn. War es der Hunger? Oder die grauenhafte Anspannung, in die Andrews Aufgaben ihn versetzten? Er verwarf den Gedanken. Denn da gab es noch eine andere Frage, deren Beantwortung er suchte.

„Wenn du wirklich nur dein Vergnügen suchst, wozu dann der Zauber, um den Eingang zu schützen? Glaubst du, ich kenne ihn nicht?"

Pierre wusste nicht, ob er beeindruckt oder wütend sein sollte. Vor einigen Sekunden glaubte er noch, er hätte einfach vergessen, die Tür wieder zu versiegeln. Aber er hatte sich geirrt. Pascal wusste um den Zauber. Wie viel wusste er noch?

„Wie interessant."

Die Frau in der Ecke begann mit einem Mal zu wimmern. Offensichtlich spürte sie die aufkommende Gefahr. Pascal fragte sich, ob sie Angst hatte. Vor den Vampiren. Vor ihm.

„Und nun willst du dich mir in den Weg stellen?" Pierres Augen funkelten voller Angriffslust.

„Das kommt darauf an."

Die Luft zwischen ihnen wurde dichter. Ihre überhitzten Gemüter schürten ein loderndes Feuer. Pascal fühlte, wie es in ihm zu brennen begann. Er glühte am ganzen Körper. Seine Gier und Ungeduld kämpften gegen seine äußerliche Ruhe.

„Also, was tust du hier unten?", forderte er nun mit Nachdruck zu wissen.

Pierre trat endlich zur Seite, und Pascal konnte genau sehen, wie erbärmlich und ausgelaugt die junge Frau in den Ketten hing. Ihre halb geöffneten Augen wirkten glasig. Sie musste unter Drogeneinfluss stehen. Vermutlich nahm sie die Geschehnisse nicht einmal wahr.

„Ich bereite sie vor."

Pascal traute seinen Ohren nicht. Mit ausdrucksloser Miene starrte er Pierre an. Es konnte nur ein Ziel geben, das Pierre mit einer Vorbereitung verfolgte.

„Ja, ganz recht." Pierre nickte. „Die alten Rituale. Du erinnerst dich also an sie?"

Pascal erstarrte. Er musterte die Frau von oben bis unten. Ihre weichen Rundungen, die trotz ihrer misslichen Lage so überdeutlich zur Geltung kamen. Die vollen Lippen wirkten sinnlich und verführerisch. Plötzlich machte Pascals dunkles Herz, das er längst für tot gehalten hatte, einen Satz. Wie wild begann es in ihm zu pochen, als wäre er tatsächlich wieder zum Leben erwacht. Es füllte seinen Brustkorb aus, überwältigte ihn regelrecht, obwohl er wusste, dass dort nichts sein konnte. Es schmerzte.

Immer schneller wurden seine Atemzüge. Was war es nur, das ihn so sehr in innerlichen Aufruhr versetzte? Er vermochte nicht zu sagen, wann er zuletzt etwas Ähnliches gespürt hatte. Eine sonderbare Schwäche überfiel ihn. Er verharrte stumm und betrachtete das unbekannte Wesen dort – vor ihm – in der Dunkelheit.

Sie befand sich zusammengekauert – halb liegend, halb gegen die Wand gepresst – in einer dunklen Ecke des Verlieses. Ihre geschundene Haut schimmerte unsagbar weiß. Sie zitterte. Mit jedem Atemzug, den sie tat, schüttelte sich ihr zierlicher Körper auf erbärmliche Weise.

„Natürlich erinnere ich mich an die alten Rituale", sagte Pascal schließlich tonlos. Er hatte die Zeiten miterlebt und wusste um die Grausamkeiten. Beinahe wäre er damals selbst dem Wahnsinn verfallen. Andrew hatte ihn davor bewahrt. Aber würde er ein zweites Mal widerstehen können? Bereits der Anblick der Fremden versetzte ihn in Ekstase. Er stellte sich vor, wie seine Hände in ihr volles schwarzes Haar tauchten, wie süß ihr Duft sein mochte, und sich ihre Haut an seiner anfühlen würde. Wie ihre Blutstropfen auf seiner Zunge perlten.

Feuer loderte in ihm auf. Verlangen ergriff ihn. Hatte er jemals zuvor eine Frau auf diese Weise begehrt? Die Erinnerung war zu schwach. Dabei war sie doch ein hilfloses Opfer – ihrer Freiheit und ihres Willens beraubt. Sie musste Qualen erleiden, unerträgliche Stunden der Einsamkeit und das grausame Gebaren eines Vampirs. Sie würde auch Pascal allein aufgrund seines Wesens verabscheuen, ohne ihn überhaupt zu kennen. Der Gedanke daran versetzte ihm einen Stich.

„Du willst es auch, habe ich recht?" Pierre war das merkwürdige Verhalten Pascals nicht entgangen. „Du weißt noch ganz genau, wie sie sich angefühlt hat – die Lust. Wir könnten es zusammen tun. Sie ist jung und stark. Sie reicht für uns beide."

„Andrew würde dich vernichten, wenn er hier wäre."

„Aber Andrew ist in Paris."

Pascal schwieg.

„Was sagst du? Bereiten wir sie gemeinsam vor?" Pierre sah ihn auffordernd an.

„Nein." Mit einem Ruck löste Pascal sich aus seiner angespannten Haltung. Den Grund konnte er sich selbst nicht erklären, aber er wusste, dass Pierre dieser Frau kein Leid zufügen durfte.

„Du willst mich aufhalten? Dann versuch es doch!" Pierre ging ein Stück weit in die Knie. Er machte sich kampfbereit.

„Nein", wiederholte Pascal. „Die da will ich für mich allein."

Isabella wimmerte schwach, als sie vom Boden aufgehoben wurde. Starke Arme umschlossen ihren zerbrechlichen Körper und bargen sie an einem wärmenden, männlichen Brustkorb. Ihre Haut war kalt und feucht. Die Spuren der Pein hafteten an ihr.

Sie widerstand dem Impuls, sich zu wehren. Ohnehin fehlte ihr die notwendige Kraft dazu. Die Nähe des fremden Mannes wirkte überraschend beruhigend. Er vertrieb die Kälte, die sich wie ein eisiges Feuer in ihr ausgebreitet hatte. Plötzlich wollte sie sich fallen lassen. Wie von selbst glitten ihre Fingerspitzen über seinen Hemdkragen hinauf, bis sie sich hinter seinem Nacken ineinander verschlossen. Ihre Wange lehnte an seiner Schulter. Zunächst vorsichtig, dann immer zutraulicher suchte sie seine Wärme.

Der Hauch eines Lächelns zeichnete sich auf Pascals Lippen ab. Diese Frau war zutraulicher als ein Welpe! Oder ergab sie sich schlussendlich nur der Qual, die sie nicht länger ertragen konnte? Er wusste es nicht.

Trotz der vielen Stunden, die sie in dem alten modrigen Verlies des Clubs verbracht hatte, wirkte ihr Anblick noch immer betörend. Ihre zarten Glieder schmiegten sich perfekt an seinen athletischen Körper. Der seidige Glanz ihrer nachtschwarzen Haare umrahmte ihr fein geschnittenes Gesicht mit den sinnlich blutroten Lippen. Sie verkörperte die pure Verführung. Alles in Pascal brannte vor Verlangen auf. Beinahe hätte er die erste Stufe der Treppe verfehlt und wäre gestolpert.

Er schüttelte den Kopf. Wie konnte er nur so unkonzentriert sein? Er war nicht mehr der Herr seiner Sinne. Seine Gedanken kreisten einzig und allein um die hilflose Frau, die er in seinen Armen hielt.

Sie war in einen sanften Erschöpfungsschlummer gesunken. Die Anspannung, der Widerstand und die betäubenden Drogen hatten sie ein hohes Maß an Energie und Kraft gekostet. Nun forderte ihr Körper seine verdiente Ruhe. Ausgerechnet ein vollkommen Fremder gewährte ihr diese.

Pascal erinnerte sich, welchen Namen die Blonde vom Vortrag ihm genannt hatte.

„Isabella." Er strich der Frau eine Haarsträhne aus dem Gesicht. Seine Fingerspitzen glitten nur ganz sacht über ihre Haut. Dennoch verursachte diese Berührung ein Prickeln, das durch seinen gesamten Körper strömte. „Bella", flüsterte er, lehnte sich vor und küsste sie auf die Stirn.

Mit einem gequälten Seufzer reckte Isabella das Kinn. Ihre Augen waren noch immer geschlossen. Sie schlief.

Träumte.

Pascal fragte sich von wem oder was. Sie wirkte so sanftmütig und unschuldig, beinahe engelsgleich. Erschrocken über sich selbst riss er sich von ihrem Anblick los. Er war auf der Treppe, direkt vor der Tür, stehen geblieben. Energisch streckte er die Finger aus und zeichnete einen imaginären Kreis in die kalte Wand vor sich. Einige Worte einer uralten Sprache kamen murmelnd über seine Lippen. Isabella wand sich in seinen Armen, als würde sie von einem Alptraum gequält. Doch schon im nächsten Augenblick öffnete sich die Tür, und die junge Frau sank stumm in sich zusammen.

Viel zu abrupt ließ Pascal von ihr ab. Er trat zurück und betrachtete die Schönheit auf seinem Bett. Ihre ruhige Atmung wurde von einem Rasseln durchbrochen, als hätte sich ein böser Geist in ihre Träume verirrt.

Pascal kehrte ihr den Rücken zu. Nachdenklich schritt er durch den Raum, verharrte kurz im Türrahmen, setzte seinen Weg wieder fort. Sein Inneres glühte förmlich aufgrund der wilden Gefühle, die so plötzlich auf ihn einstürmten. Ihm war alles andere als kalt. Trotzdem blieb er direkt vor dem offenen Kamin stehen und starrte in das Feuer. Die Flammen spiegelten sich in seinen hellen Augen. In ihnen blitzte die Gefahr auf, die Pascal wie ein übermächtiger Schatten verfolgte. Für ihn wäre es nur normal gewesen, die Frau in seine Gewalt zu bringen und ihr seinen Willen aufzuzwingen. Jede andere hätte er sich längst genommen. Mit jeder anderen hätte er den Reiz und die Lust ausgekostet. Nun aber überfielen ihn zum ersten Mal Zweifel an seinen Handlungen. Er hatte tatsächlich Vorbehalte, sich Isabella zu nähern. Selbst sein sanfter Kuss auf ihre Stirn kam ihm merkwürdig obszön vor.

„Verdammt noch mal“, fluchte er zischend. Seine Gesichtszüge verhärteten sich. Unmerklich ballten sich seine Hände zu Fäusten. Er war nicht so schwach, dass er sich von dieser Art Empfindungen leiten ließ!

Ungehalten kehrte er in sein Schlafzimmer zurück. Seine Gedanken überschlugen sich. Was er tun wollte oder durfte trat in den Hintergrund. Vergessen waren die Regeln, die Andrew ihm und allen Club-Mitgliedern auferlegt hatte. Sein Verlangen siegte über das alles. Raubkatzengleich schnellte er auf das Bett zu und näherte sich der schlafenden Isabella. Sein Oberkörper glitt dicht über den ihren. Endlich war er ihr so nahe, dass sich seine überschäumende dunkle Seele beruhigte. Er nahm ihren Geruch auf – sog ihn tief durch die Nase ein, um ihn niemals zu vergessen. Seine Lippen kosteten ihren Geschmack. In kleinen Bahnen kreiste seine Zunge über ihre Haut. Es entlockte ihr ein leises Stöhnen. Entspannt lag sie da und begann zu seiner Überraschung mit beiden Händen behutsam sein Haar zu kraulen. Ein zufriedenes Lächeln umspielte ihre Mundwinkel, während sie die Augen geschlossen hielt.

Nach wie vor strömte die Benommenheit durch ihre Glieder. Pierres Einfluss war stark gewesen. Beinahe hätte er es geschafft, ihren Willen zu brechen. Pascal hätte nicht sagen können, wie sie es geschafft hatte, ihren Widerstand aufrecht zu erhalten.

Da gab es eine fremde Macht in ihr. Oder waren es einfach nur die Angst und ihr Lebenserhaltungstrieb gewesen? Er wusste es nicht. Im Moment kümmerte es ihn auch wenig. Er ließ sie die verlockenden Berührungen eines Vampirs spüren. Er wärmte sie – setzte sie in Flammen – vermittelte ihr aber auch das Gefühl von Geborgenheit. In seinen Armen sollte sie sich nicht fürchten. Obgleich sie sich am Rande ihrer Wahrnehmungsfähigkeit befand, schenkte er ihr diese Gewissheit mithilfe seiner Gedanken. Er weckte das Verlangen in ihr – und auch die Lust, die ihn selbst so sehr quälte. Bis sie schließlich in einem Traum der Leidenschaft versank, vor dessen Wildheit sie womöglich erschrecken mochte.

Sehr zaghaft begannen ihre Finger an seiner Kleidung zu nesteln. Das Kribbeln der Leidenschaft nahm offensichtlich von ihr Besitz. Sie machte Anstalten, ihm das Hemd vom Oberkörper zu zerren. Schließlich riss der Stoff an einer kleinen Stelle, und Pascal hob verblüfft den Kopf. Er fragte sich, wie es möglich sein konnte, dass sie seine Zärtlichkeiten erwiderte. Sie kannten sich nicht einmal. Sie waren sich nie zuvor begegnet. Obendrein schlief sie mehr, als das sie wachte. Welche Art Zauber ließ ihn nur so verrückt sein und nun auch noch auf ihre eindeutige Aufforderung eingehen?

Andrew hatte sich einen feinen Vertreter ausgesucht! Bei dem ersten Versuch, im Club für Ordnung zu sorgen, fiel Pascal selbst über ein unschuldiges Opfer her. Aber diesen Gedanken schob er schnell beiseite. Er konnte sich schlichtweg nicht mehr beherrschen.

Isabella keuchte verlockend. Sie bäumte sich unter seinem Körper auf – streckte sich ihm entgegen. Ihre weichen vollen Brüste schmiegten sich durch den Stoff an seinen bloßgelegten Oberkörper. Seine Sinne waren in diesem Augenblick so sensibel, dass er glaubte, ihre harten Nippel würden wie brennende Pfeile der Lust gegen seine Haut stoßen. Er ließ seine Hände in ihren Nacken gleiten und nach dem Anfang des Reißverschlusses suchen. Sogleich öffnete er ihn und befreite Isabella aus dem schwarzen Stoff des Overalls. Der Anblick ihrer nun hervorblitzenden roten Spitzenunterwäsche reizte ihn nur noch mehr. Seine gierigen Blicke hefteten sich auf ihre Brüste, die sich unter ihren Atemzügen verführerisch hoben und senkten. Pascal beugte sich hinab, schob den zarten Stoff an einer Seite hinunter und umschloss ihre Brustwarze mit seinen Lippen. Seine Zunge neckte die erregte Spitze, bis Isabella vor Verzückung juchzte. Da spürte auch er, wie eng sein lästiges Beinkleid allmählich wurde. Ein beinahe schmerzliches Pulsieren in seinem Glied raubte ihm jeglichen klaren Gedanken. Viel hastiger, als er sich selbst jemals erlebt hatte, fummelte er an dem Verschluss seiner Hose.

Isabella nahm seine Bemühungen wahr. Sie versuchte sich unter ihm aufzurichten. Ihre Hände fuhren in seinen Bund. Pascal drehte sich auf die Seite. Er ließ Isabella gewähren, als sie die Hose von seinen Beinen zog und seine nackte Haut im nächsten Moment mit wilden Küssen bedeckte.

Sie hätte nicht sagen können, was da eigentlich in ihr vorging. In ihrem Kopf herrschte eine merkwürdige, dunkle Leere. Weder kannte sie diesen Mann, noch diesen Ort. Es war, als würde sie von einer fremden Macht geleitet. Da gab es nichts, abgesehen von unbändigem Verlangen.

Plötzlich spürte sie, wie sich sein harter Penis gegen ihren Unterleib drückte. Ein heftiges Ziehen in ihrem Schoß überwältigte sie. Alles um sie herum begann zu flimmern. Gleich würde sie ohnmächtig werden. Zumindest gaukelte das ihr verworrenes Bewusstsein vor.

Pascal fasste ihr Innehalten als erneute Aufforderung auf. Er schob den spitzenbesetzten Slip über ihren Po hinab. Seine Hände verweilten kurz auf den festen Rundungen. Sie fühlte sich so gut an!

Isabella dämmerte in einer Scheinwelt dahin. Ihr Körper war gefangen von der Leidenschaft. Zwischen ihren Schenkeln sammelte sich eine leichte Feuchte. Sie konnte es nicht länger ertragen. Wie von selbst öffneten sich ihre Beine. Sie schlangen sich regelrecht um Pascals Unterkörper.

In diesem Augenblick verlor Pascal jegliche Kontrolle über sich. Er wollte diese Frau mit seiner ganzen animalischen Seele nehmen. Sie besitzen. Immer und immer wieder in ihre Feuchte eintauchen, bis sie um Erlösung winselte.

Mit einem erschrockenen Keuchen nahm sie ihn in sich auf. Er drang heftig in sie. Sein Rhythmus war ungebändigt, so dass sie ihm kaum standhalten konnte. Da gab es keine Zärtlichkeiten mehr. Pascal behandelte sie grob. Er dachte lediglich an seine eigene Befriedigung.

Isabella krallte sich mit den Fingern im Laken fest. Sie versuchte ihn zu bremsen. Doch Pascal war längst nicht mehr Herr der Lage. Gewaltsam presste er sich auf sie, bewegte sich auf und ab, bis sein Höhepunkt endlich nahte. Er beugte den Kopf auf ihren Hals zu. Ihr Blut rauschte in seinen Ohren. Er konnte es bereits riechen. Süß, mit einer feinen, würzigen Note. Seine Zungenspitze befeuchtete ihre Haut.

Isabella wand sich. Sie wollte ihn von sich stoßen. Doch ehe sie dazu ansetzen konnte, spürte sie das verräterische Kribbeln ihrer Klitoris. Als Pascal sich schließlich in ihr verströmte und seine Zähne in ihr Fleisch versenkte, wurde ihr Körper von einer ekstatischen Welle geschüttelt. Obwohl sie gerade noch vor Panik hatte schreien wollen, erfüllte sich ihr Inneres nun mit einer wunderbaren Befriedigung. Dieses Mal verfiel sie jedoch tatsächlich der Ohnmacht.

Isabellas Blut kam der puren Versuchung gleich. Nie hatte Pascal etwas Köstlicheres getrunken. Danach zuckte jedoch ein stechender Schmerz durch seinen Brustkorb. Glühender Lava gleich floss der Lebenssaft in seinen Adern und verband sich mit seinem eigenen Blut.

Er fühlte sich eigenartig – als hätte er sich vergiftet.

Was geschah mit ihm? War das die gerechte Strafe für seinen arglosen Umgang mit Isabella? Er hätte sie einfach bei Pierre im Kerker lassen sollen. Dort hätte sie ihm weder Schaden noch Schande bereiten können. Nun suchte ihn offensichtlich beides heim. Wie irr sprang er vom Bett auf die Füße. Er atmete tief ein und aus. Wieder und wieder, bis die rasenden Gedanken in seinem Kopf zu einem Stillstand fanden.

Isabella lag vor ihm auf seinem Bett. Nackt und schön und verführerisch. Sie seufzte im Schlaf und kuschelte sich glückselig in die Kissen. Pascal stellte sich vor, er wäre das Kissen, und sie würde zart mit ihren Lippen seine Haut berühren.

Er schüttelte den Kopf.

Er wollte nicht wahr haben, was allein ihr Anblick an Gefühlen in ihm auslöste. Verlangen und Begehren – das alles hatte er zuvor gekannt. Aber niemals diesen schmerzlichen Drang, einer menschlichen Frau einfach nur nahe zu sein.

Wieder dieses Stechen in seiner Brust! Es schleuderte ihn in die Realität zurück. Mit ihm geschah etwas Seltsames, das nicht allein auf Isabellas Anblick zurückzuführen war. Pascal spürte eine eindeutige Veränderung in sich. Plötzlich wurden seine Glieder schwächer. Halb betäubt taumelte er zurück, bis er schließlich mit dem Rücken gegen die Wand stieß. Dagegen gelehnt verharrte er. Ihm wurde schummerig. Ein Gefühl, das er in seinem Vampirdasein längst vergessen hatte.

Sein Blick ruhte nach wie vor auf Isabellas makellosen Rundungen. Die Konturen verschwammen nun jedoch vor seinen Augen. Diese Frau raubte ihm nicht nur den Verstand, sondern auch die Kraft.

Aber vermutlich hatte er es nicht anders verdient, gestand er sich ein. Er hätte sie in ihrem Zustand nicht anrühren dürfen. Andrew würde ein derartiges Verhalten niemals tolerieren – sollte er je davon erfahren.

Flucht

Isabella erwachte am Morgen aus einem tiefen Schlaf. Nur langsam wurde sie sich ihrer Umgebung bewusst. Der Raum, in dem sie sich befand, war groß und wirkte trotz der Tageszeit düster. Schwach verirrten sich Sonnenstrahlen durch eine Lücke zwischen den geschlossenen, schweren Vorhängen ins Zimmer.

Isabella blinzelte. So viele Eindrücke wüteten auf einen Schlag in ihrem Kopf und verursachten ein gewaltiges Gefühlschaos. Sie konnte das alles nur schwerlich verarbeiten. Sie erinnerte sich an die Gefangennahme und die grobe Behandlung durch diesen niederträchtigen Vampir. Ihre Rettung. Und dann ... Ihr wurde heiß, als sie an die darauffolgenden Ereignisse dachte. Ein leichtes Pulsieren in ihrem Schoß sprach von Lust und Verlangen. Ihr attraktiver Retter mit den eisblauen Augen und dem langen blonden Haar tauchte wie eine

Illusion vor ihr auf. Seine Küsse schienen noch immer wie Feuer auf ihrer Haut zu brennen.

Die Heftigkeit ihrer Empfindungen ließ sie erschauern. Sie fuhr sich mit beiden Händen über das Gesicht, durch die Haare. Ihr eigener – sonderbar veränderter – Schweißgeruch brannte in ihrer Nase. Hatte sie das, was sie glaubte, tatsächlich erlebt? Oder war sie einfach mit Drogen gefügig gemacht worden? Die vergangene Nacht wirkte verwirrend und realitätsfern.

Doch dann kam ihr ein Gedanke. Mit den Fingerspitzen tastete sie über ihren Hals. In ihrer Erinnerung hatten die Vampire sie gebissen. Es mussten Spuren zurückgeblieben sein. Kleine Male, verursacht von den spitzen Zähnen der dunklen Wesen. Wenigstens ein Kratzer müsste erkennbar sein.

Aber da war nichts! Sie konnte nicht einmal die Winzigkeit einer Verletzung ertasten.

Als sie aufstand und sich in den ausgenommen großzügigen Räumlichkeiten umsah, konnte sie auch keinen Spiegel finden, der Gewissheit über ihre äußerliche Unversehrtheit gegeben hätte.

Welch ein merkwürdiger Ort!

Und so ruhig – stellte sie in diesem Moment fest. Mitten im Raum blieb sie stehen und lauschte. Ganz schwach drangen Geräusche von draußen hinein. Vorübergehende Menschen und Autos auf der Straße. Doch im Haus selbst herrschte Totenstille.

Isabella beschlich eine düstere Ahnung. Sie schritt abermals durch die Räume und suchte nach einem Lebenszeichen, gleich welcher Art. Sogar unter dem Bett sah sie nach.

Nichts.

Wo hielten sie sich auf? Wo versteckten sie sich und ihre Särge?

Schlagartig wurde ihr mulmig zumute. Sie spürte die Kälte der Angst und zog fröstelnd die Schulterblätter zusammen. Erst da fiel ihr auf, dass sie die ganze Zeit über nackt gewesen war.

Einzig ein goldenes Armband trug sie an ihrem linken Handgelenk. Ein Kleinod, das sie von Geburt an besaß. Ein Geschenk ihrer Eltern. Das einzige. Sie wusste nichts von diesen Menschen, die sie damals allein gelassen hatten.

Sieben grüne Steine waren in die goldenen Glieder des Armbandes eingearbeitet. Aufgrund ihrer Form nannte Isabella sie stets „Katzenaugen". Und in diesem Moment erschien es ihr tatsächlich, als würden die Steine sie anstarren. Erschrocken verschränkte sie die Hände hinter dem Rücken.

Was genau war eigentlich in der vergangenen Nacht geschehen? Ihre Kleidung fand sie ordentlich auf einem Stuhl neben dem Bett zusammengelegt. Ein Detail, das sie nicht gerade beruhigte.

So sehr sie sich auch bemühte, ihre Erinnerungen waren kaum mehr als Schemen und verzerrte Bilder. Nur ein schwacher Lustfunken schlich durch ihren Unterleib, jedes Mal, wenn das Abbild des Blonden wieder vor ihrem inneren Auge auftauchte.

Sie schüttelte sich.
Während sie eilig in ihre Unterwäsche und den Overall zu schlüpfen begann, blickte sie sich erneut um. Ihr wurde immer unbehaglicher in dieser Umgebung. Ihre Gedanken spielten verrückt. Sie malte sich die merkwürdigsten Dinge aus. Womöglich war sie am Ende von einem Perversen entführt und eingesperrt worden. Und nun beobachtete er sie heimlich und labte sich an ihrer Verwirrung.
Sie musste diesen Ort verlassen. Sofort!
Ihre Jacke fehlte, was sie jedoch mit einem Schulterzucken hinnahm. Für eine Suche nach dem Kleidungsstück blieb ihr keine Zeit.
Überraschenderweise fand sie keinerlei verschlossene Türen. Dabei hatte sie mit einer wesentlich schwierigeren Flucht gerechnet. Als sie schließlich vor dem Haus auf dem Bürgersteig stand, verharrte sie. Das Entkommen schien so einfach. Würde sie den Vampir-Club ebenso leicht wieder betreten können?
Sie drehte sich um und wollte die Türklinke hinunterdrücken. Doch diese gab sich hart und unnachgiebig und ließ sich keinen Millimeter bewegen. Nun, da Isabella hinausgetreten war, blieb ihr der Weg zurück versperrt.

Pascals Körper vibrierte. Er spürte, wie sich ein immer intensiver werdendes Hämmern durch seinen Brustkorb zog. Es lähmte ihn auf unerklärliche Weise. Und als er schon glaubte, es könnte gar nicht mehr schlimmer kommen, krümmte er sich vor Schmerz zusammen. Ein heftiger Krampf ergriff Besitz von ihm.
Der Morgen war angebrochen. Obwohl Pascal in seinem düsteren Versteck keinen Sonnenstrahl sehen konnte, wusste er es. Er erlebte den Anbruch des Tages wie nie zuvor. Denn für gewöhnlich befand er sich zu diesem Zeitpunkt längst in einem tiefen Schlaf. Nicht aber an diesem Morgen.
Das Verlassen Isabellas quälte ihn. Er fühlte ihre Angst und die aufkommende Panik, die sie nervös nach ihren Sachen greifen ließ. Sie konnte den Club gar nicht schnell genug wieder verlassen. Als die Tür schließlich hinter ihr ins Schloss fiel, sank Pascal in sich zusammen. Die Anspannung verflog jäh. Zurück blieb der Geschmack einer unerklärlichen Macht.
Pascal blieb eine Weile still liegen und starrte in die Dunkelheit. Er hatte auf sein Versteck in einer kleinen Kammer, direkt neben dem Schlafzimmer, zurückgreifen müssen. Ein unbequemer Ort mit nicht viel mehr Mobiliar als einem Bett und einem winzigen Schrank.
Viel lieber wäre er allerdings auf der anderen Seite der Tür gewesen, um Isabella am Gehen zu hindern. Wie hatte er nur so verrückt sein können und hoffen, sie würde freiwillig bleiben und auf ihn warten? Er verstand sich selbst

nicht. Seine Gefühle. Vor allem aber diese merkwürdigen Körperreaktionen seit dem Sex mit Isabella. Etwas Ähnliches hatte er bei keiner Frau zuvor verspürt.

War es das, was Andrew so verändert hatte?

Er musste sich ganz einfach dagegen wehren. Verflucht sollte er für seine Schwäche sein!

Er war ein mächtiger Vampir, der alles haben konnte, was er nur wollte. Diese Frau – Isabella – spielte keine Rolle. Sie war nur eine ganz gewöhnliche Frau. Nichts Besonderes. Das sagte Pascal sich immer und immer wieder, bis er schließlich doch noch seinen tiefen, todesgleichen Schlaf fand.

Verwirrt stolperte Isabella durch die Straßen. Sie versuchte sich an das zu erinnern, was vor ihrem Aufenthalt in dem Vampir-Club geschehen war. Es schien in so weiter Ferne zu liegen, dass sie es kaum greifen konnte.

Louisa. Hatte die Freundin sie nicht davor gewarnt, dorthin zu gehen?

Isabella fragte sich, wie spät es eigentlich war. Sie hatte für diesen Tag gewiss schon eine oder mehrere Vorlesungen verpasst. Louisa würde sich vermutlich Sorgen machen.

Vor der Tür einer Apotheke entdeckte sie eine digitale Uhrzeitangabe. Erst in diesem Moment wurde ihr bewusst, wie schwer der Kopf auf ihren Schultern lastete. Alles dröhnte und rauschte. Sie fühlte sich sogar ein wenig benommen. Dennoch registrierte sie die Uhrzeit: 8.35 Uhr. Überraschend früh, wie sie sich selbst eingestand. Dann ging sie weiter, ohne in der Apotheke nach einem Medikament zu fragen. Was hätte sie auch verlangen sollen? Ein Anti-Vampir-Serum? Man hätte sie ausgelacht. Ganz sicher.

Wenige Augenblicke später erreichte Isabella ihre Wohnung. Automatisch fischte sie ein Werbeprospekt aus dem Briefkastenschlitz und klemmte es sich unter den Arm. In ihrer Handtasche wühlte sie nach dem Schlüssel. Ein kurzer Schreck durchfuhr ihre Glieder, als sie ihn nicht auf Anhieb fand. Doch schließlich stießen ihre Finger gegen das erlösende Metall. Sie schloss auf, stieg die wenigen Treppenstufen empor und öffnete die Tür zu ihrer Wohnung. Im Flur wäre sie beinahe zusammengebrochen. Taumelnd, mit der Wand als Stütze, erreichte sie ihr Wohnzimmer und ließ sich der Länge nach auf das Sofa fallen.

Ihr Herz klopfte zum Zerspringen. Die Bilder in ihrem Kopf würden sie noch in den Wahnsinn treiben. Immer wieder schob sich dieser blonde Verführer in ihre Gedanken. Sie wusste nicht, wie sie eigentlich in seine Arme geraten war. Doch sie spürte, wie sehr sie seine Berührungen genossen hatte. So sehr, dass sie am liebsten an gar nichts anderes mehr denken wollte.

Wie primitiv du bist, schimpfte sie sich selbst!

Und doch seufzte sie und schlang die Arme energisch um eines der Sofakissen, als sie nun so da lag und vor sich hin schlummerte.

Gegen Mittag wurde sie von einem permanenten Klingeln, begleitet von stürmischem Klopfen an ihrer Tür, in die Realität zurückgeschleudert.

„Isabella! Mach doch endlich auf! Ich weiß, dass du da drin bist! Man hat dich reingehen sehen!“

Louisa?

Isabella kämpfte sich vom Sofa hoch. Für einen grauenhaften Moment glaubte sie, ihr Kopf würde nun endgültig zerspringen. Dann stand sie auf den Füßen. Blinzelnd betrachtete sie ihr Umfeld.

„Isabella!“

Das Klingeln stach wie ein Messer auf ihren Schädel ein.

„Verdammt noch mal“, fluchte sie. „Ich komme ja schon!“

Sie stolperte zur Tür. Dabei knickte sie um und schimpfte nur noch mehr vor sich hin. Ihre Füße steckten nach wie vor in den hochhackigen Schuhen, die sie nun wütend in die Ecke schleuderte. Endlich erreichte sie die Klinke und drückte sie hinunter. Sogleich wurde die Tür von außen mit einem derartigen Ruck aufgerissen, dass es Isabella beinahe erneut umhaute. Sie sprang zurück und starrte Louisa mit weit aufgerissenen Augen an.

„Bist du verrückt geworden?!“

Louisa legte den Kopf schief und betrachtete ihre Freundin abschätzend. „Das fragst du mich? Was ist eigentlich los mit dir?“

„Was soll schon mit mir los sein? Gar nichts.“ Isabella wandte sich ab. Sie verspürte auf einmal den Drang, sich ablenken zu müssen. Sich mit irgendetwas zu beschäftigen. Nur reden wollte sie nicht. Daher marschierte sie schnurstracks in die Küche. Sie räumte einige Geschirrstücke aus vollkommen undurchsichtigen Gründen von einem Fleck zum anderen.

Louisa war ihr währenddessen gefolgt, lehnte nun im Türrahmen und beobachtete Isabella. Diese griff nun nach der Kaffeekanne und füllte sie mit Wasser.

„Möchtest du auch?“, fragte sie, ohne aufzusehen. „Ich könnte jetzt einen vertragen.“

„Isa“, ihre Freundin seufzte, „ich sag's dir nicht gerne, aber du siehst schrecklich aus. Was ist passiert?“

Anstatt endlich von dem Club und den Vampiren zu erzählen, wich Isabella jedoch erneut aus. „Ich weiß nicht, was du meinst. Ich war auf einer Feier. Ist spät geworden. Und ich hab bis eben geschlafen.“ Sie nahm einen Kaffeefilter aus einer Halterung an der Wand. „Auf dem Sofa.“

„Auf dem Sofa? In den Klamotten?“

„Ja.“

„Und die Nacht davor?“

Isabella nahm eine Metalldose von ihrem Küchenregal und schaufelte daraus das Kaffeepulver in die Maschine.

„Da haben wir doch gelernt“, gab sie tonlos zur Antwort.

„Nein.“ Louisa schüttelte den Kopf. „Das war vor zwei Nächten.“

Mit einem Mal wurde es Isabella schwindelig. Die Metalldose wäre ihr beinahe aus den Händen geglitten und zu Boden gefallen. Ihr Magen krampfte sich zusammen. Sie suchte an der Kante der Arbeitsfläche nach einem Halt, da sie fürchtete, ohnmächtig zu werden.

„Vor zwei Nächten?“

Im nächsten Moment war Louisa an ihrer Seite. Vorsichtig streckte sie eine Hand nach der Freundin aus.

„Alice hat mir ziemlich wirres Zeug erzählt. – Von dem Club, in dem sie dich angeblich gesehen hat. Sie meinte, die Leute da würden dich umbringen. Aber sie sagte auch, dass wir nicht zur Polizei gehen dürften, weil diese Leute uns dann ebenfalls umbringen würden.“ Louisa wirkte verzweifelt. „Ich habe mir wirklich Sorgen gemacht. Ich wäre heute Nacht selbst in den Club gegangen, wenn ich dich nicht gefunden hätte.“

Viel länger konnte Isabella nicht an sich halten. Sie fiel ihrer Freundin einfach in die Arme.

„Tut mir leid“, nuschelte sie.

Isabella konnte sich ihr gestörtes Zeitverhältnis nur durch Drogeneinfluss erklären. Der erste Vampir musste ihr schon an der Bar etwas in ihr Getränk gemischt haben. An die darauffolgenden Geschehnisse erinnerte sie sich lediglich vage. Er hatte versucht, ihren Willen zu brechen, und er hatte von ihrem Blut getrunken. Wie auch der Blonde. Allerdings auf eine ganz andere Weise. Sie gestand sich ein, dass sie sich gegen Letzteren vermutlich nicht einmal unter vollem Bewusstsein ihrer Handlungen gewehrt hätte.

Sie wünschte sich nichts mehr, als ein besseres Bild von ihm in ihrem Kopf. In Wahrheit war es unheimlich verschwommen.

Seufzend stützte sie ihr Kinn in der Handfläche ab. Mittlerweile saßen Louisa und sie am Küchentisch und tranken Kaffee. Vorher hatte sich ihre Freundin auf den Weg gemacht, um Brötchen und Croissants zu holen. Sie befand, dass Isabella endlich etwas essen musste. Doch diese nagte nur sparsam wie eine Maus an einem der Croissants.

„Drogen also?“ Louisa zog die Nase kraus. „Das ist ja furchtbar. Du solltest sie anzeigen.“

„Nein.“ Isabella winkte ab. „Ich habe sie ja auch genommen. Ich bin genauso Schuld.“

Sie hatte keine Ahnung, aus welchem Grund sie Louisa anlog. Aber sie wusste, dass es besser war, die Wahrheit für sich zu behalten.

Vampire!

Ein irrsinniges Lächeln schlich sich in Isabellas Züge. Sie hatte sie also tatsächlich gefunden. Diese Wesen der Nacht. Düstere Gestalten, denen sie nur um ein Haar entkommen war. Oder hatte der Blonde sie absichtlich wieder laufen lassen?

Die Stille des Kerkers wurde durch ein zartes Flirren durchbrochen. Jemand hatte sich die Treppe hinuntergestohlen und schlich nun entlang der kalten Steinwände auf ihn zu.

Pierre lauschte aufmerksam, blieb jedoch vollkommen bewegungslos. Er wartete.

Dann betrat sie auf einmal den Raum der alten Ritualstätte. Gekonnt posierte sie in dem spärlichen Schein des Kerzenlichtes und brachte ihren Schatten in verführerische Bewegungen. Sie drehte sich wie ein Model auf dem Laufsteg. Mit aller Macht wollte sie Pierres Aufmerksamkeit erzwingen. Als er jedoch endlich auf sie zugesprungen kam und sie mit einem gewaltigen Satz gegen die Steinwand presste, rang sie erschrocken nach Atem.

„Was soll das werden?"

Chantal wollte sich ihm entziehen und unter der festen Umklammerung seiner Arme hindurchschlüpfen. Aber sie bemühte sich vergebens. Pierre war stark und besaß neuerdings recht ungewöhnliche Kräfte.

„Pierre", wimmerte sie schließlich hilflos. „Lass mich los."

Er dachte nicht daran, ihrem Flehen nachzukommen. Stattdessen drückte er seinen harten Körper noch enger an ihre weichen Rundungen. Seine Lippen öffneten sich ein wenig, so dass sie seine spitzen Zähne hervorblitzen sah. Er küsste sie auf die Stirn. Sanft verfolgte sein Mund die Konturen ihres Gesichtes. Sein Spiel dauerte solange, bis sie ihren Widerstand aufgab. Als ihre angespannten Glieder erschlafften, löste er sich wieder ein Stück von ihr.

Sein dämonisches Grinsen hätte sie warnen müssen. Doch Chantal blickte ihn nur an und flehte: „Hör nicht auf."

Pierre fauchte wild. Er packte sie bei den Schultern und schleuderte sie brutal in die Ecke. Chantal schrie mehr vor Zorn als vor Schmerz. Sie konnte ihren Sturz nicht abfangen. Er hatte sie viel zu sehr überrascht. Zusammengekrümmt blieb sie liegen.

„Du bettelst zu viel!" Pierre spuckte aus. Er schenkte ihr einen verächtlichen Blick. „Du willst eine richtige Vampirin sein? Du bist armselig! Ich könnte dein Dasein beenden. Jetzt gleich."

Wütend rappelte Chantal sich auf. Sie war viel schneller wieder auf den Beinen, als er es ihr zugetraut hatte. Ihre Lippen verzogen sich auf hässliche

Weise, und ihre Augen schienen glühende Funken zu sprühen. Sie knurrte. Wild und ungestüm wirkte sie in diesem Augenblick auf Pierre. So mochte er sie. So wollte er sie haben.

Erneut packte er sie und riss sie zu Boden. Dieses Mal jedoch auf lustvolle Weise. Seine Finger glitten unter ihre schwarze Lack-Kleidung. Er hasste die vielen Bänder, die daran befestigt waren und anscheinend den einzigen Zweck besaßen, ihn aufzuhalten. Mit brachialer Gewalt zerriss er ihr knappes, verschnürtes Oberteil.

Chantal gurrte wie ein Täubchen. Sie konnte gar nicht genug von seiner stürmischen Leidenschaft bekommen. Nur eines gab es, was ihr noch mehr Freude bereitet hätte.

„Was ist mit dem Mädchen? Wir könnten mit ihr spielen.“ Ihre Zungenspitze fuhr über seine Ohrmuschel. Sie wusste, dass ihm diese Art Spiel ebenfalls gefiel.

Doch Pierre blieb desinteressiert. Er zerfetzte nun auch ihren Minirock, befreite sie von dem Stoff und öffnete ihre Beine. Seine Zunge kitzelte ihre Schamlippen. Chantal fühlte die enorme Hitze in ihrem Unterleib. Sie erschauderte bereits bei dem ersten Vordringen Pierres. Er tauchte wieder und wieder in sie, während sich seine Hände fest um ihre Pobacken schlossen.

Chantal keuchte. Ihre Finger glitten die kalte, dreckige Steinwand entlang. Sie suchte nach einem Halt, verlor sich jedoch in dem ekstatischen Moment. Der Orgasmus brachte sie zum Erbeben. Sie bäumte sich kurz auf, um gleich danach wieder gen Boden zu sinken. Nun fühlte sie Pierres Hände in ihrem Rücken. Er richtete sie auf, drückte sie unsanft an der Wand empor. Noch immer fühlte sie sich haltlos. Schließlich zwang Pierre sie, ihre Schenkel zu spreizen und seinen Unterleib mit den Beinen zu umklammern. Fest presste er sich an sie. Vor Lust trunken öffnete Chantal sich ihm. Sie nahm sein Glied in sich auf und ließ ihn gewähren, als er heftig und rücksichtslos immer wieder in sie eindrang.

Schließlich erreichte auch er seinen Höhepunkt. Er biss in die eine Seite ihrer Brust und trank genussvoll von ihrem Blut. Chantal hätte ihn gerne stöhnen gehört. Aber das tat er niemals. Stattdessen grinste er frech und offenbarte ihr ein gefährliches Glühen in den Tiefen seiner Augen.

„Was ist nun mit dem Mädchen?“, versuchte Chantal es abermals. Hatte er etwa seine Vorlieben über Bord geworfen?

„Sie ist nicht mehr hier.“ Er sagte das so gleichgültig, als hätte es tatsächlich keinerlei Bedeutung für ihn.

„Aber was ist mit dem Ritual?“

„Wir finden eine andere dafür.“ Seine Zungenspitze umkreiste eine ihrer Brustwarzen. Er wollte sie ganz offensichtlich ablenken.

„Ich will keine andere“, beharrte Chantal. „Hol sie mir zurück.“

„Chantal, meine Liebe.“ Pierre nahm sie in die Arme. Er drückte sie an sich, viel zu fest, als könnte er dadurch ihr Aufbegehren ersticken.

„Geh nach oben. Da gibt es so viele von diesen jungen, unschuldigen Dingern. Such dir eine von ihnen aus. Oder auch zwei. Was immer du willst."

„Ich will sie! Verstehst du das nicht?!"

Pierre seufzte. Chantal würde sicher keine Ruhe geben, ehe er ihren Wunsch erfüllt hatte.

In den Klauen der Dunkelheit

Der Düstere stand am Ufer der Themse. Er beobachtete, wie sich die glatte Fläche immer wieder zu kräuseln begann. Der volle Mond spiegelte sich darin. Aber niemals würde das Wasser sein Abbild reflektieren.

Seine Gesichtszüge waren hart und kantig. Sie verzogen sich selten zu einem Lächeln. Auch in dieser Nacht umspielte seine Mundwinkel ein eher grimmiger Zug. Er legte den Kopf in den Nacken, verharrte – darauf wartend, erneut einen Stich in der Brust zu spüren.

Er hatte sich nicht verwandeln können. Ihm fehlte die Kraft. Es machte ganz den Anschein, als würde es tatsächlich mit ihm zu Ende gehen. Dabei hatte er nie daran geglaubt. Hieß es nicht, Vampire würden ewig existieren? Aber je mehr er über diese scheinbare Tatsache nachdachte, umso bewusster wurde ihm, dass er keinen älteren Vampir als sich selbst kannte.

Schon lange wandelte er auf der Erde. Ihm fehlten die Erinnerungen an die Zeit, als alles begann. Er wusste nicht mehr, wie er jemals in die Klauen der Dunkelheit geraten konnte. In den letzten Jahren hatte er sich treiben lassen. Von einem Ort zum nächsten. Schließlich war er in London gelandet. Allein. Ohne Kontakt zu anderen Wesen seiner Art. Er hatte sie und seine eigene Vergangenheit einfach vergessen.

Nun suchte ihn das alles heim.

Er hatte genau zwei Möglichkeiten: Aufgeben oder den Grund für seine Schwäche finden und ihn beseitigen.

Als Pascal am Abend erwachte, fühlte er sich verändert. Das Stechen und die durch Krämpfe durchbrochene Benommenheit waren verflogen. Stattdessen spürte er eine neue Kraft in sich wachsen. Seine Muskeln spannten sich. Seine Macht erschien ihm selbst ungewöhnlich groß. Nichts und niemand würde ihm in diesem Moment etwas anhaben können. Wie eine stolze und gefährliche Raubkatze erhob er sich von seinem Bett.

Der kühle Duft der Nacht kroch ihm bereits in die Nase. Er konzentrierte sich auf seine feinen Sinne, bis er durch die vielen Wände die ersten Stimmen aus dem Clubraum hörte. In Gedanken ordnete er ihnen die Gesichter zu und verschaffte sich auf diese Weise einen ersten Überblick. Er benutzte die ungewöhnlichen Kräfte, als wären sie etwas vollkommen Selbstverständliches.

Einige Gäste, vor allem spärlich bekleidete Mädchen, waren bereits jetzt in den Club gekommen. Sie warteten auf die Vampire. Pascal amüsierte sich über sie. Er lachte innerlich. Doch ohne dass es ihm bewusst wurde, suchte er weiter – nach einem ganz bestimmten Gesicht. Er brauchte einen Moment, ehe er die plötzliche Leere in seinem Inneren spürte und sich zum Aufhören zwang. Die Club-Geschäfte warteten auf ihn. Nichts würde ihn abhalten, diese mit bester Gewissenhaftigkeit wieder aufzunehmen.

Nur einen Augenblick später drohte seine Sicherheit allerdings zu bröckeln. Die Tür schwang auf. Herein trat Pierre – ein siegesgewisses Grinsen auf den Lippen. Ohne etwas zu sagen durchschritt er den Raum. Er sah sich um, als besäße er ein Recht dazu.

Pascal verschränkte die Arme vor der Brust. Es widerte ihn an, diesem Vampir Freundlichkeit entgegenzubringen.

„Was verschafft mir die Ehre deines Besuchs?“

Pierre strich mit dem rechten kleinen Finger erst die eine und dann die andere Augenbraue entlang. Er vermittelte einen derart überlegenen Eindruck, dass Pascal alle Mühe hatte, nicht sofort auf Angriff überzugehen.

„Ich wollte nur sehen, wie es unserer hübschen, kleinen Gefangenen heute geht. Nichts weiter.“ Pierre ging ins Schlafzimmer. Wie selbstverständlich sah er sich um. Nicht einmal vor der zerwühlten Bettwäsche machte er halt. Seine Hände griffen zielstrebig nach der Decke. Er riss sie an sich und roch an dem Stoff. Ein belustigter Zug umschmeichelte seine Mundwinkel.

„Und – hast du es ihr so richtig besorgt?“

Pascal ballte die Hände zu Fäusten. Die Art, wie Pierre herablassend über Isabella sprach, brachte ihn zur Weißglut. Niemand durfte so über sie reden!

„Mir ist entgangen, dass dich das etwas angeht.“

„Oh.“ Pierre zuckte mit den Schultern. Er warf die Decke lässig wieder zurück aufs Bett und musterte Pascal. „Es geht mich etwas an. Chantal hat sich schon so sehr auf ihr neues Spielzeug gefreut. Jetzt möchte sie nicht mehr darauf verzichten. Und du kannst dir sicher vorstellen, wie ungehalten sie wird, wenn sie nicht das bekommt, was sie will ... Frauen!“ Er lachte auf und gab sich für einen kurzen Moment kumpelhaft. Dann verdunkelten sich seine Züge jedoch. „Also, tu uns allen einen Gefallen und gib mir dieses Flittchen zurück!“

„Auf keinen Fall.“

Pierre legte den Kopf schief.

„Hast du etwa noch nicht genug von der kleinen Schlampe? Willst du es noch eine Nacht mit ihr treiben?“ Er lachte kurz auf, bevor seine Augen gefährlich aufblitzten. „Wo ist sie? Im Badezimmer? Oder hast du sie eingeschlossen?

Gefesselt und geknebelt", sinnierte er. „Ja, das würde zu dir passen. Diese Fesselspielchen machen dich geil."

Allmählich verwandelte sich Pascals Zorn in unbändige Wut. Aber er durfte ganz einfach nicht auf Pierres Provokationen eingehen. Er musste dem überlegen sein. Mit scheinbarer Gelassenheit beobachtete er, wie Pierre als nächstes das Badezimmer inspizierte. Als er Isabella auch dort nicht vorfand, ging er auf Pascal zu und packte ihn am Kragen.

„Sag schon! Wo ist sie?"

„In Sicherheit." Seine Gesichtszüge wirkten hart – wie in Stein gemeißelt.

Pierre schnaufte. „Hältst du mich zum Narren? Ich will sie wiederhaben!"

„Es ist mir egal, was du willst."

„Muss ich erst deutlicher werden?"

In Pierres Augen schienen plötzlich Flammen zu lodern. Seine Gestalt wuchs dämonengleich in Höhe und Breite. In seiner Aura spiegelte sich nicht nur die gewöhnliche Dunkelheit eines Vampirs wider. Es lag eine Bedrohung darin, der Pascal nicht standhalten konnte.

Wo war die Macht geblieben, die er bei seinem Erwachen gespürt hatte? Seine Glieder gehorchten ihm nicht. Nicht ein winziger Funke seiner Kräfte stand ihm zur Verfügung. Wie schaffte Pierre es nur, dass er sich mit einem Mal derartig klein und unbedeutend vorkam? Hilflos ergab er sich dem festen Griff seines Kontrahenten. Er war nicht in der Lage, sich zu widersetzen.

„Also", setzte Pierre an, „ich sagte, ich will sie wiederhaben. Hol sie! Bring sie zurück in den Club – oder ich werde dich beim nächsten Mal zerquetschen."

Halb besinnungslos taumelte Pascal ein paar Schritte rückwärts. Er bemerkte, dass Pierre von ihm abgelassen hatte und den Raum verließ. Alles drehte sich um ihn. Die Wände drohten ihn zu erdrücken. Er sank auf die Knie. Seine Finger glitten über den Boden. Wie ein Hund krümmte er sich zusammen. Sogar ein Hecheln kam über seine Lippen. Er vermisste seine Macht und konnte nicht verstehen, warum sie ihn ausgerechnet in diesem Moment im Stich gelassen hatte. Vermutlich hätte er nun gut daran getan, den Kontakt zu Andrew zu suchen. Wer sonst würde ihm beistehen? Ihm aus der Klemme helfen?

Pascal rappelte sich auf.

Nein! Er brauchte Andrew nicht. Derart jämmerlich wollte er nicht sein. Er würde es alleine schaffen.

„Und du kommst wirklich alleine klar?" Die Besorgnis zeichnete sich noch immer deutlich auf Louisas Gesicht ab. Sie hatte viele Stunden damit verbracht, auf Isabella aufzupassen und ihr einzureden, dass sie demnächst vorsichtiger sein musste. Ihre Anstrengungen waren schon beinahe mütterlich. Aber sie fruchteten nur bedingt.

Isabella hörte ihrer Freundin nicht richtig zu. In Gedanken befand sie sich in den dunklen Räumen des „Club Noir“. Kerzenschein tanzte in sanften Schatten um ihren Körper. Sie sehnte sich nach den eindringlichen Berührungen des Blonden. Ihr wurde gleichzeitig heiß und kalt, denn sie glaubte, seine Gegenwart zu spüren. Sie fühlte sich zu ihm hingezogen, obwohl sie ihn nicht einmal kannte und ihn für das, was er getan hatte, verfluchen sollte.

„Was ist mit deiner Schicht heute im Café?“, unterbrauch Louisa ihre Fantasien.

Isabella erstarrte. Seit ihrem Besuch im „Club Noir“ hatte sie keinen Gedanken mehr an ihren Nebenjob verschwendet.

„Ich übernehme sie“, entschied Louisa.

„Nein, das kann ich unmöglich annehmen!“

„Doch. Natürlich kannst du das.“ Louisa stand auf. „Du solltest dich lieber ausruhen. Ich schaffe das schon. Außerdem bist du auf das Geld doch gar nicht angewiesen. Ich verstehe nicht, warum du immer noch arbeiten gehst, anstatt dich voll und ganz auf das Studium zu konzentrieren.“

Isabella blickte betroffen zu Boden. Im Gegensatz zu ihrer Freundin Louisa musste sie nicht für ihren Lebensunterhalt arbeiteten. Sie besaß genügend finanzielle Mittel, um sich eine sorgenfreie Studienzeit leisten zu können. Ihre Eltern, die sie niemals kennengelernt hatte, hatten dafür gesorgt. Aber Isabella wollte sich darauf nicht ausruhen. Sie ging, genau wie Louisa, nebenbei arbeiten. Die hatte gerade vorgehabt zu gehen. Doch als sie die betroffene Miene ihrer Freundin bemerkte, blieb sie stehen.

„Soll ich doch lieber hierbleiben?“

„Nein. Schon gut. Ich komme klar.“ Isabellas Worte klangen dabei allerdings eher halbherzig. Sie schob Louisa in Richtung Tür, denn sie wollte endlich alleine sein, um noch einmal über die vergangenen Erlebnisse nachzudenken. Vielleicht ein Bad nehmen. – Das war eine ausgesprochen gute Idee, entschied sie.

„Hör mal“, beharrte Louisa, „ich kann hierbleiben. Du musst es nur sagen.“

„Nein, wirklich, mach dir nicht so viele Sorgen. Immerhin bin ich schon ein großes Mädchen.“ Mit einem Zwinkern öffnete Isabella ihre Wohnungstür. Auf sehr elegante Weise bedeutete sie ihrer Freundin, dass sie nun besser gehen sollte.

„Bitte!“ Sie seufzte, als Louisa sich nicht vom Fleck bewegte. „Ich schaffe das schon.“

„Na gut.“ Endlich gab sich Louisa geschlagen. „Aber versprich mir, dass du mich sofort anrufst, wenn etwas ist.“

„Was soll schon sein?“

„Du weißt schon. Entzugserscheinungen oder so.“

Isabella kam sich vor, als würde ihre Freundin sie für vollkommen durchgedreht halten. Einen kurzen Moment lang war sie versucht, sich heftig dagegen zu wehren. Dann besann sie sich jedoch. Sollte Louisa denken, was sie wollte.

„Ja." Sie nickte. „Ich rufe dich sofort an."

Als sie kurz darauf die Tür wieder schloss, atmete sie auf.

Allein.

Sie lauschte Louisas Schritten nach, die allmählich verhallten, bis schließlich eine gespenstische Stille einkehrte. Gerade noch hatte sie sich genau das gewünscht. Doch nun keimten in ihr schon die ersten Zweifel, ob sie wirklich derart verlassen sein wollte. Die Wände des Flures schienen bedrohlich auf sie zuzukommen.

Panisch riss sie sich los.

„Nein, nicht durchdrehen!", sagte sie sich wieder und wieder. „Es ist alles in Ordnung."

Zögernd lehnte sie sich mit dem Rücken gegen die Wand. Sie hatte Angst, in ein tiefes schwarzes Loch zu fallen. Sich in ihren verrückten Fantasien zu verlieren – den Vorstellungen, die sie selbst nicht verstand. Denn alles, woran sie denken konnte, war die Hitze der vergangenen Nacht. Dieser Vampir hatte etwas in ihr verändert. Etwas, womit sie nicht gerechnet hatte.

Ein heißes Bad – ermahnte sie sich selbst. Das würde sie beruhigen und ihr vielleicht sogar zu einigen klaren Gedanken verhelfen. Sie trennte sich von der Wand und folgte stattdessen ihrem Verlangen ins Badezimmer. Dort setzte sie sich auf den Rand der Wanne. Das Plätschern des Wassers wirkte tatsächlich beruhigend. Sie streckte eine Hand aus und fing die warmen Tropfen auf. Ihre Fingerkuppen begannen zu prickeln. Ein angenehmes Gefühl, das nach und nach durch ihre Glieder zog.

Isabella erhob sich wieder. Langsam öffnete sie den Reißverschluss ihres Overalls. Sie hatte Mühe damit und glaubte beinahe, sich beim Entkleiden den Arm ausrenken zu müssen.

Endlich glitt der Stoff von ihrem Körper zu Boden. Ein unbändiges Gefühl der Freiheit überkam sie. Sie fühlte sich einfach gut, ohne dieses lästige Kleidungsstück.

Ihre Spitzenunterwäsche ließ sie ebenfalls fallen. Dann stieg sie in die Wanne. Die hohe Temperatur überwältigte sie kurz, doch sie gewöhnte sich schnell daran und genoss es, wie wohlig sie von dem Wasser umfangen wurde. Noch eine ganze Weile ließ sie den Hahn aufgedreht, bis das Wasser sie vollkommen bedeckte. Nur ihr Kopf lugte halb an der Wasseroberfläche hervor.

Im nächsten Moment atmete sie tief ein, schloss die Augen und tauchte komplett unter. Die merkwürdige Stille des Wassers wirkte gespenstisch und realitätsfern. Isabella stellte sich vor, tief in einem Ozean dahinzugleiten. Wie ein Fisch – oder eine verführerische Meerjungfrau. Ja, lächelte sie in sich hinein, eine wunderbare Szene für einen Tagtraum. Und es hatte rein gar nichts mit Vampiren zu tun.

Ihre Beine waren blau-grün geschuppt und schimmerten in dem Sonnenlicht, das sich im Wasser brach. Sie kam der Oberfläche näher, bis sie schließlich auftauchte und ganz in der Nähe ein Schiff entdeckte. Piraten, schoss es ihr lächelnd durch den Kopf. Sie wollte Piraten sehen! Tatsächlich erkannte sie die wilden Männer, die sich gerade auf das Kapern eines anderen Schiffes vorbereiteten. Als sie herumwirbelte, entdeckte sie das Angriffsziel. Ein Mann stand ruhig am Bug. Seine Erscheinung war imposant. Er war groß und muskulös, und seine blonden langen Haare wehten im Wind. Dann wurde er auf die Meerjungfrau, dort, vor sich im Wasser, aufmerksam. Isabella traf beinahe der Schlag, als sie diese eisblauen Augen erkannte. Er streckte eine Hand nach ihr aus. Und obwohl er so weit von ihr entfernt auf dem Schiff stand, schien er sie zu berühren.

Nach Luft schnappend schoss Isabella in die Höhe. Wasser schwappte über den Rand der Badewanne und durchweichte die davor auf dem Boden liegende Matte.

Konnte sie etwa nicht einmal mehr in Ruhe baden und einen simplen Tagtraum genießen, ohne dabei gleich wieder an diesen mysteriösen Vampir zu denken?

Die Erinnerung schmerzte sie.

Am Anfang hatte sie Angst gehabt, und sie hatte sich geschämt. Natürlich war sie sich über die Liebesnacht mit dem Vampir bewusst. Er trug nicht allein die Schuld daran. Drogen hin oder her, sie hatte sich genauso mitreißen lassen und sehnte sich nun danach, es erneut zu tun. Gleich, wie gefährlich es sein mochte, sie musste ihn wiedersehen!

Auf der Suche

Pascal trat in den Innenraum des Clubs. Noch eine geschlagene Stunde hatte er sich in seinen Räumlichkeiten aufgehalten. In der Zwischenzeit war eine Vielzahl an Gästen in das Gebäude geströmt. Viele der Gesichter kannte Pascal nicht. Außerdem bemerkte er, wie zügellos sich die Mädchen verhielten, und wie gierig die Vampire nach Blut und Sex lechzten. Sie hatten sich kaum noch unter Kontrolle. Etwas war gewaltig aus dem Ruder gelaufen – und Pascal wusste nur allzu gut, dass dieses Etwas mit Pierre zusammenhing.

Der Zauber, den er letzte Nacht im Flur vorgefunden hatte, war denkbar einfach gewesen. Ein Trick. Eine Täuschung, die sämtliche der älteren Vampire beherrschten. Ihr einziger Zweck bestand darin, einen Durchgang zu verbergen. Fand man jedoch die Eingangsstelle, war es ein Leichtes, die Täuschung aufzuheben.

Pascal hatte nicht viel darauf gegeben.

Die Kräfte, mit denen Pierre ihn in dieser Nacht gerade erst überwältigt hatte, waren hingegen alles andere als eine Täuschung. Darin lag die pure Magie der Dunkelheit. Es gab keinen Vampir, der über ein ähnliches Geschick verfügte – oder zumindest hatte es einen solchen seit über einem Jahrhundert nicht mehr gegeben.

Je mehr Pascal darüber nachdachte, umso mulmiger wurde ihm zumute. Etwas stimmte hier nicht.

Dennoch entdeckte er Pierre an der Bar, an seinem gewohnten Platz hinter der Theke. Er polierte die Gläser, schenkte Getränke aus und bedachte jeden der Gäste mit seiner aufgesetzten Freundlichkeit. Er verhielt sich vollkommen normal, ganz so, als wollte er sich von den Geschehnissen um sich herum distanzieren.

Pascal zog die Nase kraus. Diese ganze Situation widerte ihn an. Er begriff, dass sein eigener Einfluss augenscheinlich weit unter dem von Andrew lag. Zwar galt er als engster Vertrauter und rechte Hand des Clubchefs, doch selbst hatte er nie ein besonderes Verhältnis zu anderen seiner Art gepflegt. Die letzten Jahre war er lediglich auf der Suche nach seinem eigenen Vergnügen gewesen. Mehr als lose Bekanntschaften existierten zwischen ihm und den Vampiren des Clubs nicht. Zum ersten Mal wurde ihm bewusst, wie viel Zeit und Mühe Andrew all die Jahre aufgewandt hatte, um seine Position zu festigen. Er kannte jeden einzelnen Vampir und Gast beim Namen. Kein neues Gesicht war ihm je entgangen.

Und was war mit ihm?

Er musste wieder an Isabella denken. Eine geheimnisvolle Frau mit verführerischen Rundungen und bronzefarbener, samtiger Haut. Voll und lang fielen ihre glänzenden schwarzen Haare ihren schmalen Rücken hinunter. Eine Sirene. Eine Versuchung.

Doch gleichzeitig sah er sie verängstigt vor sich, in der dunklen Kerkerecke zusammengekauert. In der letzten Nacht hatte Pierre nur mit ihr gespielt und sie weitestgehend verschont. Nicht auszudenken, wie weit er beim nächsten Mal gehen würde. Zudem galt seine skurrile Freundin Chantal nicht gerade als zimperlich, was den Umgang mit ihren menschlichen Spielzeugen anging. Es ging das Gerücht um, sie habe schon mehr als einem von ihnen das Leben ausgesaugt. Sollte dies tatsächlich stimmen, war sie äußerst geschickt im Spurenbeseitigen. Andrew hatte ihr niemals etwas nachweisen können.

Pascal verzog den Mund zu einem schmerzlichen Lächeln. Andrew hätte ganz sicher gewusst, wer diese Isabella war und wo er sie finden konnte.

Und er?

Er verfluchte sich für seine Unwissenheit und das Desinteresse, das er all die Jahre an den Tag gelegt hatte. Nun stand er im „Club Noir“ – seinem Zuhause – und fühlte sich verlassener als jemals zuvor an einem fremden Ort. Isabella konnte sich überall in Brüssel aufhalten. Ebenso gut hätte er nach der berühmten Stecknadel im Heuhaufen suchen können. Er hatte keinerlei Anhaltspunkt! Oder etwa doch?

Natürlich! Es fiel ihm wie Schuppen von den Augen. Er hatte tatsächlich einen Anhaltspunkt! Diese Blondine. Pascal versuchte sich an ihren Namen zu erinnern. Alice? Er war sich nicht ganz sicher, aber ihr blasses Gesicht und die naiv dreinblickenden blauen Augen hatte er noch gut in Erinnerung. Sie musste im Club sein. Auch wenn Pascal keine engeren Bekanntschaften pflegte, wusste er doch, dass es sich bei diesem Mädchen um eine regelmäßige Besucherin handelte.

Pascal fand unvermittelt zu seiner alten, überlegenen Form zurück. Wie ein hungriger Tiger pirschte er durch das Club-Geschehen. Er war auf der Suche nach Alice. Alles andere schloss er aus seinen Wahrnehmungen aus, so auch das Mädchen, das an einer Stange tanzte und ihm einen koketten Augenaufschlag schenkte. Oder ein anderes, das sich redlich bemühte, ihn zu begrabschen. Er schob sich einfach an ihnen vorbei.

Dann erkannte er sie. Das platinblonde Haar trug sie an diesem Abend hochgesteckt. Einige wilde Strähnen standen zu allen Seiten ab. Ihre Haut war unglaublich hell. Beinahe durchscheinend. Feine blaue Linien, die ihr spärlich bedeckter Körper entblößte, lockten ihn. Verhöhnten ihn. Er spürte seinen brennenden Durst. Zum letzten Mal hatte er sich an Isabella genährt.

Verflucht! Er hatte sich an ihr vergangen. Wie schändlich von ihm, ihre Lage derart auszunutzen. Und wie unverständlich, dass ihn diese Tatsache so sehr bekümmerte!

Das Lachen auf Alice' Lippen erstarb ganz plötzlich. Eine finstere Welle der Bedrohung rollte direkt auf sie zu. Schon jetzt schnappte sie nach Luft, glaubte, kaum mehr atmen zu können. Ein schmerzhafter Stich durchdrang ihren Brustkorb. Schließlich durchspähte sie den schummerigen Raum und stellte erschrocken fest, dass sich der eisige Blick eines Vampirs auf sie richtete. Er kam näher.

Es war der Blonde, den sie in Andrews Büro vorgefunden hatte. Ihn hatte sie um Hilfe für Isabella angefleht. Sie schämte sich für ihren Auftritt vor ihm. Er musste sie für verrückt halten.

Aber warum sah er sie nun so merkwürdig an? Was wollte er von ihr? Ihr aufgrund der unbeholfenen Störung einen Denkzettel verpassen? Sie vielleicht sogar des Clubs verweisen? Oder schlimmer … Erneut versagte ihr der Atem. Der Gedanke versetzte sie ihn wilde Panik. Wollte er sie für Isabellas Flucht büßen lassen?

Alice wirbelte blitzschnell herum. Sie fegte dabei einem anderen Mädchen das Getränk aus der Hand. Das Glas fiel und zersprang am Boden in tausend Scherben. Fluchend giftete das Mädchen sie an. Aber das war ihr egal. Sie wollte nur weg!

Immer weiter verstrickte sie sich in dem Club-Raum, bis sie keinen Ausweg mehr fand und sich zitternd in eine Ecke drängte.

Vielleicht hoffte sie, dass er sie nicht sehen würde. Pascal lächelte grimmig. Da irrte sie sich gewaltig! Er nahm jede noch so winzige Zuckung von ihr wahr. Sie konnte sich nicht vor ihm verstecken.

Pascal ergriff sie an der linken Schulter und zog sie aus dem Schatten heraus in den dämmerigen Lichtschein. Ihre Gesichtszüge spannten sich an. Auf ihren Wangen schimmerte die Hitze der Angst.

„Was willst du von mir?“, keifte sie. „Ich habe nichts getan!“

Er presste ihr eine Hand auf den Mund. Mit der anderen hielt er sie an den Unterarmen. Sie protestierte heftig und wollte am liebsten wild nach ihm schlagen. Wie dumm von ihr! Schließlich hätte sie wissen müssen, dass eine einfache menschliche Frau wie sie niemals etwas gegen einen mächtigen Vampir wie ihn auszurichten vermochte. Er hätte sie auf der Stelle umbringen können. Aber nicht einmal davor schien sie sich zu fürchten. Sie glaubte sogar noch, durch ihr Verhalten einen der anderen Vampire zu veranlassen, ihr zu Hilfe zu eilen. Ihre Naivität war geradezu himmelschreiend.

Pascal verdrehte die Augen. Kurzerhand schubste er sie zurück in die dunkle Nische und presste sie derart heftig in die Sitzecke, dass ihr ein Entkommen unmöglich war.

„Ich schreie den ganzen Laden zusammen, wenn du mich nicht sofort los lässt“, fauchte sie, als er ihr Mundwerk wieder frei gab.

„Bitte.“ Pascal zuckte mit den Schultern. „Das wird dich auch nicht vor dem sicheren Tod bewahren.“

Alice riss die Augen weit und ungläubig auf. Tod? Hatte er ihr da gerade ihren Tod angekündigt? Das würde er nicht wagen! Oder doch? Unsicher sank sie in sich zusammen. Sie blickte zu dem Vampir auf, der ihr plötzlich überdimensional groß und bedrohlich vorkam.

„Warum ...?“, stotterte sie. „Das kannst du doch nicht tun ... Ist es wegen neulich? Hältst mich etwa für verrückt? Ich bin nicht verrückt!“

Pascal lockerte seinen Griff ein Stück. „Das weiß ich.“

Nun verstand sie gar nichts mehr. Was wollte dieser Vampir von ihr?

„Diese Isabella“, Pascal hatte alle Mühe, seine Stimme fest und unerbittlich klingen zu lassen, „ihr seid befreundet. Stimmt das?“

Alice nickte nur. Sie war unfähig, auch nur ein Wort über die Lippen zu bringen.

Sein Gesicht kam dem ihren immer näher. Sie konnte bereits seinen Atem auf ihren Wangen spüren. Ein heißkalter Schauder durchfuhr sie. Er war ein äußerst attraktiver Vertreter der Vampire. Es gab wohl kaum eine Frau, die in seiner Gegenwart nicht schwach wurde. Dennoch schrillten in ihrem Geiste sämtliche Alarmglocken. Sie war nicht der Grund für sein Interesse. Er hatte sie erst zu seiner Gefangenen gemacht und benutzte sie nun, um ein anderes Ziel zu erreichen.

Keuchend wandte sie ihren Blick von ihm ab.

„Sei ein braves Mädchen und sag mir, wo ich Isabella finde.“

„Warum?“

Isabella lebte noch. Louisa hatte Alice von ihrer Begegnung erzählt, und Alice war darüber unsagbar erleichtert gewesen. Es hatte sie von den schrecklichen Angstzuständen mordender Vampire erlöst.

Aber warum wurde sie nun von diesem hier bedrängt? Wollte er etwa das Werk des anderen Vampirs vollenden? Alice wurde noch weitaus panischer. „Was willst du von ihr? Willst du sie etwa auch umbringen?“

„Nein. Ganz sicher nicht.“ Pascal lachte amüsiert, als vor seinem inneren Auge sämtliche unanständige Dinge Revue passierten, die er am liebsten mit Isabella angestellt hätte. Er musste sich schütteln, um diesen intensiven Drang zumindest kurzzeitig wieder loszuwerden.

„Aber es gibt Vampire, die durchaus mit diesem Gedanken spielen. Ich muss sie vor ihnen beschützen.“ Seine Finger strichen beruhigend über ihre Schläfe. „Deshalb ist es auch sehr wichtig, dass du mir sagst, wo ich Isabella finden kann.“

„Ich glaube dir nicht“, beharrte sie stur.

„Das spielt keine Rolle.“ Ganz sachte streichelte er sie. Wie ein Vater sein Kind, begann er sie in den Armen zu wiegen.

Ihr wurde übel.

„Wie meinst du das?“

„Ich lasse dir einfach keine Wahl.“ Nun küsste er sie auch noch auf die Stirn. Die Nase. Die Wange. Alice erschauderte. Sie wurde butterweich unter seinen Händen. Ängstlich wartete sie darauf, dass er sie im nächsten Moment auf den Mund küssen würde. Aber er widmete sich stattdessen ihrem langen schlanken Hals. Kaum spürbar hatten sich seine spitzen Zähne im nächsten Augenblick in ihr Fleisch versenkt. Er trank langsam und genüsslich von ihrem Blut.

Merkwürdigerweise empfand sie dabei keinen Verlust. Keinen Schmerz. Nur Lust. Ihre Arme schlangen sich willig um seinen Oberkörper. Sie presste den Vampir an sich und säuselte unverständliche Worte in sein Ohr.

Dann richtete er den Kopf wieder auf. Seine Lippen waren den ihren ganz nahe. Sie konnte ihr eigenes Blut riechen. In ihr regte sich der Impuls, die Zunge auszustrecken und von dem Lebenssaft zu kosten. Wie es wohl wäre? Ihr Blut von seinem Mund zu lecken?

„Entweder sagst du mir, wo ich sie finde", er hielt kurz inne und betrachtete sie unverwandt, „oder ich werde dich einfach töten. Das wäre jammerschade. Dann hätten wir beide nichts davon."

Sie wollte hysterisch auflachen. Das konnte er unmöglich ernst meinen! Was wollte er noch von Isabella? Hatte er nicht gerade angefangen, sie zu begehren? Doch sogleich traf sie sein eisiger Blick. Seine Augen würden selbst die Hölle gefrieren lassen.

„Gut", sagte sie schnell. „Schon gut. Ich bringe dich zu ihr."

Pascal streichelte noch einmal über ihre Wange. „Warum nicht gleich so?"

Nackt und triefnass stand Isabella auf der Matte vor ihrer Badewanne. Sie spürte den durchweichten Stoff unter ihren Füßen. Wie ein schwammiger Erdboden kam er ihr vor. Als würde sie an einem Regentag im Wald spazieren gehen.

Seit ihrem Besuch im „Club Noir" erschien ihr das Leben merkwürdig unwirklich. Ihre Wahrnehmung hatte sich verändert. Zudem wurde sie von ungeahnten Sehnsüchten erfüllt. Immer wieder sah sie die schemenhafte Gestalt des mysteriösen Blonden vor sich.

Sie war sich unschlüssig, ob sie ihr Vorhaben wirklich in die Tat umsetzen und nach dem Vampir suchen sollte. Es gab keinen Grund, sich ihm an den Hals zu werfen. Viel eher hätte sie sich fürchten sollen. Aber sie war längst über ihren ersten panischen Anflug hinweg. Wie unsagbar aufregend die Nacht gewesen war! Ihr Herz klopfte bis zum Hals, als sie an die ungestümen Berührungen des Vampirs zurückdachte.

Lächelnd setzte sie sich auf den Rand der Badewanne. Ihr eigenes, törichtes Verhalten rang ihr ein verzweifeltes Seufzen ab. Sie benahm sich wie ein liebeskranker Teenager. Dabei hatte sie doch ursprünglich ganz andere Ziele verfolgt. Das Finden und Studieren der Vampire. Und nun hatten sich ihre Interessen in derart primitiver Weise verschoben. Ihre Gedanken hätten kaum unzüchtiger sein können. Sie fragte sich, wann ein Mann sie je zuvor in eine ähnliche Erregung versetzt hatte. Aber ihr wollte keine Situation einfallen. Am liebsten wollte sie das alles ganz schnell wieder von sich abschütteln. Vielleicht würde ihr das auch nach einigen Tagen gelingen. Sie musste nur aufhören, an ihn zu denken.

Mechanisch griffen ihre Finger nach einem Handtuch, mit dem sie zuerst ihre tropfenden Haarsträhnen trocknete, um danach die feuchten Perlen von ihrer Haut zu rubbeln. Ihre langsamen Bewegungen wurden energischer, als ihr bewusst wurde, wie einfältig ihr ganzes momentanes Gefühlsleben war. Mit einem Ruck stand sie auf den Füßen und schlüpfte in die bereitgelegte Unterwäsche. Sie ließ das Wasser aus der Badewanne, zog sich T-Shirt und Jogginghose über. Der Drang, sich zu beschäftigen, egal wie, erfüllte sie.

Ziellos lief sie in ihr Wohnzimmer. Sie nahm den Telefonhörer in die Hand, wollte Louisas Nummer wählen, verwarf den Gedanken jedoch gleich wieder. Stattdessen schaltete sie die Stereoanlage ein und gleichzeitig den Fernseher, den sie auf lautlos stellte. Sie suchte in ihrem Bücherregal nach leichter Unterhaltung. Doch kaum hatte sie sich für einen der Romane entschieden und mit dem Lesen begonnen, sprang ihr das Wort „Vampir“ im Text direkt ins Gesicht. Natürlich hatte sie sich über die Jahre einiges an Vampirliteratur angelegt. Dass es in ihrem gesamten Bücherbestand allerdings kaum mehr ein anderes Thema gab, war ihr selbst bislang nie aufgefallen.

In der vorliegenden Erzählung ging es um einen blutrünstigen Vampir, der keinerlei Sexappeal besaß. Ein junger Mann machte sich auf die Jagd nach ihm, würde aber am Ende scheitern und selbst zum Vampir werden. Isabella wusste das. Sie hatte das Buch schon mehrmals gelesen. Die Vampire darin erinnerten jedoch in keiner Weise an den, der ihre Gedanken beherrschte.

Verflucht!

Sie schleuderte das Buch von sich. Noch einmal nahm sie den Telefonhörer in die Hand. Dieses Mal wählte sie tatsächlich Louisas Nummer.

Pascal folgte der Blonden aus dem Club hinaus auf die Straße. Die angenehme Nachtluft wirkte beruhigend. Er atmete tief durch. Wann er sich zuletzt außerhalb des Gebäudes aufgehalten hatte, wusste er nicht mehr. Das spielte auch keine Rolle. Wichtig war nur, Isabella zu finden.

Alice saß hilflos in der Falle. Ihr Peiniger war ein Vampir. Ein mächtiger seiner Art. Unter anderen Umständen hätte sie sich ganz sicher zu ihm hingezogen gefühlt. Selbst in ihrer momentanen Lage musste sie sich eingestehen, dass sie ein wohliges Kribbeln nicht vollkommen unterdrücken konnte. Eine kühle Eleganz umgab ihn. Er durchbrach die Finsternis auf eine Weise, die ihr einen Schauder über den Rücken jagte. Sein scharf geschnittenes Gesicht zeigte oftmals einen strengen Ausdruck. Sie hatte ihn nie ausgelassen oder scherzend erlebt. Nie hatte er sich kopflos in all die Vergnügen des Club

Noir gestürzt. Stets blieb er ernsthaft und beherrscht. Er war einer von den Vampiren, die selbst seinesgleichen Furcht einflößten. Wozu war dieses Wesen wohl alles fähig?

Alice mochte gar nicht daran denken, warum er Isabella so dringend finden wollte. Sie suchte händeringend nach einem Ausweg. Aber sie fand keinen. Ausgenommen den, sich selbst zu opfern und ins Verderben zu stürzen. Diesen Schritt war sie jedoch nicht bereit zu tun. Da gab es ein gewisses Maß an Egoismus, das ihr sagte, sie sollte lieber ihre eigene Haut retten.

Isabella war den Klauen der Vampire schon einmal entkommen. Sie würde es sicher wieder schaffen. Zumindest beruhigte Alice mit diesem Gedanken ihr Gewissen, während sie an der Seite von Pascal die Straßen von Brüssel durchquerte.

Passanten kreuzten ihren Weg, und mehr als einmal war Alice versucht, sie um Hilfe anzuflehen. Aber vermutlich hätten die Menschen sie nur ausgelacht. So ging sie schweigend weiter. Sie führte den Vampir zu der ahnungslosen Isabella.

Alice seufzte.

Arme Isabella!

Pascal blickte sie von der Seite an, als hätte er ihre Gedanken gelesen. Wieder durchströmte es sie heiß und kalt. Sie wusste nicht, ob er womöglich über diese Fähigkeit verfügte.

Er schmunzelte wie zur Bestätigung.

„Wie weit ist es noch?“, durchbrach Pascal das Schweigen. Er hatte alle Mühe, seine Abscheu für diese törichte Blondine zu verbergen. Sie verriet ihre Freundin, um ihre eigene Haut zu retten. Und ganz nebenbei begaffte sie ihn permanent wie eine fleischgewordene Frauenfantasie. Bevor er sich jedoch fragen konnte, warum er sich daran mit einem Mal störte, blieb Alice abrupt stehen.

„Eigentlich ...“, sie stockte und hüllte sich erneut in stummes Verharren.

Pascal wartete seelenruhig ab. Sein frostiger Blick würde das Übrige tun, um sie zitternd vor Angst zum Reden zu bringen.

Doch es geschah gar nichts. Sie starrte einfach nur auf eine Häuserfront auf der gegenüberliegenden Straßenseite.

Schließlich konnte Pascal nicht mehr an sich halten. Am liebsten hätte er sie gepackt und geschüttelt, begnügte sich jedoch mit einer schlichten Nachfrage.

„Eigentlich was?“

Alice schluckte.

„Eigentlich sind wir fast da.“ Sie hob eine Hand und deutete mit dem Zeigefinger voraus. „In dem Haus. Eine Parterre-Wohnung mit Terrasse und einem kleinen Gartenstück auf der anderen Seite.“ Alice konnte nicht sagen, aus welchem Grund diese Informationen willenlos aus ihr heraussprudelten. Natürlich wies sie Pascal damit eine Möglichkeit, die er sogleich aufgriff.

„Das erleichtert die Sache erheblich." Er war wild entschlossen, über die Terrasse in Isabellas Wohnung einzusteigen.
„Du wirst ihr doch nichts tun?", platzte es aus Alice heraus, als wäre ihr der Gedanke gerade erst gekommen.
„Nein." Mit diesem schlichten Wort ließ er sie einfach stehen. Wenn er wollte, konnte er sich so schnell bewegen, dass menschliche Augen ihn nicht wahrnahmen. Auf eben diese Art entfernte er sich von ihr.
Im nächsten Moment hatte er ihre Existenz auch schon vergessen. Alles, was er spürte, war die Gegenwart von Isabella. Sie hielt sich in ihrer Wohnung auf. Sie war ihm so unglaublich nahe, dass die Erinnerung an ihren Körper auf seiner Haut brannte.
Kurz verwünschte er sich für die Schwäche, die sie in ihm auslöste. Dann schlüpfte er mit einem seiner vampirischen Tricks durch die Terrassentür in die Wohnung.

Unbändige Gefühlswelt

Isabella musste nicht lange warten. Louisa meldete sich gleich nach dem zweiten Klingelton am anderen Ende der Telefonleitung. Sie tat, als hätte sie bereits mit dem Anruf der Freundin gerechnet. Ihre Besorgnis war überpräsent, so dass Isabella am liebsten gleich wieder aufgelegt hätte. Sie wollte ein unbefangenes Gespräch führen. Doch Louisa erdrückte sie mit ihrer Fürsorglichkeit.
„Ich hätte gleich bei dir bleiben sollen", ereiferte sie sich. „Wie konnte ich dich nur alleine lassen? In deinem Zustand."
„Du tust ja gerade so, als wäre ich sterbenskrank." Isabella sank verzweifelt in ihr Sofa zurück. Sie hielt den Hörer zwischen ihrem Ohr und der Schulter eingeklemmt. „Es ist alles in Ordnung. Wirklich."
Louisa schwieg für einen kurzen Moment.
„Du rufst an, um mir das zu sagen? Dass alles in Ordnung ist?" Sie schnappte nach Luft.
Isabella seufzte. „Bitte, mach dir keine Sorgen. Ich wollte nur mit irgendjemandem sprechen."
„Irgendjemand", wiederholte Louisa. Sie klang beleidigt.
Noch während Isabella sich fragte, was ihre Freundin eigentlich von ihr erwartete, verlangte etwas ganz anderes nach ihrer Aufmerksamkeit. Plötzlich erstarrte sie vor Schreck. Ihr Herzschlag schien kurz auszusetzen. Sämtliche Farbe wich aus ihrem Gesicht, bis sie beinahe wie eine kalkweiße Statue wirkte. Bewegungsunfähig starrte sie den Eindringling an.
Da war er. Der Blonde.

„Isabella?“

Sie hatte gar nicht bemerkt, wie ihr der Hörer aus der Hand gefallen war. Nervös griff sie ihn wieder auf.

„Ich muss jetzt Schluss machen. Ich melde mich später wieder.“

Entgegen Louisas lautstarken Protestes legte sie auf. Sie starrte den Eindringling an.

Er kam aus seinem düsteren Versteck gekrochen und richtete sich direkt vor ihr zu seiner vollen, atemberaubenden Größe auf. Seine eisblauen Augen blitzten. Sie durchbohrten Isabella bis auf den Grund ihrer Seele. Es nötigte ihr ein Schaudern ab.

Umschmeichelt wurden seine markanten Gesichtszüge von den Strähnen seines langen blonden Haars. Sie wehten leicht in dem Wind, der durch ein offenes Fensters in das Zimmer strömte.

Genauso hatte Isabella ihn sich vorgestellt. Es war wie ein Traum, aus dem sie niemals erwachen wollte. Sie wünschte sich so sehr, dass er sie augenblicklich an sich riss, ihren Oberkörper zurückbog, um sanft ihre Kehle entlangzustreichen und sie zu küssen. Vielleicht würde er sie beißen. Das war ihr allerdings vollkommen gleichgültig. Allein der Gedanke, die Hitze der Lust mit ihm gemeinsam zu spüren, beflügelte sie, und ließ sie alles andere vergessen.

„Nimm mich!“, wollte sie ihm entgegenschreien, wurde sich aber im gleichen Moment ihres lächerlichen Verhaltens bewusst. Sie hielt sich eine Hand vor den Mund, als hätte sie tatsächlich etwas dergleichen gesagt.

„Ich wollte dich nicht erschrecken.“ Seine Stimme klang sanft. Sie schmeichelte ihrem Gehör. Dazu bewegte er sich vorsichtig auf sie zu. Wie eine Raubkatze. War sie etwa seine Beute?

Erschrocken keuchte Isabella auf. Mit einem Satz sprang sie vom Sofa und brachte eine angemessene Entfernung zwischen sich und ihn. So leicht würde sie es ihm nicht machen! In der Opferrolle gefiel sie sich ganz und gar nicht.

Er blieb stehen. Ruhig wartete er ab, was sie als nächstes tun würde. Doch auch sie hielt inne – und so standen sie sich eine Weile lauernd gegenüber. Beide versuchten den anderen einzuschätzen.

„Warum folgst du mir?“, platzte es schließlich aus ihr heraus. Sie hatte die Stille nicht länger ertragen können. Rückwärts stolperte sie in eine Ecke des Raumes. Gefangen in ihrem eigenen Unterschlupf fühlte sie sich wie ein Tier in der Falle. Hilflos. Ein leises Schluchzen entrang sich ihrer Kehle. Ihre Beine knickten ein, und sie sank ganz plötzlich zu Boden. Wie ein Häufchen Elend blieb sie dort sitzen und verschränkte die Hände vor dem Gesicht, um ihren Kummer zu verbergen.

Pascal blieb stumm. Er rang mit sich selbst. Warum empfand er nur so viel Mitleid und Zuneigung für diese Frau? Er wollte sich neben sie setzen. Sie in die Arme nehmen und beruhigend über ihr wunderschönes schimmerndes, schwarzes Haar streichen. Ein schmerzhafter Stich bohrte sich in seinen Brustkorb.

„Du quälst mich. Merkst du das denn nicht?“, presste sie hervor. Sie verachtete sich selbst für diese Offenbarung ihrer Gefühle. Aber sie konnte nicht anders. Die Worte kamen von ganz allein über ihre Lippen. Sie wagte es nicht, sich nun vom Fleck zu rühren oder gar zu ihm aufzusehen. Er musste sie für erbärmlich halten. Nicht einmal fünf Minuten hatte sie seiner übermächtigen Präsenz standhalten können.

„Es tut mir leid.“

Der Satz bohrte sich in ihren Kopf, ohne dass sie ihn tatsächlich verstand. Es tat ihm leid! Was meinte er damit? Die vergangene Nacht? Dass er sie nun verfolgte?

„Ich wollte dich nicht verfolgen“, sagte er, als könnte er in ihr lesen wie in einem offenen Buch.

Isabella regte sich mit einem Mal doch. Irritiert starrte sie ihn an. Er wirkte weder Furcht erregend noch grausam. Er war alles andere als das. Anziehend und verführerisch. Eine Versuchung. Aber gerade das machte ihn so unheimlich gefährlich.

Abrupt befreite sie sich von seiner hypnotischen Wirkung. *Reiß dich verdammt noch mal zusammen*, schalt sie sich selbst.

„Warum stehst du nur da und siehst mich an? Was willst du von mir? Mein Blut? Bitte!“ Sie streckte ihm ihr Handgelenk entgegen. Abermals erschrak sie über ihr eigenes Verlangen. Seine Nähe elektrisierte sie. Es kostete sie so unglaublich viel Kraft, ihre Gefühle unter Kontrolle zu halten. Ruhig zu atmen. Sich nichts anmerken zu lassen. Doch ihr Arm, den sie weiter ausgestreckt hielt, wurde schnell zur Last und wollte sich einem Zittern ergeben.

Pascal verharrte nach wie vor. Wie eine Statue stand er ihr gegenüber und sah auf sie hinab. Natürlich sehnte er sich nach ihrem Blut. Er gierte danach.

Es gab Vampire, die sich von einem derartigen Hunger in den Wahnsinn treiben ließen. Aber Pascal gehörte nicht zu dieser Sorte. Er war schon immer ein Meister der Selbstbeherrschung gewesen – abgesehen von der vergangenen Nacht.

Er schob diesen quälenden Gedanken schnell beiseite und rief sich in Erinnerung, aus welchem Grund er hierher gekommen war.

„Ich will dein Blut nicht. Und ich will dir auch sonst kein Leid zufügen“, sagte er schließlich.

Isabella ließ den Arm sinken. Die Situation fühlte sich eigenartig fremd an. Sie ertappte sich dabei, wie die Enttäuschung sich einen Weg von ihrem Bauch bis hinauf in ihre Kehle bahnte und ihr die Luft abschnürte. Er lehnte ihr Blut ab. Seine nächsten Worte sollten sie jedoch noch mehr überraschen.

„Ich bin gekommen, um dich zu beschützen.“

Sie zog die Nase kraus.

„Beschützen“, wiederholte sie gelangweilt. „Ich denke, ich bin alt genug, um mich selbst zu beschützen.“

Sie wollte ihn nicht als Aufpasser an ihrer Seite wissen. Sie wollte etwas ganz anders von ihm. Etwas Frivoles und Verwerfliches. In ihrer Fantasie malte sie sich die wildesten Augenblicke in seinen Armen aus.

Daran hätte sie nicht denken sollen, trotzdem tat sie es. Immerhin war der Blonde kein gewöhnlicher Mann wie alle anderen. Seine vampirische Aura überwältigte sie schlichtweg und setzte jegliche Vernunft in ihr außer Kontrolle.

„Du verstehst das nicht", hörte sie ihn sagen und musste dabei auflachen. Hielt er sie etwa für ein naives Weibchen, nur weil sie sich nach seiner Nähe sehnte?

„Der Vampir, der dich eingesperrt hatte – Pierre – er ist auf der Suche nach dir. Und er wird dich finden. Er wird keine Ruhe geben, bis er dich wieder in seinem Kerker hat."

„Dann werde ich wohl für eine Weile verreisen müssen", gab Isabella leichtfertig zurück. „Ich habe Verwandte in Frankreich. Dort wird mich dieser Pierre nicht finden." Es war eine Lüge, sie hatte keinen einzigen Verwandten, aber sie wollte einfach nicht weiter darüber reden. Sie fühlte sich gekränkt und wollte, dass der Blonde auf der Stelle aus ihrer Wohnung verschwand. Offensichtlich interessierte er sich nicht für sie. Er leistete lediglich seinen Beitrag als eine Art Vampir-Polizei. Über die gemeinsame Nacht hatte er noch kein Wort verloren. Seine gesamte Erscheinung verwandelte sich vor ihren Augen in ein kühles, arrogantes Abbild.

Isabella stand auf. Bereit, den Vampir eigenhändig aus ihrer Wohnung zu werfen.

Pascal ärgerte sich über ihre Naivität. Sie hatte keine Ahnung, in welcher Gefahr sie sich befand.

„Frankreich wird dir nichts nützen. Pierre findet dich. Egal, an welchem Platz auf der Welt du dich versteckst."

„Und du willst mein Retter in strahlender Rüstung sein?" Ein irres Schmunzeln schlich sich in ihre Züge. „Du bist doch nicht anders. Du bist auch ein Vampir. Warum sollte ich ausgerechnet dir glauben oder vertrauen?"

Pascals Augen funkelten kalt. Dabei verlangte es Isabella so sehr nach einem Funken Wärme von ihm.

„Ist es das, was du willst? Dass ich dich deinem Schicksal überlasse?"

„Welches Schicksal soll das sein?"

„Der Tod." Pascal sagte das so trocken, als wäre es absolut nicht von Bedeutung. „Er wird dich nicht mal zu einer von uns machen, wenn er dich findet. Er wird dich töten."

Isabella wurde von einem Frösteln erfasst. Es durchzog ihren Körper dermaßen heftig, dass sie glaubte, sich schütteln zu müssen. Sie beschloss, sich davon nicht beirren zu lassen. Dennoch versteiften sich ihre Glieder.

Was versprach sich dieser Vampir davon, ihren Beschützer zu spielen?

„Woher soll ich wissen, dass du mich nicht auch töten willst?"

Pascal seufzte. Da hatte er sich ausgerechnet ein derart misstrauisches Weibsstück ausgesucht. Normalerweise wurde er von Frauen nicht zu langwierigen Gesprächen oder Diskussionen genötigt. Sie ergaben sich ihm. Aber dieses Exemplar machte es ihm besonders schwer. Es ging auf Angriff über und ergab sich im nächsten Moment nur, um erneut zuzuschlagen. Ein äußerst zwiespältiges Wesen. Sie reizte ihn. Sie forderte ihn heraus. Er musste sich eingestehen, dass er allmählich Gefallen an der Situation empfand. Er wollte sich selbst beweisen, dass er auch diese Frau für sich gewinnen konnte.

„Was soll ich tun, damit du mir vertraust?"

Noch während er überlegte, wie er bei ihr am besten ans Ziel kommen konnte, klingelte es an ihrer Wohnungstür.

Isabella reagierte nicht.

Energisches Klopfen folgte.

„Isabella, ich weiß, dass du da bist! Mach schon auf!"

Louisa! In den vergangenen Augenblicken hatte Isabella die Freundin vollkommen verdrängt. Dabei hätte sie damit rechnen müssen, dass Louisa ihrer Sorge erneut auf den Grund gehen würde.

„Isabella!" Es klopfte abermals.

„Wie lange willst du deine Freundin warten lassen?", fragte der Vampir. Er zeigte ein spitzbübisches, unwiderstehliches Grinsen, das sie ihm am liebsten aus dem Gesicht gewischt hätte.

„Du musst verschwinden. Sie darf dich nicht sehen."

„Oh, ich wusste nicht, dass dir Männerbesuche nicht erlaubt sind."

Isabella ballte die Hände zu Fäusten. „Ich meine es ernst. Ich will nicht, dass sie davon etwas mitbekommt."

„Davon?" Er hob eine Augenbraue.

„Von euch Vampiren." Sie gestikulierte wild. „Sie ist immer so ..." Isabella suchte nach dem passenden Wort, „besorgt."

„Verstehe. Dann werde ich mich einfach in eine Fledermaus verwandeln und an die Decke hängen."

Sie starrte ihn an. „Das könnt ihr tatsächlich?"

Pascal gehörte nicht zu den Vampiren, die eine Vorliebe für Gestaltwandlungen hatten. Das bedeutete allerdings nicht, dass er nicht dazu imstande war. Aber er wusste auch, dass es besser wäre, nicht alle seine Fähigkeiten so leichtfertig preiszugeben. Daher lächelte er nur schief.

„Sag mir einfach, wo ich mich verstecken kann."

„Du solltest lieber dahin verschwinden, wo du hergekommen bist." Ihr Herzklopfen und die weichen Knie straften Isabellas Worte Lügen.

„Das werde ich ganz sicher nicht."

Isabella fluchte leise vor sich hin. Dann polterte sie an ihm vorbei und stieß eine Tür auf. „Da wird sie dich nicht suchen."

„Das Schlafzimmer", stellte er amüsiert fest.

„Noch eine Minute länger und ich hätte die Tür aufgebrochen", begrüßte Louisa ihre Freundin.

Isabella reagierte gereizt. Sie hatte nicht mehr den Nerv, Louisa freundlich in die Wohnung herein zu bitten. „Entschuldige, aber ich war beschäftigt." Grimmig verzog sie das Gesicht. Sie drehte sich um und ließ Louisa alleine eintreten und die Tür hinter sich schließen.

Die erkannte ihre Freundin kaum wieder. Was war nur mit der netten, aufgeschlossenen Kommilitonin geschehen, die stets ein Lächeln auf den Lippen trug? Aus irgendeinem Grund hatte genau die sich in ein unzufriedenes Etwas verwandelt, das die eigene Wohnung auf der Suche nach nichts Bestimmtem durchkreuzte. Rastlos ordnete sie herumliegende Dinge, ohne Louisa eines Blickes zu würdigen. Isabella ignorierte sie einfach!

Jede andere wäre vermutlich eingeschnappt gewesen und hätte einen Streit begonnen. Louisa nicht. Genau darin begründete sich auch die Wahl ihres Studienfaches Psychologie. Sie wollte verstehen, warum andere Menschen so handelten, wie sie handelten. Deshalb nahm sie in aller Ruhe auf Isabellas Wohnzimmersofa Platz, lehnte sich zurück und wartete. Sie ging davon aus, dass sie sehr schnell eine Reaktion provozieren würde, und wurde in dieser Annahme nicht enttäuscht.

„Also, schön", Isabella setzte sich neben sie in einen Sessel.

Mit auffordernden Blicken wurde sie von Louisa gemustert. Deren Geduld war äußerst bemerkenswert.

„Du hattest recht. Es ist nicht alles in Ordnung. Es geht mir nicht gut."

Louisa zeigte ein Siegerlächeln. Endlich öffnete sich ihre Freundin.

„Aber ich möchte auch nicht, dass du dir andauernd so viele Sorgen machst. Ich bin schon ein großes Mädchen", versuchte Isabella zu scherzen. „Diese ganze Sache im Club hat mich verwirrt. Ich brauche nur etwas Zeit, um darüber hinwegzukommen."

„Ja, genau." Louisa nickte. „Und ich weiß, wie wir diese Zeit etwas verkürzen."

Isabella ahnte, dass sie ihre Freundin dieses Mal nicht so schnell loswerden würde. Sie hatte etwas vor.

„Wir gehen aus! In eine ganz normale Bar mit ganz normalen Leuten."

„Ich kann nicht." Isabella verschränkte die Arme vor der Brust. Sie konnte doch jetzt nicht einfach gehen. Der Blonde hielt sich in ihrem Schlafzimmer auf, fest entschlossen, ihren Beschützer zu spielen.

„Verstecken bringt doch nichts. Das weißt du genauso gut wie ich. Du musst wieder unter Leute. Je eher, desto besser. Du wirst schon sehen, das wird dir gut tun."

„Aber so kann ich doch nicht gehen." Sie zeigte an sich hinunter, auf die weite Jogginghose und das ausgewaschene dunkle T-Shirt, das sich eng an ihren Oberkörper schmiegte.

„Natürlich nicht. Ich dachte, du könntest dich vorher noch etwas schick machen." Louisa lächelte. „Für mich. Bitte."

„Ich weiß gar nicht, was ich anziehen soll."

„Wir finden schon etwas in deinem Kleiderschrank."

Als Louisa nun Anstalten machte aufzustehen, hielt Isabella die Freundin entsetzt zurück.

„Nein!" Sie sprang auf die Füße. Im gleichen Moment wurde sie sich jedoch ihres lächerlichen Verhaltens bewusst.

„Ich habe nicht aufgeräumt", versuchte sie zu erklären. „Es ist furchtbar unordentlich in meinem Schlafzimmer. Ich gehe lieber alleine suchen."

„Gut. Dann bleibe ich hier und warte."

„Ja", sagte Isabella schnell, bevor ihre Freundin es sich anders überlegen konnte, „tu das. Ich bin sofort fertig."

Pascal stand am Fenster und blickte hinaus auf die Straße. Er beobachtete die vielen Menschen, die zu dieser Stunde noch draußen entlanggingen. Die meisten waren guter Dinge, lachten und alberten herum. Sie wirkten so fröhlich. So unbefangen und frei. Er selbst kannte diese Gefühle nicht. Nur Lust und Gier. Das waren die Empfindungen, die sein Vampirdasein bestimmten. Oder ließ er sich lediglich davon bestimmen?

Die Zimmertür schwang kurz auf. Isabella beeilte sich, in den Raum zu gelangen. Sie quetschte sich beinahe durch den Türspalt, nur um zu verhindern, dass ihre Freundin etwas bemerken konnte. Isabella war deutlich anzumerken, dass sie die Anwesenheit ihres ungewöhnlichen Besuchers unter allen Umständen geheim halten wollte.

„Sie ist immer noch hier?", fragte Pascal.

Isabellas Augen verengten sich zu schmalen Schlitzen. „Du bist ja auch immer noch hier."

Er verkniff sich ein Schmunzeln. Sie verbarg ihren Zorn nicht. Aber er fand, dass ihr die leicht geröteten Wangen herrlich zu Gesicht standen.

Ohne Umschweife verschwand sie in das angrenzende Badezimmer. Sie gab ihm keine Gelegenheit, das Gespräch fortzusetzen. Schon im nächsten Moment konnte er das lästige Geräusch eines Föhns hören.

Isabellas Haare waren noch ein wenig feucht von dem Bad gewesen. Dabei kam es ihr schon wie eine halbe Ewigkeit vor, dass sie in der Wanne gelegen hatte. Sie genoss die Wärme, die nun in ihrem Nacken kribbelte. Es war eine wohltuende Streicheleinheit. Wie sanfte Küsse. Sie kam nicht umhin, sich vorzustellen, wie der Blonde hinter ihr auftauchte und seinen harten männlichen Körper gegen ihren Rücken presste. Sie konnte ihn regelrecht spüren und schwelgte in dieser Empfindung dahin.

Als sie zur halb geöffneten Tür schaute und ihn tatsächlich dort stehen sah, schrak sie zusammen. Sie hatte ihren Gedanken nicht wieder derart freien Lauf lassen wollen. Trotzdem war es geschehen, und so, wie er sie betrachtete, ahnte er davon.

Wütend schaltete sie den Föhn aus. Ihre Haare fielen lang und schwarz und wild über ihre Schultern. Sie schritt sehr forsch auf den Vampir zu, schob sich jedoch an ihm vorbei, direkt auf ihren Kleiderschrank zu. Hoffentlich kam Louisa nicht auf die Idee nachzusehen, warum ihre Freundin so lange benötigte!

Isabella fischte ein kurzes, bordeauxrotes Kleid aus dem Schrank. Es hatte keinen großen Ausschnitt, dafür eine auffällige grün-goldene Knopfleiste am Rücken. Ein passendes Kleidungsstück zu ihrem Armband. Gerade wollte sie sich das T-Shirt über den Kopf ziehen, als sie sich der neugierigen Blicke des Vampirs bewusst wurde.

„Würdest du dich bitte umdrehen?“, giftete sie ihn an.

„Natürlich.“ Pascal drehte sich jedoch so um, dass er ihr Abbild in der gegenüberliegenden Fensterscheibe spiegeln sah. Sie hatte einen verführerisch geformten Körper. Es schmerzte ihn, dass er sie nicht einfach berühren durfte.

„Du willst ausgehen?“, fragte er schließlich.

„Sag mir jetzt nicht, du hättest etwas dagegen.“

„Würdest du denn darauf hören, wenn ich dir sage, dass es für dich gefährlich sein könnte?“

„Nein.“

„Und ich soll hier bleiben und auf dich warten?“

„Du kannst tun und lassen, was du willst. Niemand zwingt dich, hier auf mich zu warten.“ Ihre Stimme klang fest und kalt. Doch ihr Inneres zog sich zusammen. Er sollte nicht verschwinden. Sie wollte, dass er auf sie wartete!

„Ich kann warten.“ Lässig setzte er sich auf die Kante ihres Bettes. Er legte sich zurück und streckte sich aus. Dann verschränkte er die Arme hinter dem Kopf und warf ihr einen Blick zu, der das Ausmaß seiner Ironie nur allzu deutlich bezeugte. „Schließlich habe ich die ganze Ewigkeit Zeit dafür.“

Isabella verdrehte die Augen. Er war arrogant und selbstverliebt – stellte sie für sich fest – und er schaffte es trotzdem, sie gehörig aus der Fassung zu bringen. Sie rang sich ein überlegenes Grinsen ab.

„Dann muss ich mich ja nicht beeilen“, gab sie kratzbürstig zur Antwort.

„Nein.“ Er blieb vollkommen regungslos. Auch seine Augen verrieten nichts anderes als sture Arroganz.

Isabella hatte genug. Sie griff wahllos nach einem Paar Pumps, wirbelte herum und verließ das Schlafzimmer ohne ein weiteres Wort. Ihr Brustkorb bebte förmlich aufgrund ihrer aufgeregten Atmung. Am liebsten hätte sie lauthals geflucht. Was bildete sich dieser Vampir eigentlich ein?

„Sag mal", hörte sie plötzlich Louisas Stimme, „hast du da gerade mit dir selbst gesprochen?" Sie saß immer noch auf dem Sofa und betrachtete die Freundin nun mit einem sehr skeptischen Gesichtsausdruck.

„Meine Schuhe!" Isabella grinste naiv. Ihr wollte spontan keine bessere Begründung einfallen. Daher hob sie demonstrativ die schwarzen Pumps, die sie in den Händen hielt, in die Höhe. „Diese verflixten Dinger! Ich dachte schon, ich finde sie heute gar nicht mehr." Sie warf die Schuhe lässig auf den Boden und schlüpfte hinein. Sogleich wirkte sie viel selbstbewusster und strahlender, als hätte sie nicht gerade noch wutentbrannt dagestanden.

Louisa legte den Kopf schief. Derart merkwürdig und wechselhaft hatte sie ihre Freundin nie zuvor erlebt. Sie fragte sich, wie gut sie Isabella eigentlich kannte, und ob sie sich jemals zuvor so ungewöhnlich verhalten hatte. Oder machte sie sich einfach zu viele Gedanken? Lag das vielleicht nur an ihrem Psychologie-Studium? Immerhin konnte es möglich sein, dass sie die Dinge schlichtweg überbewertete. Sie verwarf den Gedanken. Wie unsinnig, sich damit zu beschäftigen! Sie sollten ausgehen und sich vergnügen, wie junge Frauen es nun einmal taten. Das würde ihr gut tun und Isabella erst recht.

„Komm schon. Lass uns gehen", sagte sie deshalb nur. „Ich könnte jetzt einen Cocktail vertragen."

„Ich auch", seufzte Isabella.

Von der Dunkelheit

Chantal stolzierte gemächlich auf und ab.

„Was machst du hier unten?" Pierre war es gar nicht recht, sie ausgerechnet in diesem Augenblick bei der Ritualstätte vorzufinden.

„Warten", entgegnete sie mit zuckersüßer Stimme. „Auf dich. Auf das Mädchen. Darauf, dass du endlich einlöst, was du mir versprochen hast."

„Das werde ich schon noch."

Hinter ihm tauchten fünf weitere Vampire auf. Chantal fiel auf, dass alle in die gleichen langen schwarzen Roben gekleidet waren. Hier ging offensichtlich etwas vor, von dem sie nichts hätte mitbekommen sollen. Beleidigt schnitt sie eine Grimasse. Für gewöhnlich teilte Pierre seine Geheimnisse mit ihr.

„Du bist ein mieser Lügner und Betrüger!" Wie Giftpfeile feuerte sie ihre Worte auf ihn ab. In diesem Moment wünschte sie sich sogar, er würde tödlich getroffen zu Boden gehen – von ihrer Wut erdrückt. Doch Pierre winkte nur gelangweilt ab.

„Ich habe jetzt wirklich keine Lust auf eine Szene. Siehst du nicht, dass wir versuchen, ein Ritual abzuhalten?"

Chantal glotzte ihn mit großen Augen an. Als sie sich dem Eingang und den anderen Vampiren zuwandte, erkannte sie die helle Haut eines blutjungen Mädchens. Ihr spärlich bekleideter Alabasterkörper blitzte unter dem dunklen Stoff der Vampir-Roben deutlich hervor. Sie hing schlaff zwischen zwei Vampiren. Die hatten sich je einen Arm des Mädchens um die Schultern gelegt, um sie mit sich zu schleppen. Sie war besinnungslos.

Pierre machte keinen Hehl daraus, dass er diesen Anblick genoss. Er schritt auf sein Opfer zu und streichelte es mit zärtlichen Gesten.

Chantal fühlte sich hin- und hergerissen. Einerseits liebte sie derlei Spielereien. Andererseits war sie nicht eingeladen und wollte Pierre dafür verachten.

Was dachte er sich nur dabei, sie nicht einzubeziehen? Seine Geliebte und engste Vertraute.

„Möchtest du nicht auch von ihr kosten, meine Liebe?", unterbrach Pierre ihre Gedanken. Er wusste, dass er sie nur auf diese Weise besänftigen konnte.

Sie unterdrückte ein schelmisches Grinsen, straffte ihre Schultern und schritt auf das Mädchen zu. Grob packte sie es am Kinn. Sie bog deren Kopf zurück in den Nacken und betrachtete das junge, rundliche Gesicht. Ihre Lider waren sehr dunkel geschminkt. Die langen, künstlichen Wimpern standen halb gelöst ab. Das Haar trug sie in braunen kurzen Locken. Es glänzte durch übermäßigen Gel- und Spraykonsum.

Chantal fuhr mit dem Zeigefinger über den vollen Mund des Mädchens. Die dunkelrote Lippenfarbe verschmierte. Die Vampirin wischte sie an den Mundwinkeln hinunter bis zum Kinn.

„Wie billig", spottete sie.

„Was ist mit der anderen? Die mit den schönen schwarzen Haaren."

Pierre fasste sie von hinten bei den Schultern. Vorsichtig drückte er sie an sich. Er wollte sie nicht verärgern und einen ihrer Wutausbrüche riskieren. „Ich habe Pascal geschickt, um sie zu holen. Sie wird schon bald unser sein. Bis dahin haben wir diese hier."

„Ein lächerlicher Zeitvertreib, eine dahergelaufene Hure!"

„Ich weiß."

Keiner der anderen Vampire wagte es, auch nur einen Laut von sich zu geben. Sie sahen nicht einmal auf, sondern taten, als würden sie nichts von alledem mitbekommen. Die Kapuzen ihrer Roben hatten sie tief in ihre Gesichter gezogen. Nur Dunkelheit sprach aus ihnen.

„Aber wir können trotzdem unseren Spaß mit ihr haben", flüsterte Pierre an ihrem Ohr. Er küsste ihre Schläfe, leckte über ihre Haut, bis ihr Körper unter seinen Berührungen zu vibrieren begann.

„Ja, das können wir."

Sie ließ sich von ihm zur Seite schieben. Pierre gab den anderen daraufhin ein Zeichen, das besinnungslose Mädchen auf dem Steinaltar abzulegen. Die taten, wie ihnen geheißen, und entfernten sich anschließend einen Schritt weit von der Opferstelle.

Plötzlich regte sich das Mädchen. Es musste die Kälte spüren, die von dem Altar ausgestrahlt wurde und nach ihrem Körper griff. Pierre war sich dessen sicher. Ihr schwaches Aufstöhnen hallte süß in seinen Ohren wieder. Lächelnd schob er Chantal auf das Opfer zu.

„Sieh nur, sie erwacht", sprach er, als handelte es sich um eine wundersame Begebenheit.

Die Vampirin spreizte die Finger. Sie wollte nach dem unschuldigen Körper greifen.

„Herrlich."

Pierre ließ ihr freie Bahn. „Es macht dir mehr Spaß, wenn sie bei Bewusstsein ist – habe ich recht?"

Chantal gab keine Antwort. Mit einem katzengleichen Sprung gelangte sie auf den Altar. Sie blieb ganz nah an der Randkante hocken. Kein Sterblicher hätte sein Gleichgewicht auf eine solch elegante Art halten können, wie sie es tat. Gurrend reckte sie den Oberkörper vor. Ihre Hände fuhren die nackten Beine des Mädchens hinauf und spreizten sie zu den Seiten. Das Mädchen trug einen knappen schwarzen Latexrock, der nun ein leise quietschendes Geräusch von sich gab. Chantal leckte mit der Zungenspitze über ihre Oberlippe, als sie erkannte, dass ihr Opfer keine Unterwäsche trug. Genau wie sie selbst es stets zu tun pflegte. Sie begann die Unterschenkel sanft zu massieren. Dann beugte sie den Kopf hinunter und küsste sie.

Das Mädchen erschauerte. Sie war nicht ganz bei Bewusstsein, sondern kämpfte gegen den Einfluss des Alkohols, den sie an diesem Abend zu sich genommen hatte. Als Chantal sich mit ihren Liebkosungen zu ihrem Schoß hinauf arbeitete, bäumte sie sich stöhnend auf.

War das ein Traum?

Sie registrierte die verhüllten Gestalten um sich herum nur verschwommen. Es war so dunkel in diesem Raum! Sie wusste nicht, ob sie panisch oder glückselig reagieren sollte. Die Situation erschien ihr verwirrend. Einerseits spürte sie eine unbestimmte Gefahr. Anderseits wollte sie sich völlig gedankenlos der aufkommenden Ekstase hingeben.

Sie kannte die Vampirin nicht, die sich da gerade an ihr zu schaffen machte. Trotzdem genoss sie die leidenschaftlichen Berührungen. Es verlangte sie nach mehr. Viel mehr!

„Du glaubst doch nicht etwa, dass du allein den ganzen Spaß haben darfst." Pierre stieg zu Chantal auf den Altar und umfasste ihre Taille von hinten. Er drehte sie herum und drückte sie mit dem Rücken gegen den Körper des Mädchens. Gierig presste er seine Lippen auf die ihren. Seine Zunge erkundete forsch ihren Mundraum. Er machte Chantal klar, dass er der Herr der Lage war und sie nur eine seiner Untergebenen. Sie würde sich seiner Lust fügen.

Nach einem scheinbar endlos langen Moment löste Pierre sich wieder von ihr. Seine Blicke durchbohrten sie auffordernd. Sie wusste, was er verlangte, und sie würde nicht den Fehler machen, sich ihm zu widersetzen. Langsam schob sie sich hinab, bis sie ihren Hinterkopf auf dem Bauch des Mädchens ablegen konnte. Sie nahm deren schnelle Atmung wahr, die Anspannung und das leichte Zucken, verursacht von einem unkontrollierten Verlangen.

Geschickt griffen Chantals Finger nach Pierres Hosenbund. Sie öffnete seine Kleidung gerade so weit, um seinem prallen Glied genügend Freiraum zu verschaffen. Er senkte sich hinab. Während das ahnungslose Mädchen nicht wusste, was mit ihm geschah, nahm die Vampirin Pierre gierig in sich auf. Ihre Lippen schlossen sich um seinen Penis. Ihre Zunge lockte ihn mit kreisenden Bewegungen. Sie fuhr hinab und wieder hinauf, immer wieder, bis sie schließlich ihre spitzen Zähne vorschob und verspielt an seiner Eichel entlangstreifte.

Das Mädchen und Pierre bäumten sich im gleichen Moment auf. Chantal nutzte das aus, um sich zu befreien. Sie schob sich weiter hinab und gelangte dank ihrer ungeheuren Gelenkigkeit in eine bessere Position. Nun lag sie oben auf. Sie schob Pierres langes haselnussbraunes Haar beiseite und küsste ihn in den Nacken.

„Hinterhältiges Biest“, flüsterte er.

Chantal antwortete mit einem Lachen. Sie bog sich halb an ihm vorbei. Ihre Fingernägel bohrten sich in den Rocksaum des Mädchens. Dann riss sie den Stoff mit einer Leichtigkeit auseinander, als wäre es ein Kinderspiel. Die blanke Scham lag nun völlig offen vor den Vampiren. Doch Chantal hatte damit längst nicht genug. Sie streckte ihre Finger aus, streichelte über den Venushügel. Schließlich tauchte sie sogar in die heiße Feuchte des Mädchens ein. Es stöhnte so sehr, dass die Vampirin nicht anders konnte, als sich hinabzubeugen und ihre Zungenspitze über die Schamlippen gleiten zu lassen.

Pierre bereitete dem Spiel ein Ende. Er schob Chantal beiseite und nahm selbst Besitz von dem Mädchen. Hart drang er in sie ein, so dass sie einen spitzen Schrei ausstieß. Mit einem Mal schien sich der Nebel um sie aufzulösen. Die Augen des Mädchens weiteten sich. Sie wollte sich wehren, mit den Fäusten nach dem Vampir schlagen, als sie ihre Situation erkannte. Doch im gleichen Augenblick waren so viele andere Hände da, die sie davon abhielten und ihre Glieder auf den rauen, feuchten und widerwärtigen Altar pressten. Über ihr bewegte sich der Vampir immer schneller auf und ab. Sie spürte das schmerzhafte Scheuern ihres Rückens auf dem Stein. Hilflos musste sie sich ergeben und wollte einfach nicht wahr haben, dass die heftigen Stöße sie erregten und Wellen der ungezügelten Lust durch ihren Unterleib schickten. Tränen kullerten aus ihren Augen.

Die Bewegungen des Vampirs stoppten abrupt. Mit dem Erreichen seines Höhepunktes verbiss er sich in ihrem Hals. Sogleich schloss sich auch der Kreis der anderen Vampire um sie. Überall an ihrem Körper spürte sie das Eindringen der spitzen Zähne. Es dauerte nicht lange, und sie verlor mit einem letzten Aufseufzen für immer das Bewusstsein.

Der Düstere schrie auf. Wild und unbezähmbar. Er fiel vom Himmel, löste sich aus der angenommenen Gestalt eines Raben und schlug hart am Erdboden auf. Alles verschwamm. Die Umgebung. Sein Geist. Er selbst.

Sein Körper war nur mehr eine Hülle – von Schmerz gebeutelt – der einen steilen Abhang hinabrollte. Am Ende wurde sein Sturz von einem Felsen abgefangen, dessen Spitze ihn direkt in die Magenkuhle traf. Er konnte nicht länger schreien. Denn auch seine Stimme versagte ihm. Lediglich ein klägliches Wimmern entrang sich seiner Kehle.

So weit war es gekommen, dass er – einer der Mächtigen – seine Finger in die Erde vergrub und sich daran festzuklammern versuchte. Einen seiner Sinne hatte er zumindest nicht verloren. Er roch das feuchte Gras, nahm den intensiven Gestank von Kuhmist ganz in der Nähe auf. Aber mischte sich darin nicht auch eine Prise Meeresluft?

Benommen rappelte er sich auf. Seine Glieder fühlten sich steif an, beinahe unbeweglich. Es schien, als wären seine Knochen in nur einer Nacht morsch geworden. Sie knarrten und knackten. Seine rechte Schulter war besonders stark betroffen. Er betastete sie mit einer Hand, versuchte sie zu massieren und spürte etwas, das er zunächst mit der Feuchtigkeit von Erde und Gras verband. Doch seine Handfläche begann zu kleben. Die Konsistenz war dichter, und schließlich kroch ihm auch dieser Geruch in die Nase.

Sein Blut.

Er hatte eine Wunde davongetragen, die sich nicht mehr von alleine schloss. Dabei war ihm diese Schwäche schon vor vielen Jahrhunderten abhanden gekommen. Das konnte nicht möglich sein! Er konzentrierte sich auf seine Schulter. Der Blutfluss stoppte schnell. Die Verletzung zeichnete ihn allerdings auch weiterhin. Er konnte sie nicht schließen. Fluchend resignierte er.

Als er sich nun umsah, erkannte er die Umgebung wie durch einen dichten Nebel. Seine dunklen Instinkte hatten ihn an einen Punkt, weit außerhalb von London getragen. Etwas oder jemand rief nach ihm. Die Ursache seiner misslichen Lage wuchs zu einer übermächtigen Bedrohung heran. Er spürte deutlich, wie dieses Etwas nach ihm griff und ihn innerlich zerquetschte. Wohin ihn die Suche führte, konnte er jedoch längst nicht lokalisieren. Die Signale lockten ihn und hielten ihn gleichzeitig fern. Sein Weg war unbestimmt. Aber er würde der Ursache auf den Grund gehen – und wenn es das Letzte war, was er in seinem verfluchten Dasein tat!

Der goldene Dolch lag blutgetränkt zwischen den Brüsten des leblosen Mädchens. Pierre starrte auf den funkelnden Rubin, der den Kopf der Waffe bildete. Längst hatten sich die anderen Vampire entfernt. Er war allein mit ihrem Machwerk – dem geschundenen Körper auf dem Steinaltar.

Wie von selbst senkten sich seine Hände auf die schlaffen Glieder des Mädchens. Er streichelte ihre Beine, fuhr mit den Fingern die Konturen ihres flachen Bauches nach, bis er gegen die Spitze des Dolches stieß. Es handelte sich um ein gefährliches Werkzeug der dunkelsten aller Mächte.

Die Waffe der Mächtigsten selbst.

Die Dunkelheit ruhte darin.

Als Clubbesitzer Andrew mit seiner Geliebten nach Paris gegangen war, hatte Pierre nicht lange gezögert und die Büroräume des Gebäudes durchsucht. Es hatte ihn eine gesamte Nacht lang Zeit gekostet. Doch der Erfolg war nicht ausgeblieben.

Andrew besaß ein Geheimfach. Eine tresorähnliche Apparatur, eingearbeitet in die Steinwand hinter der Feuerstelle seines Kamins. Darin hatten sich nicht etwa Gold und Edelsteine befunden, sondern wichtige Dokumente. Aufzeichnungen über den Anbeginn der Vampire und die geheime Gruft, in der die Mächtigsten ruhten – mit ihnen die verborgenen Kräfte und der wundersame Dolch, den Pierre nun beinahe liebevoll betrachtete.

Die Waffe schenkte ihm ein Übermaß Selbstsicherheit und Fähigkeiten, von denen er nie zu träumen gewagt hatte. Sie sollte sein Werkzeug sein, um die Welt und die Menschen für immer in Dunkelheit zu tauchen.

Seine Hand schloss sich um den Schaft. Er hob den Dolch von dem Körper des Mädchens auf und führte die Klinge zu seinen Lippen. Genussvoll leckte er das Blut davon ab. Jeden Tropfen nahm er wie pure Energie in sich auf.

Doch dieses Opfer konnte noch nicht alles sein. Es war noch nicht genug.

Nächtlicher Rausch

Pascal verschwendete die Zeit nicht mit unnützer Warterei. Er blieb gerade so lange still auf dem Bett Isabellas liegen, bis er die Wohnungstür ins Schloss fallen hörte. In dem Moment erhob er sich. Er trat an das Fenster und beobachtete genau, welche Richtung die beiden Frauen einschlugen. Isabella konnte nicht von ihm erwarten, dass er sie einfach gehen ließ. Es war viel zu gefährlich. Möglicherweise tauchte Pierre aus den Schatten auf, um sie selbst zurück zum Club und in seinen Kerker zu schaffen. Das wollte er unter allen Umständen verhindern. Pierre durfte seine dunklen Gelüste nicht derart ausleben. Andrew duldete ein solches Verhalten nicht, und er verließ sich darauf, dass die Regeln in seiner Abwesenheit eingehalten wurden. Pascal war dafür zuständig. Er würde diese Aufgabe erfüllen. Aber vor allem durfte er nicht zulassen, dass sich irgendjemand an dieser einen Frau vergriff.

Isabella. Allein ihr Name hatte eine unvergleichlich erotisierende Wirkung auf ihn.

Er öffnete das Fenster auf Kipp. Der Spalt würde ausreichen, um in anderer Gestalt hinaus und später wieder unbemerkt hinein zu schlüpfen.

Pascals Gestalt begann zu verschwimmen, sich zusammenzuziehen und die Form einer kleinen Fledermaus anzunehmen. Er liebte den schnellen Flug dieser Tiere. Sie konnten dem menschlichen Auge so leicht entgehen. Ebenso wie ein Vampir selbst.

Er schlüpfte durch den Fensterspalt hinaus ins Freie und folgte Isabella und ihrer Freundin. Es dauerte nicht lange, schon hatte er sich einen Vorsprung verschafft. Auf einer Straßenlaterne blieb er sitzen und sah zu ihnen hinab.

Die Frau an Isabellas Seite wirkte verkrampft. Sie trug die Haare zu einem strengen Knoten zurückgebunden. Ihre Kleidung war grau und hochgeschlossen. Insgesamt vermittelte sie einen eher altbackenen Eindruck. Isabella hingegen strahlte vor Anmut und Eleganz, obwohl sie keine helle Erscheinung war. Die langen schwarzen Haare, die ihren Rücken hinabfielen und samtig die verführerisch runden Hüften umschmeichelten. Der bronzefarbene Ton ihrer Haut. Die stets dunkle Kleidung.

Um wie viel unwiderstehlicher würde sie wohl als Vampirin sein?

Entsetzt über die eigenen Gedanken sprang die kleine Fledermaus in die Luft. Wie wild flatterte das Tier mit den Flügeln.

Pascal würde seinem Verlangen kein zweites Mal unterliegen! Er blendete all das aus und konzentrierte sich einzig und allein auf den Schutz Isabellas.

„Was ist?" Louisa warf ihrer Freundin einen ungeduldigen Blick zu. Diese verharrte vor dem Eingang von „Rupert's Bar". Nervös wandte sie sich um und suchte die Umgebung ab.

„Hast du nicht auch das Gefühl, beobachtet zu werden?"

„Nein." Louisa schüttelte den Kopf. „Es gibt absolut niemanden, der uns beobachtet. Und selbst wenn – wären wir da drinnen besser aufgehoben als hier draußen." Sie deutete auf die Tür der Bar.

Isabella atmete tief durch. „Du hast sicher recht."

„Schön, dass du das auch mal einsiehst." Sie zwinkerte und hakte sich bei Isabella unter.

Endlich betraten sie die Bar und gerieten sogleich in eine angenehm-lockere Atmosphäre. Der knapp bemessene Innenraum der Lokalität war gut gefüllt. Bunte Lichter flackerten überall auf und Reggae-Musik dröhnte laut und aberwitzig aus den Boxen. Sie diente einzig und allein dem Zweck, Lebensfreude zu vermitteln und den Gästen ein Lächeln auf die Lippen zu zaubern. Tatsächlich funktionierte das bei dem überwiegenden Teil der Anwesenden. Selbst Louisa ließ sich von der ausgelassenen Stimmung anstecken.

Isabellas Blick blieb auf dem Barkeeper hängen. Er hatte kurzes schwarzes Haar, blaue Augen und hohe Wangenknochen. Er wirkte beinahe aristokratisch. Lediglich sein schrilles Hawaii-Hemd passte nicht zu diesem Bild.

Unwillkürlich musste sie an Pierre denken. An sein aufreizendes Erscheinungsbild, und wie geschickt er sie umgarnt hatte. Ihr fiel nicht auf, wie Louisa sie dabei direkt an die Bar dirigierte. Wie schnell sie sich dem Barkeeper näherten und schließlich auf den Hockern vor ihm Platz nahmen. Louisa bestellte zwei Piña Coladas und bedachte den Mann dabei mit einem strahlenden Lächeln. Sie flirtete ungeniert. So hatte Isabella ihre Freundin noch nie erlebt.

„Für die zauberhaften Damen." Mit diesen Worten stellte der Barkeeper nur wenig später die Cocktails vor ihnen ab. Nachdem Isabella ihn so eindringlich beobachtet hatte, schenkte er ihr außerdem ein vielsagendes Grinsen.

Sie fühlte sich ertappt und fuhr vor Schreck zusammen. Der Barkeeper schaute belustigt drein, wandte sich aber sogleich dem nächsten Gast zu. Offensichtlich war er es gewohnt, umschwärmt zu werden.

Isabella beugte sich über ihr Cocktailglas. Kurz befühlten ihre Fingerspitzen den Strohhalmkopf, ehe sie von dem Getränk probierte. Es schmeckte süß und schwer, nach Kokos und jeder Menge Alkohol.

Pascal ließ sich auf der äußeren Fensterbank nieder. Einen langen Moment verharrte er in seiner Fledermausgestalt. Erst, als er sich vollkommen unbeobachtet fühlte, wandelte er seine Gestalt zurück. Er lehnte sich an den Rahmen, ohne dabei etwas von seiner Anwesenheit preiszugeben. Geschickt verbarg er sich in den Schatten der Nacht. Er wurde zum unsichtbaren Beobachter.

Isabella nippte recht zaghaft an ihrem Cocktail. Ihre vollen, sinnlichen Lippen spielten mit dem Strohhalm. Pascal spürte förmlich, wie weich ihr Mund das Plastik umschloss. Als hauche sie einen Kuss auf seine nackte Haut. Ein angenehmes Kribbeln durchströmte ihn beim Anblick ihrer anmutigen Gesten. Dennoch verhielt sie sich angespannt und wollte sich offensichtlich nicht gänzlich der ausgelassenen Stimmung in der Bar hingeben.

Er war versucht, sich ihr zu nähern. Alle Bedenken hinter sich zu lassen und sogar den Vorstoß in ihre Gedanken zu wagen. Ob sie an ihn dachte?

Plötzlich wandte Isabella sich um. Sie fixierte die Fensterscheibe, hinter der er sich verborgen hielt. Doch sie konnte nicht mehr als einen Schatten wahrnehmen. Er hatte keine für sie erkennbare Gestalt und spiegelte sich auch nicht in dem Glas. Unmöglich, dass sie von seiner Anwesenheit wusste!

Nach einigen atemlosen Sekunden ließ Isabella die Schultern hängen. Mit einem resignierten Gesichtsausdruck widmete sie sich wieder ihrem Cocktail. Dieses Mal trank sie in größeren, gierigeren Schlucken. Die andere Frau lachte, als sie ihre Freundin so sah. Sie bestellte neue Getränke – und schließlich dauerte es nicht mehr lange, bis Isabella angetrunken genug war, um sich auf die anwesenden Männer einzulassen.

Pascal ballte die Hände zu Fäusten. Er musste mit ansehen, wie ein blonder, schlaksiger Typ seinen Arm um Isabellas Taille schob. Frech grinste er sie an. Isabella wehrte sich nicht einmal. Sie antwortete mit einem Lächeln, was Pascal einen Stich versetzte.

Augenblicklich wirbelte er herum. Er entriss sich dem Anblick, presste sich mit dem Rücken gegen die raue Außenwand. Seine Atmung ging schneller als gewöhnlich. Er war aufgewühlt.

In ihm brodelte es gewaltig.

So kannte er sich selbst gar nicht!

In diesem Moment wurde ihm auf unangenehme Weise bewusst, wie allein er eigentlich war. Nie zuvor hatte er sich so sehr allein gefühlt oder auch nur einen Gedanken daran verschwendet, dass er es eventuell sein könnte. Der Club, die anderen Vampire und die Mädchen. Das alles war so eng mit seinem Dasein verbunden. Sie hatten ihn immer wieder aufgefangen. Ihn dazu gebracht, sich niemals etwas anderes zu wünschen. Aber nun, da er allein vor einer Bar stand und anderen beim Feiern zusah, drohte es ihn zu zerreißen. Und dann war da noch diese Frau. Isabella.

Eine schwarze Katze strich plötzlich schnurrend um seine Beine. Sie riss ihn aus diesen Gedanken voller Selbstmitleid. Pascal hob sie auf die Arme und strich ein paar Mal über ihr struppiges Fell, ehe sie sich wieder von ihm befreite und zu Boden sprang. Er beobachtete, wie das Tier hinter einer Hauswand verschwand. Es entwischte ihm, wie auch Isabella bislang versuchte, ihm zu entwischen.

Wie lächerlich, sich von einer Frau derart in Rage versetzen zu lassen!

Dabei war sie doch nicht anders als alle anderen. Oder etwa doch? – Pascal wusste, dass er jede haben konnte. Jede einzelne. Immer und überall. Er müsste sich nicht einmal um sie bemühen. Für ihn war es ein Leichtes, ihren Willen zu brechen. Sie gefügig zu machen. Wie alle älteren Vampire kannte auch er genügend simple Tricks, um alles mit jeder Frau anstellen zu können.

Eigenartigerweise wusste Pascal aber, dass er bei Isabella niemals einen solchen Trick anwenden würde.

Er drehte sich ein Stück zurück, um einen erneuten Blick in den Innenraum der Bar werfen zu können. Isabella lag genau in seinem Sichtfeld. Sie amüsierte sich. Mit einem fremden Mann.

Verflucht! Warum war es für ihn nur so sehr von Bedeutung?

Er kauerte sich dort draußen am Fensterrahmen zusammen, beobachtete die Gäste und wünschte sich sogar, einer von ihnen zu sein. Einfach dazuzugehören. Ein Mensch zu sein.

Aber das war unmöglich.

Isabella fand sich ausgelassen tanzend in den Armen des schlaksigen Blonden wieder. Er besaß ein ansteckendes Lächeln und ungewöhnlich schöne, blaue Augen. In ihrem benommenen Zustand verwischte sein Antlitz. Es nahm den Ausdruck des Vampirs an.

Louisa tanzte direkt neben ihnen. Sie gab sich ungewohnt ausgelassen. Mittlerweile hatte sie sogar ihren strengen Haarknoten gelöst, so dass ihre braunen, vollen Locken lustig im Takt wippten.

Isabella kannte den Mann nicht, der Louisa bei den Händen fasste und sie herumwirbelte. Allerdings erinnerte sie sich genauso wenig an den Namen ihres eigenen Tanzpartners. Auch nicht an den des Vampirs. Trotzdem amüsierte sie sich hervorragend. Es schien nichts mehr zu geben, was ihr Sorgen bereiten könnte. Sie fühlte sich leicht und frei und grölte lautstark den Liedtext mit. Womöglich bemerkte jeder in der Bar, dass die beiden Freundinnen zu viele Cocktails getrunken hatten. Doch das machte Isabella nichts aus. Sie drehte sich übermutig um ihre eigene Achse. Als sie ins Schwanken geriet, fing der Fremde sie auf. Isabella strahlte ihn an. Er war ohne Frage ein Gentleman. Dankbar schmiegte sie sich an ihn.

Immer wieder musterte sie sein Gesicht. Sie kniff die Augen leicht zusammen, da die bunten, flackernden Lichter sie allmählich zu schmerzen begannen. Der Alkohol tat sein übriges dazu. Schließlich gewann Isabella den Eindruck, die Gesichtskonturen des Blonden würden sich tatsächlich verändern. Sie wurden kantiger, härter. Eine vornehme Kühle umschmeichelte seine hohen Wangen. Sein Haar wirkte mit einem mal viel heller und länger.

Er war es.

Isabella öffnete die Lippen und wollte den Namen des Vampirs formen. Erneut fiel ihr auf, dass sie diesen nicht kannte. Enttäuscht starrte sie den Mann an. Sie war betrunken in einer Bar, die sie nicht kannte, mit Männern, die sie nicht kannte. Selbst ihre sonst so vernünftige Freundin Louisa schien eine andere Identität angenommen zu haben. Enger hätte diese sich kaum noch an ihren Tanzpartner schmiegen können. Louisas Oberteil war unanständig verrutscht, ihre Schminke verschmiert, und obendrein lallte sie unverständliche Worte.

Isabella wollte auf der Stelle anfangen zu schreien.

Warum kannte sie den Namen dieses Vampirs nur nicht?

„Pascal", wisperte es in ihrem Kopf.

Sie zuckte zusammen. Etwas Ungewöhnliches hatte sich da gerade in ihren Gedanken ausgebreitet.

Draußen am Fenster stand Pascal und rieb sich die Schläfen. Entgegen aller Grundsätze hatte er sich in Isabellas Kopf eingeschlichen. Nun sah sie sich irritiert um, versuchte den Ursprung der fremden Macht zu lokalisieren. Aber sie war zu betrunken, um tatsächlich zu bemerken, was um sie herum geschah.

Pascal trickste ihre Gedanken aus. Er machte sie glauben, die Ursache ihrer Empfindungen lag tatsächlich im Alkohol.

Isabella wurde schwindelig. Ihr Kopf begann unerträglich zu dröhnen. Die Reggae-Band tönte nicht mehr nur aus den Lautsprecherboxen, sondern breitete sich auf unangenehme Weise in ihrem Bewusstsein aus. Sie warf einen Blick auf ihre Armbanduhr. Die Zeiger verschwammen jedoch vor ihren Augen. Es dauerte einen Moment, ehe sie in der Lage war, die Zeit abzulesen.

Kurz nach vier Uhr am Morgen.

Konnte das tatsächlich sein? Hielten sie sich schon so lange in der Bar auf?

Sie zog Louisa am Ärmel. Die Freundin stolperte. Lachend hielten sich die beiden Freundinnen aneinander fest. Obwohl Isabella allmählich die Nase voll hatte, konnte auch sie einfach nicht mehr ernst bleiben.

„Ich muss ins Bett", sagte sie nur.

„Ohhh..." Louisa zog eine Schnute. „Is doch grad so lustig. Guck mal, der Typ da, ich glaub, der is scharf auf dich." Sie gackerte wie ein Huhn.

Isabella verdrehte die Augen. „Ich geh jetzt."

„Okay, warte." Louisa hielt sich an ihr fest. „Ich komm mit."

Als die beiden Frauen torkelnd die Bar verließen, sprang eine Fledermaus von der Fensterbank in die Luft. Sie stieg nicht weit hinauf, sondern flatterte beinahe direkt über die Köpfe der Frauen hinweg.

Isabella wurde von einem Schauder erwischt. Ohne es selbst zu wissen, nahm sie Pascals Anwesenheit wahr. Er wunderte sich über diese Tatsache. Menschen waren üblicherweise nicht derart feinfühlig. Schon gar nicht im betrunkenen Zustand.

„Ich habe gleich gewusst, dass dieses Flittchen nicht gut genug ist. Sie hat deinen Hunger nicht gestillt – und meinen auch nicht."

Wie aus dem Nichts trat Chantal an Pierres Seite und strahlte dabei eine düstere Veränderung aus. Sie hatte mehr von dem Blut des Mädchens getrunken, als die anderen Vampire, hatte Pierre bei dem Ritual überrumpelt, ihm den Dolch aus der Hand genommen und das groteske Schauspiel unter ihre eigene Regie gestellt. Er erinnerte sich an ihr widerwärtiges Lachen. An die Erregung, die sie beinahe wie ein Tier hatte grunzen lassen. Und nun zeugte ihre Erscheinung von wachsender Macht.

Es konnte unmöglich sein, dass der Dolch seine Kräfte auf Chantal übertragen hatte, während Pierre selbst überhaupt keine Veränderung spürte.

Sie stolzierte an ihm vorbei, umrundete den Altar einmal. Schließlich blieb sie schräg hinter ihm stehen und streckte ihre Hände nach ihm aus. Wie Klauen schlossen sie sich um seinen Oberkörper. Pierre empfand keine Lust, als sich ihr praller Busen gegen seinen Rücken presste. Es widerte ihn an.

Sie keuchte.

Ungerührt behielt Pierre den Dolch in den Händen. Seine Finger umfassten den Rubinschaft. Sie rieben sich an dem Stein, von dessen Inneren ein Pulsieren ausging. Es war zu schwach, stellte er resigniert fest. In Andrews Aufzeichnungen hatte er von weitaus großartigeren Auswirkungen gelesen.

Dann hob er die Klinge ganz nah vor sein Gesicht. Seine Augen verengten sich. Er untersuchte die Waffe. Da musste es etwas geben, das er übersehen hatte.

Die eine Seite der Klinge war glatt und makellos. Auf der anderen befand sich ein seltsames Muster. Ein schlangengleiches Ornament mit sieben aneinandergereihten runden Einkerbungen.

Chantal wurde unterdessen ungeduldig. Sie ließ ihre rechte Hand in Pierres Hosenbund gleiten. Als sie an seinen Penis stieß, packte sie viel zu grob zu.

Wütend bäumte Pierre sich unter ihren Berührungen auf. Wie mächtige Flügelschwingen breitete er seine Arme zu den Seiten aus. Er erhob sich und warf Chantal gleichzeitig von sich ab. Sie landete hart am Fußboden, auf dem sie liegen blieb, um Pierre mit einem kalten Blick zu strafen.

Wie ein dunkler Engel stand er vor ihr und sah auf sie hinab. Er wirkte Furcht einflößend. Seine Gestalt warf beängstigende Schatten. Von seinen Füßen stiegen sie an den Wänden hinauf, als besäße er tatsächlich Flügel, die er ausbreitete. Chantal wagte nicht, sich zu rühren. Sie hatte zuvor nicht bemerkt, in welche Art Monster er sich verwandelte. Ob sie daran Gefallen fand oder nicht, vermochte sie noch nicht zu sagen.

Wie ein unsichtbarer Schatten heftete sich Pascal an Isabellas Fersen. Louisa, die sich bald von ihrer Freundin trennte, belegte er mit einem Schutzzauber, der sie sicher nach Hause bringen würde. Er konnte nicht fassen, dass zwei einfache Menschenfrauen ihn dazu brachten, seine geheimen Kräfte anzuwenden. Kräfte, die er in seinem ewigen Dasein längst selbst vergessen hatte, und die er lieber verleugnete, als sie zu gebrauchen.

Viel weniger konnte er jedoch fassen, dass er Isabella beinahe mitleidig dabei betrachtete, wie sie ihre Tür aufzuschließen versuchte. Sie fuchtelte mit dem Schlüssel vor dem Schloss herum, ohne beides zusammenbringen zu können.

Schließlich konnte Pascal ihr Bemühen nicht mehr länger mit ansehen. Ein einfacher Befehl genügte, um die Tür von alleine aufspringen zu lassen. Blitzschnell umrundete er Isabella und fand im Flur der Wohnung wieder in seine Vampirgestalt zurück. Er zog die Tür nun komplett auf. Mit einem geheimnisvollen Grinsen empfing er Isabella.

Diese tat so, als würde sie ihn gar nicht bemerken. Achtlos trat sie an ihm vorbei, ließ ihr Schlüsselbund auf die Flurkommode fallen und schlüpfte noch während des Gehens aus ihren Pumps. Sie verschwand geradewegs im Badezimmer. Dort drehte sie den Wasserhahn auf, um sich mit eiskaltem Wasser das Gesicht zu benetzen.

Dieser Vampir hielt sich noch immer in ihrer Wohnung auf. Wie unglaublich hartnäckig! Sie fluchte leise vor sich hin. Zwar musste sie sich eingestehen, dass ein Teil von ihr sich nach seiner Nähe sehnte, der andere Teil warnte sie jedoch vor ihm.

Sie warf sich einen weiteren Schwall Wasser ins Gesicht. Nun perlten die Tropfen über ihr Kinn, den Hals hinunter und in ihren Ausschnitt. Die feuchte Kühle zwischen ihren Brüsten erregte sie. Kurz schloss sie die Augen. Natürlich war er es, der Vampir, der sogleich ihre Fantasien beherrschte. Schwankend suchte sie am Waschbeckenrand Halt.

Sie hätte nicht so viel trinken sollen! Das machte sie für ihn zu einer leichten Beute. Energisch drehte sie das Wasser wieder ab. Vielleicht würde er gehen, wenn sie sich bis zum Morgengrauen im Badezimmer einschloss. In ihrem konfusen Zustand entschied sie tatsächlich, dass dies genau die richtige Idee war. Sie setzte sich auf den Boden und lehnte sich seitlich an der Badewanne an. Mit beiden Händen umschlang sie ihre Knie. Während sie noch darüber nachdachte, die Tür verschließen zu müssen, nickte sie bereits ein.

Als nächstes nahm sie wahr, wie sich eine Hand auf ihre Schulter legte. Sie blinzelte, musste sich orientieren.

Was war geschehen?

Ein blonder Mann. Er wollte sie offensichtlich in den Arm nehmen. War das der Tänzer? Hielt sie sich noch immer in der Bar auf? Aber sie hörte keine Musik mehr. Dann zuckte es mit einem Mal wie ein eisiger Blitz durch ihren Kopf. Der Vampir!

„Hör auf! Geh weg von mir!" Isabella kämpfte sich von ihm frei. Mit aller Macht wollte sie ihn auf Abstand bringen. Sie sprang auf ihre Füße, knickte jedoch ein und hockte gleich wieder kläglich am Boden. Ihre Finger verkrallten sich in einem Handtuch, das neben ihr von einem Haken an der Wand herunterhing. Tränen standen in ihren Augen.

Pascal fuhr zusammen. Sein Körper versteifte sich. Eine plötzliche Kälte lähmte ihn. Seine Atmung versagte für ein paar grausame Sekunden. Dann rutschte er von Isabella ab und richtete sich auf, um sie sprachlos anzustarren.

Sie war so verdammt schön, obwohl sie wimmernd vor ihm am Boden kauerte. Die Gefühle entluden sich derart explosionsartig in ihm, dass er sich kaum zurückhalten konnte. Er ballte die Hände zu Fäusten, um seine Finger nicht erneut nach ihr auszustrecken. Sein eigenes Verlangen erschreckte ihn.

„Was kann ich tun, damit du mir vertraust?", hörte er sich selbst fragen.

Isabella war verwirrt.

Schweigend senkte sie den Kopf. Sie konnte es nicht sagen. Sie wusste nicht, ob es überhaupt eine Möglichkeit gab, einem Wesen wie ihm zu glauben und zu vertrauen. Er war viel zu anziehend. Und viel zu gefährlich. Seine bloße Gegenwart versetzte sie ihn Panik. Ihre Hände fühlten sich schweißnass an. Ihr ganzer Körper begann zu kribbeln. Am liebsten wäre sie aufgesprungen und weit fort gelaufen. Dennoch verharrte sie. Unsichtbare Fesseln hielten sie von jeglicher Bewegung ab.

Gleich macht er einen Satz nach vorne und beißt dir in den Hals, schoss es ihr durch den Kopf.

Aber es geschah nichts dergleichen. Er war einfach nur da und sah sie an. Sie verfluchte ihre verworrenen Gedanken, die sie zu einem sehnsuchtsvollen Seufzen verleiteten.

„Ich weiß nicht."

Natürlich war Pascal klar, dass sie nicht Herrin ihrer Sinne war. Dennoch sah er eine Möglichkeit, ihr Vertrauen zu gewinnen. Das würde allerdings mehr von ihm abverlangen, als er jemals zuvor bereit gewesen wäre zu geben. Konnte er wiederum ihr vertrauen? Einer Menschenfrau – noch dazu einer betrunkenen – die er so gut wie gar nicht kannte?

Stumm betrachtete er sie. Wie forsch sie ihm begegnete! Wie ihre grünen Katzenaugen ihn fixierten. Ohne jegliche Scheu. Es war ihm schleierhaft, wie sie es anstellte, schaffte sie es doch, ihn in die Opferrolle zu pressen.

Die finsteren, vampirischen Mächte in ihm drohten zu bröckeln. Er war in einen Kreislauf geraten, den er offenbar nicht mehr stoppen konnte. Zuerst Pierre, der über derart ungewöhnliche Kräfte verfügte, dass es ihn zum Erschaudern brachte. Und nun wollte Isabella ihn offenbar ebenso bloßstellen. Ein jeder, mit dem er sich umgab, quälte ihn. Bald würde sein Dasein keinen Wert mehr haben. Er mutierte zu einem Nichts.

Das geschah ihm ganz recht, gestand er sich ein. Er hatte sich eingemischt und sich an Isabella – einer Unschuldigen – vergangen. Sollte er auf diese Weise bestraft werden, würde er es hinnehmen. Vollkommen ruhig stand er auf.

„Du hast gewonnen“, sagte er nur.

Sie hob erstaunt eine Augenbraue. „Gewonnen?“

Das musste ein Scherz sein. Spielte er etwa nur mit ihr?

Bevor ihr jedoch eine ärgerliche Antwort über die Lippen kommen konnte, sprach er schon weiter.

„Ich bleibe hier und liefere mich dir aus – dir und dem Tag.“

Er wandte ihr das Gesicht zu. Keine Spur von Angst war darin zu entdecken. Er würde dem Sonnenlicht ohne zu zögern entgegentreten. Zumindest ließ er Isabella in dem Glauben.

Zu ihrem Leidwesen konnte sie auch keine Wärme in seinen Zügen sehen. In diesem Moment war sie sich beinahe sicher, dass Vampire niemals Zuneigung – oder zumindest etwas in der Art – empfanden.

„Du könntest mich also vernichten. Wenn du es willst. Mein Schicksal liegt in deinen Händen.“

„Einfach so?“

„Einfach so“, bestätigte er.

Isabella verstand nicht, was da gerade geschehen war. Der Vampir, einem geschlagenen Krieger gleich, kehrte ihr den Rücken zu. Er verließ das Badezimmer. Ungewöhnlich langsam zog er die Tür auf und hielt sich einen elendig langen Moment am Rand fest. Gerade so, als drohe ihm ein Zusammenbruch.

Kurz überlegte Isabella, ob sie einfach sitzen bleiben und abwarten sollte. Sie verwarf den Gedanken jedoch, rappelte sich stattdessen auf. Neugierig folgte sie Pascal in ihr Schlafzimmer. Sie beobachtete, wie er sich Schuhe und Jackett auszog. Dann setzte er sich auf das Bett. Seine Miene zeigte keine Regung. Er wirkte wie versteinert.

Zu gerne hätte Isabella gewusst, was genau in diesem Vampir vorging. Was er sich überhaupt dachte! Sie wurde aus seinem Verhalten nicht schlau. Andererseits wollte sie ihn erst recht nicht nach seinen Gründen fragen. Die

Verständnisvolle spielen. Das wäre ja noch schöner! Mit verschränkten Armen blieb sie im Türrahmen stehen. Sie sah dabei zu, wie Pascal es sich in ihrem Bett gemütlich machte. Ihr Blick fiel auf die Fenster. Die langen, blauen Vorhänge waren zur Seite gezogen. Sobald die Sonne aufging, könnte sie Pascal ungehindert ins Gesicht scheinen. Aber das störte den Vampir offenbar nicht im Geringsten.

„Was ist mit der Sonne?", fragte Isabella irritiert.

„Was soll damit sein?" Ganz gemächlich schüttelte Pascal das Kopfkissen auf und legte sich schließlich zurück. In vollkommener Ruhe beschäftigte er sich damit, die Decke anzustarren.

„Sie wird aufgehen. Am Morgen. Ich meine ...", sie stockte.

In gewisser Weise kam sich Isabella unglaublich lächerlich vor. Es hätte ihr egal sein können, ob Pascal zu Staub zerfiel. Aber das war es nicht.

„Ich meine, du wirst dann direkt im Sonnenlicht liegen. Und du wirst nicht aufwachen und fliehen können. Oder etwa doch?"

Sie gestand sich ein, dass sie sich darüber in keiner Weise im Klaren war. Nie zuvor hatte sie gesehen, wie ein Vampir auf Sonneneinwirkung reagierte. Die Annahme, es würde ihn töten, konnte sie lediglich auf diverse Bücher und Filme zurückführen. Und Pascal machte nicht den Eindruck, als würde er sich um die Sonne scheren. Er lag entspannt da, sah Isabella nicht an. Nicht einmal, als er nun zu ihr sprach.

„Du könntest die Vorhänge zuziehen."

Sie schnappte nach Luft. Seinen Hochmut hatte er ganz sicher nicht verloren.

„Du könntest sie selbst zuziehen!"

Pascal drehte sich einfach auf die Seite und tat so, als wäre er bereits eingeschlafen.

Was bildete sich dieser Vampir eigentlich ein! Isabella stieg die Röte ins Gesicht. Sie wandte sich ebenfalls ab. Sollte er doch da in ihrem Bett liegen bleiben und von der Sonne gar gebrutzelt werden! Sie scherte sich nicht darum. In wenigen Stunden würde der Morgen anbrechen. Spätestens dann wäre sie auf die eine oder andere Weise von Pascals Anwesenheit befreit. Dessen war sie sich sicher. Nur dieses drängende Gefühl in ihrer Magengegend machte ihr Sorgen. Aber vermutlich lag das an den vielen Cocktails. Isabella fühlte sich noch immer leicht benommen. Auch sie sollte endlich zu ihrem Schlaf finden.

Die Couch in ihrem Wohnzimmer hatte nie gemütlicher ausgesehen. Isabella bettete ihren müden Körper darauf. Sie schloss die Augen und wollte alles um sich herum ausschalten. Ihren dröhnenden Kopf und die Art, wie der Raum sich um sie zu drehen begann, nachdem sie nun ruhig da lag. Ihre schmerzende Brust, in der ihr Herz so heftig pochte, nur weil sie die Anwesenheit des Vampirs mit jeder Faser ihres Seins spürte. Sie warf sich herum, drückte sich das Kissen ins Gesicht, bis sie kaum mehr atmen konnte.

Verführerische Finsternis

Sein dichtes, dunkles Gefieder schimmerte im Mondschein bläulich. Er hatte die Gestalt eines gewaltigen und stolzen Raubvogels angenommen. Das machte es ihm leichter, sein Ziel zu erreichen. Er flog dicht über dem Wasser. Der Düstere liebte das Meer, auch wenn es ihm niemals sein Spiegelbild zeigte.

Wie ein Wesen aus einer fremden Welt durchbrach er nicht nur die Lüfte, sondern auch Raum und Zeit. Er spürte den rauen Wind unter den beeindruckenden Schwingen. Er genoss diesen freien Flug, der die Pein und die Schmerzen der vergangenen Stunden förmlich auszulöschen schien.

Schon längst kam es ihm nicht mehr so vor, als würde er zu dieser Welt gehören. Der Welt der Menschen. Eigenartige Geschöpfe, vollgestopft mit Schwächen, die er in den ganzen Jahrhunderten niemals zu nahe an sich herangelassen hatte. Abgesehen von einem einzigen Mal.

Francesca.

Ein erbarmungsloses Feuer drohte sein Inneres augenblicklich zu verbrennen. Das geschah jedes Mal, wenn er sich an sie erinnerte. An die Frau, die ihm nach Jahrhunderten der grausamen Dunkelheit endlich wieder ein Gefühl der Lebendigkeit vermittelt hatte.

Aber für welch kurze Zeit! Wie schnell war sie ihm wieder geraubt worden. Von seinem eigenen Volk. Den einzigen Wesen, die er bis dahin auf seiner Seite geglaubt hatte.

Ein qualvoller Seufzer hallte durch die Nacht. Wie ein Donnergrollen raunte er über das Wasser und trug den Schmerz des Düsteren in alle Himmelsrichtungen fort.

Pierre zog sich in eine der Nischen des Club Noir zurück. Seinen Posten an der Bar überließ er Jean-Luc, der sich wie ein junger Spund über diese neuen Aufgaben freute. Er war voller Stolz und Elan bei der Arbeit. Pierre konnte das nur belächeln. Er selbst hatte Wichtigeres zu tun. Er musste ein Mädchen finden, mit dem er das Ritual wiederholen konnte. Seine Gier nach Blut und Macht verzehrte ihn. Bereits beim Anblick der blutjungen Schönheiten, die sich mit den Vampiren vergnügten, trat ein gefährliches Glitzern in seine Augen. In jede Einzelne von ihnen wollte er seine Zähne versenken. Ihnen die Kehle zerfetzen und das kostbare Leben aussaugen. Leben, das ihm Stärke geben und zu einer Herrschaft des Schreckens verhelfen würde.

Sein Lächeln gefror, als ein Schatten über sein Gesicht fiel.

„Du scheinst glücklich, Geliebter." Chantal gab sich unsicher. Die Furcht sprach deutlich aus ihren Bewegungen. Zaghafter denn je näherte sie sich Pierre. Sie kuschelte sich neben ihn in die Sitzecke und schnurrte dabei wie eine Katze. „Willst du mich nicht daran teilhaben lassen?"

Pierre blieb kalt. Mit seiner steifen Haltung machte er deutlich, dass er Abstand zu ihr suchte.

„Was willst du?"

„Was denkst du? Ich will nur meinen Spaß. Das wollen wir doch alle." Sie bemühte sich, seine frostige Art zu ignorieren, lehnte sich an ihn, streckte eine Hand aus und streichelte über seine Wange. Zu ihrer großen Überraschung ließ er sie gewähren. Er schloss sogar die Augen und legte den Kopf seufzend in den Nacken.

Chantal beobachtete ihn voller Faszination. Sein Gesicht wirkte nicht länger weich und unschuldig wie früher, sondern hatte einen markanten Zug angenommen. Sie konnte nicht anders, als ihn in die Halsbeuge zu küssen. Mit der Zungenspitze fuhr sie über seine Haut, die eigenartig fremd schmeckte. Er war verändert.

Abermals küsste sie ihn. Ganz sachte. Beinahe schüchtern. Stück für Stück presste sie sich an ihn. Schon oft hatte sie seinen muskulösen Körper gespürt, doch nun nahm sie auch seine abgrundtief düstere Ausstrahlung wahr.

Ihre Finger glitten über die Knopfleiste seines Hemdes. Unentschlossen, ob sie es einfach wagen sollte ihn zu entkleiden, hielt sie inne. Schließlich öffnete sie den ersten Knopf und tastete sich mit ihren feuchten Lippen langsam vor.

Aus dem Augenwinkel erkannte sie ein Glitzern. Pierre verbarg etwas unter seinem Hemd. Es steckte in seinem Hosenbund. Ein Schmuckstück vielleicht – oder etwas ganz anderes. Wie durch eine fremde Macht getrieben, beugte sich Chantal darauf zu. Es war nicht nur reine Neugierde, die sie antrieb, dem Glitzern nachzugehen. Verlangen breitete sich in ihr aus.

Sie bewegte sich viel zu hektisch. Pierre erkannte augenblicklich, was in der Vampirin vorging. Mit einer Hand packte er sie am Schopf und riss sie brutal von sich, so dass sie einen spitzen Schrei ausstieß. In der anderen Hand hielt er den goldenen Ritual-Dolch. Diese Waffe hatte in seinem Hosenbund gesteckt. Nun holte Pierre in Zeitlupentempo damit aus, um die scharfe Spitze am Ende direkt gegen Chantals Kehle zu drücken. Sie stellte das Atmen ein, als hätte sie ihre Existenz bereits ausgehaucht. Für einen kurzen Moment glaubte sie tatsächlich, er wolle sie in den Schlund der Hölle befördern. Dann lockerte er jedoch seinen Griff und strafte sie mit einem amüsierten Schmunzeln.

„Kannst du es nicht auch fühlen?", fragte er.

Chantal deutete ihr Kopfschütteln lediglich an. Sie war nicht fähig, eine Antwort zu geben.

„Der Dolch."

Er liebkoste die Klinge mit der Zunge. Chantal starrte ihn einfach nur an. Sie fürchtete sich vor ihm – vor dem, was aus ihm wurde – und doch übte er eine solch ungeheure Anziehungskraft auf sie aus.

Er lechzt nach Blut. Er kann es gar nicht mehr erwarten. Genau wie ich, dachte sie.

Kindliche Sehnsucht und erschreckender Wahn wechselten sich in Pierres Mimik ab. Gebannt beobachtete Chantal, wie die Schatten in seinen Gesichtszügen tanzten. Ein Schwarz, wie es tiefer nicht sein konnte, hatte sich in seine Augen geschlichen. Es vermittelte ihr ein ungeahntes Lustempfinden, jenseits aller Befürchtungen. Sie rückte ihm entgegen, fasste nach seiner Hand, die den Dolch umklammerte. Pierres Zunge hinterließ eine Blutspur auf der Klinge. Anstatt sich jedoch weiterhin zu fürchten, leckte Chantal selbst über die Waffe und vermischte sein Blut mit ihrem eigenen.

Er packte sie um die Taille und setzte sie auf seinen Schoß.

„Mein kleines, braves Mädchen“, neckte er sie. „Natürlich fühlst du es auch. Vor mir kannst du deine dunkle Seele nicht verbergen. Warum gehst du also nicht los und suchst mir ein neues Mädchen? Eine, die von unseresgleichen noch nicht verdorben ist.“

„Frisches Blut.“ Chantal sprach leise. Sie wusste genau, wonach es ihm verlangte. Sie teilte seine Empfindungen, als wäre sie eins mit ihm. Doch er unterbrach die Verbindung, drängte sie zurück – neben sich in die Sitzkissen.

„Geh und tu, worum ich dich bitte. Jetzt gleich!“, befahl er.

„Nein.“

Er sah sie überrascht an. Wie konnte sie es wagen, sich seinen Anweisungen zu widersetzen? Wusste sie denn gar nichts von seiner neuen Macht? Alles, was er in ihren Augen lesen konnte, war ein sehnsüchtiges Aufbegehren und eine Naivität, die ihm nicht unrecht war. Sicher steckte in Chantal ein hinterhältiges Biest. Doch sie handelte nicht besonders klug. Sie folgte lediglich ihren Gelüsten und machte sich somit empfänglich für seine Manipulationen. Er entschied, dass er dieses Spielzeug noch für eine Weile behalten würde.

„Du hattest mir ein Mädchen versprochen.“ Chantal setzte sich nun auf und gab ihre Forderung ohne Scheu preis. Wie dreist sie doch war! So dreist, dass Pierre sich ein Schmunzeln nicht verkneifen konnte.

„Das Mädchen mit den schönen, schwarzen Haaren. Erinnerst du dich nicht mehr? Du wolltest sie mir zurückbringen.“

„Pascal wollte das erledigen.“

„Aber er braucht so unheimlich lange“, klagte sie. „Wo ist er? Und warum hat er sie nicht längst zurückgebracht?“

„Ich weiß es nicht.“ Pierre gestand sich ein, dass es ihm gleichgültig war. Er interessierte sich nicht dafür, wie und mit wem Pascal sein Dasein verbrachte. Auch dieses Mädchen war ihm gleichgültig. Isabella. Sie übte auf ihn keinerlei besonderen Reiz aus. Er hatte sie längst wieder vergessen. Chantal hingegen schien regelrecht besessen von dem Mädchen. Sie wollte sie unbedingt für sich haben. Das konnte er deutlich spüren. Er strich mit seiner freien Hand über ihr Haar.

„Es wird gewiss nicht mehr lange dauern. Sei nicht so ungeduldig.“

Wütend warf Isabella das Kissen von sich.

Verdammt! Verdammt! Verdammt!

Sie strampelte mit den Beinen wie ein kleines Mädchen, das seinen Willen nicht bekam. Diese innere Unruhe war unerträglich. Sie drehte sich auf die andere Seite und hielt sich mit beiden Händen die Augen zu. Es musste doch möglich sein, ihre Gedanken in die Richtung zu lenken, die sie selbst bestimmte! Entgegen aller Anstrengungen schaffte sie es allerdings nicht, das Abbild des Vampirs für mehr als fünf Minuten aus ihrem Kopf zu bannen.

Sie malte sich das Schreckensszenario des Sonnenaufganges aus. Die ersten Strahlen durchbrachen die Dunkelheit, fanden den Weg in ihr Schlafzimmer und fielen direkt auf Pascal, der wie tot auf ihrem Bett lag. Er würde verbrennen. Nichts als Asche würde von ihm übrig bleiben. Vielleicht nicht einmal das.

Isabella konnte den Gedanken daran nicht ertragen. Ein Teil von ihr erinnerte sich viel zu stark an die gemeinsame Liebesnacht im Vampir-Club. Dieser Teil verlangte sogar nach mehr. Wenn sie ehrlich zu sich selbst war, musste sie zugeben, dass sie es maßlos genossen hatte und sich nichts mehr wünschte, als erneut von ihm verführt zu werden. Aber er war ein Vampir.

Ein Blutsauger.

Ein kaltes, totes Wesen, das eigentlich gar nicht mehr existieren durfte.

Verdammt noch mal!

Sie sprang von der Couch auf ihre Füße. Es gab keine andere Möglichkeit, als ihrer Unruhe ein Ende zu bereiten. Alles andere würde sie nur weiter in den Wahnsinn treiben. Sie bemühte sich bei ihrem Vorhaben allerdings nicht darum, leise zu sein. Sie stampfte regelrecht durch ihre Wohnung, so dass jeder ihrer Schritte laut und deutlich zu hören war. Voller Aufregung und mit wildem Blick stand sie schließlich in der Tür zu ihrem Schlafzimmer. Pascal lag regungslos im Bett. Er machte nicht die geringsten Anstalten, sich rühren zu wollen. Dabei war die Nacht noch nicht gänzlich vorbei. Unmöglich, dass er bereits schlief!

Isabella widerstand dem Impuls, einen Fluch auszustoßen oder ihn wach zu rütteln. Mit zusammengebissenen Zähnen tat sie das, was Pascal allem Anschein nach von ihr erwartete. Sie zog die Vorhänge zu. Darüber hinaus kontrollierte sie akribisch jede Ritze, durch die auch nur ein winziger Strahl Sonnenlicht hätte hereinscheinen können.

Als sie damit fertig war und inne hielt, spürte sie förmlich die Dunkelheit um sich herum. Sie musste sich eingestehen, dass ihr diese Situation noch viel weniger gefiel. Pascal – die Verführung höchstpersönlich – lieferte sich ihr aus. In ihrem Schlafzimmer – direkt auf ihrem Bett. Aber lieferte er sich tatsächlich aus, oder war das nur einer seiner vampirischer Tricks? Sie verstand seine Gründe nicht. Sie verstand nur, dass es sie in seiner Gegenwart permanent heiß und kalt durchfuhr, ohne dass sie etwas dagegen ausrichten konnte. Warum musste sie es bei ihm auch ausgerechnet mit einem Vampir zu tun haben?

Noch eine Weile blieb sie dort vor ihrem Bett stehen. Schweigend wartete sie ab, bis ihre Augen sich an die Dunkelheit gewöhnt hatten, und sie Pascal deutlicher erkannte. Er lag auf dem Rücken. Die blonden langen Haare breiteten sich wild um seinen Kopf aus. Eine Strähne hing ihm frech ins Gesicht. Sein Hemd – von blutroter Farbe – war wie zufällig bis zur Hälfte aufgeknöpft. Ihr Blick blieb auf dem freiliegenden Teil seines gut gebauten Oberkörpers hängen. In ihre Kehle schlich sich ein Kribbeln. Erst durch diesen Reiz fiel ihr auf, dass sie mit offenem Mund die Luft schon viel zu lange anhielt. Halb schwindelig wandte sie sich von dem Anblick des Vampirs ab. Sie ließ ihn wieder allein.

„Meine Güte“, entfuhr es ihr flüsternd, nachdem sie die Tür zum Schlafzimmer geschlossen hatte. Er sah tatsächlich verboten gut aus.

Mit einem albernen Lächeln auf den Lippen kehrte Isabella zurück zu ihrer Couch. Erneut streckte sie sich darauf aus. Dieses Mal jedoch beruhigter und mit wesentlich genussvolleren Gedanken.

Unausgeschlafen und vollkommen verkatert stand Isabella am Morgen im Badezimmer und betrachtete ihre ausgeprägten Augenringe im Spiegel. Sie versuchte sich selbst zuzulächeln. Angeblich sollte das die Laune heben. Aber sie scheiterte kläglich.

Einen kurzen Sprung unter die Dusche und drei Tassen Kaffee später machte sie sich auf den Weg zur Universität. Natürlich hatte sie mit dem Gedanken gespielt, an diesem Tag zu Hause zu bleiben und ihren vampirischen Gast zu bewachen. Wer hätte ihr auch mit Gewissheit sagen können, dass er sich tatsächlich tief in seinem Traumreich versunken befand und nicht aufwachen könnte? Ganz abgesehen von der Frage, ob Vampire überhaupt fähig waren zu träumen.

Ihr Schädel brummte ungeheuerlich. Dieser Zustand verschlechterte sich umso mehr, als sie die Metro in Richtung Universität bestieg. Unzählige Pendler machten sich stets in den morgendlichen Stunden auf den Weg. Isabella wollte sich die Ohren zuhalten, um die Stimmen der Menschen auszuschalten. Und um ihre eigenen Gedanken auszuschalten. Aber sie wusste, dass das nicht funktionieren würde. Sie ließ sich auf einem der Sitze nieder, lehnte sich zurück und schloss – wenigstens für einen kurzen Moment – die Augen.

Erst, als sie ausstieg, warf sie einen Blick auf die Uhr. Dabei stellte sie fest, dass sie zum einen viel zu spät dran war und zum anderen mitten in eine Vorlesung platzen würde. Für gewöhnlich traf sie sich mit Louisa morgens am Eingang oder in der Bibliothek. An diesem Tag jedoch schlich sie allein durch die ruhigen Gänge des Gebäudes.

Sie öffnete die Tür zum Hörsaal und spähte in die Menge. Sie musste nicht lange suchen, bis sie Louisa entdeckte. Ihre Kommilitonin saß meist in der vordersten Reihe. Auch an diesem Tag. So unauffällig wie möglich schlich Isabella auf sie zu. Sie warf dem Professor ein entschuldigendes Lächeln zu. Der begrüßte sie mit einem ungewohnt charmanten Gesichtsausdruck, während er etwas über die Fruchtbarkeit des Menschen verkündete.

Irritiert nahm Isabella neben Louisa Platz.

„Hey, worum geht es?"

„Hast du es heute also doch noch geschafft", stellte Louisa fest. Ihre Stimme klang rau und verriet unweigerlich, dass sie ebenfalls von einem Kater geplagt wurde. In der Vorlesung unterbrochen zu werden gehörte jedoch zu den Dingen, die sie ganz und gar nicht schätzte. Sie konnte es nicht ausstehen, wenn man sie nicht ungestört zuhören ließ. Trotzdem gab sie ihrer Freundin Auskunft: „Wir reden hier über unseren Triebzwang."

Isabella verzog das Gesicht. Ausgerechnet!

„Nun", der Professor räusperte sich, „wir können davon ausgehen, dass Frauen und Männer in erster Linie kaum aufgrund ihrer gemeinsamen intellektuellen Ebene zueinander finden. Werfen wir doch einmal einen Blick auf die äußeren Lockmittel. Ihnen wird schnell auffallen, dass gewisse Körperregionen durchaus eine Funktion erfüllen."

Schmunzeln und Gelächter ging durch die Reihen. Der Professor blieb stehen. Er fasste drei junge Männer ins Visier, die sich allem Anschein nach gut amüsierten. Einer von ihnen beschrieb den anderen mit seinen Händen die Form eines enormen Busens.

„Oh, ich bin mir sicher, Monsieur Lecaire, dass Sie ganz genau über die Funktionen Bescheid wissen."

Erneutes Gelächter.

Louisa murmelte etwas vor sich hin, das wie „unreifer Idiot" klang. Isabella kümmerte es jedoch nicht. Sie konnte sich nicht konzentrieren, sondern fühlte sich vielmehr wie in Trance versetzt. Ihre Mundwinkel zogen sich leicht nach oben, nur um den Anschein zu wahren, sie würde dem Vortrag des Professors lauschen. In Gedanken befand sie sich an einem ganz anderen Ort. Dort, wo ihr eigener Trieb sie hinführte. Sie bemerkte nicht, wie der Professor einige Schritte weiter ging und vor Louisa und ihr verharrte.

„Mademoiselle Vasari, Sie erlauben mir doch, Ihr eng anliegendes Oberteil als Beispiel zu nehmen?“

Sämtliche Farbe wich aus Isabellas Gesicht, als sie ihren Nachnamen hörte. Stumm erwiderte sie den auffordernden Blick des Professors. Marc Lecaire und seine Kumpel beschäftigten sich weiterhin damit, sich mit obszönen Handzeichen gegenseitig zu übertrumpfen.

Louisa stieß ihre Freundin von der Seite an. Der Professor schenkte ihr daraufhin ein wohlwollendes Lächeln. Isabella jedoch brach mit einem Mal der kalte Schweiß aus. Sie stand auf, ehe die Panik sie vollkommen überrumpeln konnte.

„Entschuldigen Sie. Ich brauche frische Luft.“

Isabella hatte nicht bemerkt, wie Louisa direkt nach ihr aufgesprungen war. Sie eilte einfach blindlings durch den Flur, bis sie den Eingangsbereich der Universität erreichte, den sie erst vor wenigen Minuten betreten hatte. Vor dem Gebäude gab es eine schmale Grünfläche, und auf der linken Seite stand eine Bank unter dem Schutz eines riesigen Kastanienbaumes.

Weit und breit hielt sich niemand in Isabellas Nähe auf. Daher steuerte sie auf eben diese Bank zu. Doch als sie sich gerade umdrehte, um sich zu setzen, fuhr sie zusammen. Unverhofft fand sie sich Louisa gegenüber.

„Hast du mich erschreckt.“ Isabella flüsterte lediglich. Sie vermittelte der Freundin einen mitgenommen Eindruck, was allerdings nicht ausschließlich an dem gestrigen Cocktail-Abend liegen konnte.

„Hör mal“, legte Louisa auch schon los, „ich renne nicht für jeden einfach so aus dem Saal und verpasse den interessantesten Teil der Vorlesung. Das ist dir schon klar, oder? Also warum sagst du mir nicht endlich, was in dieser angeblichen Vampir-Bar tatsächlich passiert ist? Da muss doch etwas vorgefallen sein. Ich mache mir Sorgen um dich. Ganz ehrlich.“

Sie griff nach Isabellas Händen, drückte sie und war bemüht, den Blick der Freundin aufzufangen. Die schien jedoch meilenweit entfernt zu sein.

„Es liegt an ihm.“ Isabellas Augen nahmen einen leicht glasigen Schimmer an. Sie verhielt sich sonderbar, verkroch sich in sich selbst und erschrak bei jedem kleinen Geräusch. Louisa hätte sie apathisch genannt und sofort zum nächsten Arzt gebracht, hätte es da nicht dieses besondere freundschaftliche Verhältnis zwischen ihnen gegeben.

Kurzerhand packte sie Isabella bei den Schultern und versuchte sie aufzurütteln.

„Von wem sprichst du?“

„Von ..." Isabella biss sich auf die Unterlippe. Beinahe hätte sie Pascals Namen erwähnt. Aber das durfte sie nicht! Auf gar keinen Fall durfte sie Louisa von den Vampiren, insbesondere von Pascal, erzählen. Das war ihr Geheimnis, und sie wollte es wie einen kostbaren Schatz hüten. Niemand sollte davon erfahren.

Als sie zu Louisa aufblickte, wurde ihr bewusst, wie feige sie sich verhielt. Es gab nur einen Grund, warum sie der Freundin nichts von den Vampiren erzählen wollte. Sie empfand tatsächlich etwas für Pascal. Sie fühlte sich zu ihm hingezogen. Der Trieb, den der Professor angesprochen hatte, wollte sich endlich von ihrer grauenhaften Vernunft entfernen.

„Der Professor", log sie. „Ich habe mich von ihm irritieren lassen. Das ist alles." Sie machte eine wegwerfende Handbewegung.

Für Louisa hatte sich das Thema allerdings nicht so schnell erledigt. Sie setzte sich neben Isabella auf die Bank und machte ein nachdenkliches Gesicht. Nach einer Weile des Schweigens holte sie tief Luft, um das Gespräch noch einmal aufzunehmen.

„Warum hast du dich von dem Professor irritieren lassen? Das war doch ein ganz normaler Vortrag. Oder hast du in letzter Zeit männliche Bekanntschaften gemacht, von denen ich noch nichts weiß?"

Isabella antwortete nicht.

„Also hast du."

„Nein, das ist nicht so, wie du denkst", wehrte sich Isabella. „Das ist kompliziert."

„Das ist es immer." Ernüchtert betrachtete Louisa ihre Freundin von der Seite. „Ist dir denn nicht klar, dass zwischenmenschliche Beziehungen überhaupt das Komplizierteste sind, was es gibt?"

Isabella wollte hinausschreien, dass es sich bei Pascal nicht um einen Menschen handelte, und somit alle Theorien in keiner Weise mit dieser Situation vergleichbar waren. Es war alles viel komplizierter, als Louisa es sich womöglich vorstellen konnte. Isabella selbst wusste so gut wie nichts über ein Wesen wie Pascal. Es gab lediglich Legenden, Geschichten und Filme. Noch mehr Theorien.

Trotzdem seufzte sie und antwortete: „Ja, ich weiß."

„Und wer ist es?" Louisa hatte nicht vor, locker zu lassen.

Isabella schüttelte den Kopf. „Niemand."

„Kenne ich ihn denn?"

„Nein."

„Hm", machte Louisa, „so komme ich bei dir wohl nicht weiter." Sie lächelte ihrer Freundin zu, aber Isabella ließ sich davon nicht anstecken.

„Gut, ich sehe ein, dass es mich nichts angeht. Oder zumindest, dass du im Moment nicht über diesen geheimnisvollen Unbekannten sprechen möchtest. Aber wenn du doch irgendwann einmal jemanden zum Reden brauchst, dann bin ich da." Mit diesen Worten erhob sie sich von der Bank.

Isabella beobachtete sie – immer noch schweigend. Am liebsten hätte sie sich alles von der Seele geredet. Zu gerne hätte sie Louisa gefragt, was sie an ihrer Stelle tun würde. Ob sie ihrem Verlangen nachgegeben und einen Vampir in ihr Leben gelassen hätte. Würde daraus nicht zwangsläufig eine vollkommen unmögliche Situation entstehen?

In Isabellas Innerem tobte ein schrecklicher Kampf. Ihre Lippen hingegen blieben verschlossen. Sie konnte ihre Freundin einfach nur ansehen ohne dabei die geringste Gefühlsregung zu zeigen. Doch gerade als Louisa gehen wollte, richtete Isabella sich auf.

„Louisa!“

Die Freundin hielt überrascht inne.

„Danke“, sagte Isabella.

Und das genügte Louisa für den Augenblick.

Isabella zog die Beine an. Sie umschlang die Knie mit den Armen. So verharrte sie eine ganze Weile in Gedanken versunken.

Unter dem Saum ihres Hemdärmels schob sich glitzernd ihr liebstes Schmuckstück hervor. Ein Erinnerungsstück an ihre Eltern, die sie nie kennengelernt hatte. Es betrübte sie ungemein, dass die einzigen Hinterlassenschaften dieser beiden Menschen an sie ein Schmuckstück und ein gefülltes Konto bei der Bank waren. Ansonsten wusste sie nichts von ihnen. Abgesehen von den Worten ihrer damaligen Heimbetreuerin. Man ginge davon aus, dass Isabella Vasaris Eltern nicht mehr am Leben seien.

Der Kontrast, den der schwarze Baumwollstoff mit dem Gold des Armbandes bildete, lenkte sie von ihren Gedanken ab. Sie vermisste das Funkeln in den grünen Katzenaugen. Bisher war ihr nie aufgefallen, dass sich der Glanz der Schmucksteine veränderte. Sie schob diesen Effekt jedoch auf ihre eigene melancholische Stimmung. Tief seufzend zwang sie sich zum Aufstehen.

Sie verließ das Universitätsgebäude und nahm die nächste Metro in Richtung Stadtmitte. Aber was sollte sie nun mit diesem angebrochenen Tag anfangen? Auf gar keinen Fall wollte sie zurück in ihre Wohnung. Dort wartete lediglich Pascal, der Vampir, der ihr Leben durcheinanderbrachte und ihr komplettes Dasein auf den Kopf stellte. Ja, der sie sogar zu der Annahme verleitete, dass die Welt, in der sie bisher zu leben geglaubt hatte, nur einen Hauch von Wahrheit widerspiegelte. Es gab keinen Menschen, der sich öffentlich zu den Vampiren bekannte. Aber jetzt, in diesem Moment, befand sich ein wahrhaftiger Vampir in ihrer Wohnung. Er lag in ihrem Bett und schlief.

Isabella bemühte sich so inständig um eine logische Erklärung. Doch all ihr Wissen in der Anwendung von Psychologie nützte ihr in diesem Fall rein gar nichts.

An der Börse stieg sie aus der Metro. Sie musste noch ein Stück weit die Straße hinuntergehen, ehe sie den Grand' Place erreichte. Dort suchte sie sich einen Sitzplatz vor einem Café.

An dem Tisch, der dem ihren direkt gegenüberstand, registrierte sie ein junges Paar, beide ungefähr in ihrem Alter. Sie hielten sich an den Händen und tauschten verliebte Blicke aus. Isabella sah sich selbst in der Frau, und in dem Mann entdeckte sie Züge Pascals. Sein blondes Haar, das lang und seidig in sein markantes Gesicht fiel. Sie konnte es ganz deutlich vor sich sehen. Ein geheimnisvolles Glitzern lag in seinen Augen.

„Mademoiselle?", wurde sie von einem Kellner angesprochen.

Abwesend bestellte sie einen Café au Lait.

„Möchten Sie ein Croissant dazu? Ich kann Ihnen unser Frühstücks-Angebot empfehlen." Der junge Mann hielt Isabella eine Karte vors Gesicht und versperrte ihr so die Sicht auf das verliebte Paar. Sie blickte irritiert auf. Sie hatte kein Wort verstanden.

„Einen Café au Lait", wiederholte sie.

„Also wünschen Sie kein Croissant dazu?"

Sie verneinte mit einem Kopfschütteln und erntete daraufhin ein fragwürdiges Lächeln. Allerdings kümmerte sie das wenig. Sollte der Mann doch von ihr denken, was er wollte. Mit verschränkten Armen lehnte sie sich in dem Stuhl zurück. Ihr Blick heftete sich automatisch wieder auf das Paar. Die Frau strich sich eine Haarsträhne hinter das Ohr und spitzte die Lippen auf verlockende Weise. Ihr Gegenüber zögerte allerdings noch. Er traute sich offenbar nicht, seiner Herzensdame näher zu kommen.

Isabella seufzte – offenbar so laut, dass es dem Paar nicht entging. Die Frau hielt augenblicklich inne und schenkte ihrer Beobachterin nun ihre volle Aufmerksamkeit. Entschuldigend zuckte Isabella mit den Achseln. Glücklicherweise kehrte in diesem Moment der Kellner zurück, um den Café au Lait zu bringen.

„Oh. Merci. Das ging wirklich sehr schnell."

Er nickte ihr höflich zu, bevor er sich abwandte. Das Liebespaar hatte ihn an den Tisch gerufen. Sie wollten zahlen. Eigenartigerweise schämte sich Isabella, denn sie glaubte plötzlich, sie hätte die Leute vertrieben. Nur wenige Augenblicke später waren die beiden auf und davon.

Der Kellner richtete den Tisch wieder her. Er schien vollkommen in seine Arbeit vertieft zu sein. Dennoch wurde Isabella das Gefühl nicht los, von ihm beobachtet zu werden. Ganz unauffällig aus dem Augenwinkel.

Sie schüttelte sich.

Ihr war selbst nicht klar, warum sie sich nicht einfach zurücklehnen und entspannen konnte. Der Gedanke an Pascal verfolgte sie. Er ließ sich nicht abschütteln, egal, wie sehr sie sich auch bemühte. Überall sah sie sein Gesicht. Sie glaubte sogar seine Anwesenheit spüren zu können.

Das ist absolut verrückt, redete sie sich ein.

Aber ihre Fantasie spielte ihr einen Streich nach dem anderen. Vermutlich würde das nicht aufhören, ehe sie wieder in ihrer Wohnung wäre und die Konfrontation mit dem Vampir suchte.

Nervös schlossen sich ihre Finger um die Tasse Café. Sie spürte, wie eine angenehme Wärme auf ihre Handflächen überging. Zaghaft nahm sie einen Schluck, während sie sich fragte, ob Vampire jemals Kaffee tranken.

Sofort stellte sie die Tasse wieder ab. So ruckartig, dass der Inhalt über den Rand schwappte. Isabella fuhr von ihrem Sitz hoch. Sie konnte sich unmöglich weiterhin in der Stadt aufhalten, wenn sie nicht ganz bei Sinnen war!

Die Rechnung hatte sie schnell bezahlt. Noch schneller lief sie allerdings davon – als ob sie um ihr Leben rennen würde.

Schlief er?

War er tot – oder befand er sich zumindest in einem todesähnlichen Zustand?

Obgleich Isabella darüber gehört hatte und um den Umstand eines Vampirschlafs wusste, konnte sie es nicht glauben. Ganz sicher tat er nur so, als würde er schlafen. Trotz allem war er wachsam. Jederzeit hätte er aufspringen und sich auf sie stürzen können. Oder etwa nicht?

Grübelnd blieb ihr Blick an ihm hängen. Er war wirklich sehr attraktiv. Sie fühlte sich ungemein von ihm angezogen. Als sie sich ihres dringenden Verlangens nach ihm bewusst wurde, errötete sie.

Nervös fuhr sie sich durchs Haar. Es war lächerlich von ihr zu glauben, er könnte sie in seiner derzeitigen Lage beobachten. Sein Körper ruhte wie versteinert auf dem Bett. Kein Atemzug. Kein noch so geringes Anzeichen von Lebendigkeit.

Noch immer begriff sie nicht, wie das möglich sein konnte. Schließlich beugte sie sich vor, tastete nach einem Zipfel des Lakens. Eigentlich hatte sie nur vor, das Bettzeug glatt zu streichen. Sie wollte die Falten aus der Decke schlagen und Pascal dann alleine im Raum zurücklassen. Doch die Versuchung übermannte sie. Wie von einer fremden Macht gesteuert krabbelte sie auf das Bett. Sie legte sich gerade so dicht neben ihn, dass nur ihr Atem ihn berührte. Fasziniert betrachtete sie seinen perfekten Körper. Die ausgeprägten Muskeln, die sich durch seinen dünnen Hemdstoff abzeichneten.

Ganz altmodisch hatte sie eine Kerze angezündet und auf dem Nachttisch abgestellt. Der flackernde Schein warf verspielte Schatten auf seinen Brustkorb. Wie durch einen kindlichen Impuls wollte Isabella nach den tanzenden Punkten greifen. Sie streckte eine Hand aus, hielt jedoch mitten in der Bewegung inne. Sachte glitt sie dann mit den Fingerkuppen über das Fleckchen Haut, das sein halb geöffnetes Hemd preisgab. Immer weiter wagte sie sich vor, zeichnete die Konturen seiner Muskeln nach. Er fühlte sich hart und männlich an. Wäre er doch nur ebenfalls wach!

Sie schob ihre Hand in die seine. Stumm forderte sie ihn auf, sie ebenfalls zu berühren. Er musste doch einfach nur die Augen öffnen und sie an sich reißen. Sie hätte sich nicht gewehrt. Ganz im Gegenteil. Ihr Körper schrie förmlich nach seiner heißen Leidenschaft.

Aber er lag nur da und rührte sich nicht. Isabella rückte noch näher. Sie drückte ihr Ohr auf Pascals Brustkorb, als könnte sie dort einen Herzschlag hören. Aber sie erhaschte nicht mehr als todesgleiche Stille. Er war eingehüllt in eine Leere, die sie erschrak. Vielmehr noch geriet sie unverhofft in Panik, da sie glaubte, er könne womöglich nie wieder erwachen. Allein die Tatsache, dass er atmete, hätte ihr genügt. Aber nicht einmal das tat er. Sein Körper war tot!

Isabella ertappte sich dabei, wie ihre Augen feucht wurden. Tatsächlich kämpfte sich eine Träne frei und rollte über ihre Wange, bis sie am Ende auf Pascals Brustkorb perlte. Sie hob den Kopf ganz leicht an. Dann küsste sie ihn. Auf seinen Hemdstoff, in die Halsbeuge und auf die Wange. Wieder und wieder. Nur vor seinem Mund verharrte sie. Hätte tatsächlich noch Leben in ihm gesteckt, hätte es sich nicht in diesem Moment äußern müssen?

Ganz fest presste sie sich an ihn, schlang die Arme um seinen Körper. Sie konnte sich selbst nicht verstehen, doch in gewisser Weise trauerte sie um ihn. Darum, dass er sein menschliches Leben längst hinter sich gelassen hatte.

Pascal erwachte mit einem merkwürdigen Gefühl. Gefahr drohte offensichtlich nicht, dennoch konnte er seine eigene Unruhe nicht gleich zuordnen. Er hielt sich nicht im Club Noir auf. Zum ersten Mal seit ... Er starrte zur Decke hinauf. Er erinnerte sich nicht, wann er zuletzt außerhalb des Clubs genächtigt hatte.

Im nächsten Moment spürte er etwas auf sich liegen. Eine Last. Jedoch war sie weder schwer noch unangenehm. Ein verführerischer Frauenkörper schmiegte sich eng an ihn. Die samtene Haut ihrer bloßen Arme löste ein Kribbeln in ihm aus. Beinahe gleichzeitig meldete sich seine Erregung.

Ihr Haar roch herrlich nach Rosen und Zimt. Ein Duft, der ihn einlullte. Ihn wärmte. Unvermittelt fuhren seine Hände über ihren Kopf. Er strich ihr die Strähnen aus dem Gesicht, bis er ihr Antlitz gänzlich erkennen konnte.

Sie murmelte im Schlaf und drückte sich enger an ihn. Schmerzlich spürte er ihren prallen Busen an seiner Brust. Das Verlangen erdrückte ihn. Noch dazu nahm er ihren Puls immer intensiver wahr. Er hatte Hunger. Lange würde er sich nicht beherrschen können. Bereits jetzt fuhren seine Finger unkontrolliert über ihre weichen, vollen Rundungen. Er massierte ihre Pobacken, was sie dazu veranlasste, ihren Unterleib gefährlich nahe an sein Glied zu pressen.

Fluchend rappelte er sich auf. Ein weiteres Mal würde er seinen Trieben ganz sicher nicht so hemmungslos nachgeben!

Isabellas Augenlider flatterten. Verschlafen rekelte sie sich. Es war ein wohliges Erwachen. Sie genoss die Nähe dieses Mannes. Gleichzeitig erinnerte sie sich aber auch an ihre Sorgen vor dem Einschlafen und errötete erneut.

„Du lebst“, wisperte sie.

Pascal zeigte ein schiefes Lächeln. „Wenn man das Leben nennen kann – ja, dann lebe ich.“

Er machte Anstalten, sich gänzlich von ihr zu befreien und aufzustehen.

„Du willst gehen?“

Bildete er es sich nur ein oder schwang in ihrer Frage tatsächlich Enttäuschung mit? Ungeachtet dessen erhob er sich.

„Ich muss gehen.“

Isabella kämpfte mit den Tränen. Sie wollte nicht, dass er ging! Seine Nähe löste die wildesten Gefühle in ihr aus. Gut und schlecht. Heiß und kalt. Er war alles auf einmal. Etwas Unerklärliches rang in ihr um die Oberhand. Wie und aus welchem Grund es dorthin gekommen war, wusste sie nicht. Es war ihr vollkommen gleichgültig. Sie wusste nur, dass sie es wollte. Dass sie ihn wollte. Aber das hätte sie ihm gegenüber niemals so freigiebig geäußert. Deshalb sank sie einfach nur zurück in die Kissen und schnaufte kläglich.

Pascal konnte nicht fassen, dass ihn bei ihrem Anblick ein schlechtes Gewissen ereilte. Ein mächtiger Vampir wie er sollte sich für gewöhnlich nicht um derlei Emotionsspielereien scheren. Trotzdem wandte er sich ihr noch einmal zu.

„Ich kann nicht hierbleiben. Ich habe eine Verantwortung gegenüber dem Club.“ Es war die einzig plausible Erklärung, die ihm in diesem Moment einfallen wollte. Dabei klang er wie ein Geschäftsmann.

„Außerdem bin ich hungrig“, fügte er lapidar hinzu.

Schlagartig setzte Isabella sich wieder auf. „Du könntest ...“ Sie biss sich auf die Unterlippe. Wie hatte sie nur an so etwas denken können?

Es brachte Pascal jedoch zum Verweilen. Er sah sie interessiert an. Längst hatte er erraten, was in ihr vorging.

„Du meinst, ich sollte dein Blut trinken?“

Sie nickte, ohne ihn dabei anzusehen.

„Du weißt nicht, worauf du dich einlässt.“ Mit einem Mal war er wieder direkt neben ihr. Er hauchte seine Worte in ihr Ohr.

„Ich bin ein Vampir. Ich bin gefährlich.“

Sie hob den Kopf und erwiderte seinen festen Blick. Ihre Augen schimmerten wie Smaragde. In ihnen lag Stolz und Furchtlosigkeit. Diese Frau würde sich nicht so leicht von ihm beeindrucken lassen.

„Ich hätte dich töten können, als du noch geschlafen hast."
„Aber das hast du nicht."
„Ja", sagte sie. „Du auch nicht."
Das stimmte. Er hätte sie nicht aus den Fängen von Pierre retten oder sie am nächsten Morgen einfach so gehen lassen müssen. Ihm hätten andere Dinge einfallen können. Aber da gab es diese Verantwortung für den Club. Pascal hatte Andrew nicht enttäuschen wollen, indem er die Leitung der nächtlichen Luststätte zu leicht nahm. Allerdings befand er sich in diesem Augenblick auch nicht im Club, um seiner Verantwortung gerecht zu werden.
Verflucht! Es war nicht die Pflicht gegenüber Andrew, die ihn in Isabellas Nähe trieb.
Die Luft zwischen ihnen begann vor Spannung zu knistern. Er wollte aufspringen und davonlaufen. Es konnte doch nicht sein, dass Isabella ihn auf diese Weise fesselte!
Im nächsten Moment spürte er, wie sich ihre Hand ganz sanft auf seine Wange legte. Er kniff die Augen zusammen, unterdrückte das schmerzliche Verlangen mit aller Gewalt.
„Pascal."
Nie hatte eine Frau seinen Namen süßer gehaucht. Nie war die Versuchung größer gewesen.
Er wollte ihr widerstehen! Sein Inneres krampfte sich zusammen. Wie im Zeitlupentempo spürte er, wie sie sich näherte. Seine Hände ballten sich zu Fäusten. Die Spannung durchströmte seinen Körper.
„Du hast gesagt, du bist hierhergekommen, um mich zu beschützen. Warum willst du dann jetzt einfach wieder gehen und mich alleine zurücklassen?" Verzweifelt suchte sie in seinem Gesicht nach einer Regung.
Er nahm ihren Geruch auf. Diese Süße, die ihn lähmte.
„Ich muss gehen."
„Warum?"
Deutlich rauschte ihr Blut in seinen Ohren. Alles an ihr verführte ihn. Ihr Körper. Ihre Stimme. Ihr Lebenssaft. Vor lauter Eindrücken und Hungergelüsten konnte er kaum noch klar denken.
„Es ist einfach so", sagte er.
Schließlich wollte er sich abwenden und gehen. Doch genau in diesem Augenblick schlangen sich ihre Arme um ihn. Ihre Hände fuhren über seinen Nacken. Ihre Finger vergruben sich in seinem blonden Haar. Plötzlich küsste sie ihn. Ganz zart. Es war kaum mehr als ein leichtes Streifen ihrer Lippen auf seiner Haut. Diese flüchtige Liebkosung genügte aber schon, um ihn vollkommen außer Kontrolle zu bringen.
Stürmisch presste er sie an sich, empfing ihre zaghafte Leidenschaft. Sein Mund suchte den ihren. Seine Zunge wagte sich weit vor. Er lockte sie, forderte sie auf, sich ihm ganz zu öffnen. Dabei war sie längst Wachs in seinen Händen. Sie hätte ihn gewähren lassen, gleich, was er mit ihr anstellte.

Stöhnend bäumte sie sich auf, bis seine Hände schließlich den Weg unter ihr T-Shirt fanden. Er befreite sie von dem lästigen Stoff. Ihre Haut glühte förmlich, als er sie nun mit Küssen bedeckte. Die vollen Brüste quollen halb aus ihrem verrutschten BH hervor. Isabella selbst war es, die sich die Träger von den Schultern schob, ihm ihren schlanken Hals auf verlockende Weise darbot.

Pascal verharrte. Ihr Puls schlug kräftig gegen seine empfindsamen Lippen. Er schmeckte ihr Blut, noch ehe er überhaupt vorhatte zuzubeißen.

„Ich gebe es dir freiwillig", wisperte sie, „wenn du nur bei mir bleibst."

„Warum?" Er schüttelte den Kopf. Er konnte nicht verstehen, wie sie sich so arglos in seine Fänge begeben konnte. Für sie bedeutete er Gefahr. Eine Tatsache, die ihr scheinbar gleichgültig war.

„Warum tust du das? Du solltest mich lieber hinausjagen, solange du noch kannst." Dabei wusste Pascal selbst, dass es bereits zu spät war. Seine Hände glitten gierig über Isabellas Körper. Seine Zunge kostete wieder und wieder den Geschmack ihrer Haut. Er hätte sich nicht mehr von ihr lösen können.

Er hungerte nach ihr, als hätte er nächtelang nichts zu sich genommen. Wie eine Spinne spann sie langsam sein Netz um ihn. Dann umschlang sie ihn – mit den Armen und den Beinen, bis sein Körper scheinbar mit dem ihren verschmolz. Isabellas Finger fuhren geschickt über seinen Brustkorb. Sie öffnete die Knöpfe seines Hemdes. Einen nach dem anderen. Bis sie den Stoff gänzlich abgestreift hatte und seine sehr helle, ebenmäßige Haut zum Vorschein kam. Mit jeder Berührung nahm Isabella seine samtige Kühle wahr. Dabei wirkte das fröstelnde Gefühl, das sie durchfuhr, keineswegs unangenehm. Sie erkundete seinen Körper, als wäre er etwas vollkommen Fremdes. Er fühlte sich aufregend an.

Pascal wusste nicht länger, wie er sich zurückhalten sollte. Er schob Isabellas Finger beiseite und ließ sein Hemd zu Boden fallen. Dann fasste er sie um die Taille und presste sie mit sanfter Gewalt unter sich. Doch als er seine Hose ebenfalls abstreifen wollte, begann Isabella die verräterische Ausbeulung unter seinem Stoff bereits zu ertasten. Er hatte bis dahin nicht geahnt, wie übermächtig sein Verlangen nach ihr tatsächlich war. Es brannte in ihm. Es wollte ihn verzehren. All die Selbstkontrolle, derer er sich bislang so gerühmt hatte, war dahin. Seine folgende Reaktion wirkte schon beinahe unbeholfen. Er stützte sich mit den Händen rechts und links von Isabellas Kopf ab. Verkrampft drückte er einen Kuss auf ihre Stirn, nur um seine drängenden Empfindungen zu überspielen.

Sie und ihr verführerischer Körper beherrschten ihn. Wie konnte er nur dermaßen schwach sein?

„Lass mich nicht so lange warten", wisperte sie.

Schon öffnete sie den Reißverschluss seiner Hose. Sie hatte jedoch Mühe, sich unter ihm zu bewegen, so steif, wie er sich plötzlich gab. Nach einem endlos scheinenden Moment regte er sich endlich wieder. Er schob den lästigen

Stoff von seinem Körper und lag nun vollkommen nackt auf Isabella, die noch immer ihre verrutschte Unterwäsche am Leib trug. Mit einem einzigen heftigen Ruck zerriss er ihren schwarzen, spitzenbesetzten Slip.

Sie wollte aufbegehren. Doch Pascal erstickte ihren Protest mit einem stürmischen Kuss. Ihre Lippen öffneten sich sehnsuchtsvoll. Fordernd erkundete seine Zunge ihren Mundraum, während seine Hände ihren Körper hinabglitten, bis sie ihre runden, festen Pobacken umschlossen. Längst hätte sie die Feuchte zwischen ihren Beinen nicht mehr verleugnen können. Pascal musste ihr Begehren nur allzu deutlich spüren. Seufzend legte sie den Kopf in den Nacken, als er von ihrem Mund abließ, um ihren Hals und ihr Dekolleté mit Küssen zu überdecken.

Isabellas heftiger Puls schlug seinen Lippen entgegen. Mit der Zungenspitze verfolgte er die Bahnen ihrer Adern. Er konnte den Duft ihres Blutes schon jetzt riechen. Es drängte ihn danach, erneut von ihr zu kosten. Hinzu kam seine Gier, sich in ihr zu versenken. Wieder und wieder, bis sie ihn in vollkommener Ekstase um Erlösung anflehte.

Sie spreizte ihre Beine, ohne dass er etwas dazu tat. Ihr Unterleib schob sich dem seinen entgegen. Als nächstes fühlte er, wie ihre feuchten, angeschwollenen Schamlippen sein hartes Glied streiften. Im Affekt biss er in ihre linke Brust. Gleichzeitig drang er in sie ein. So schnell und bedingungslos, dass Isabella vor Schreck und gleichzeitig vor Lust aufschrie. Sie hielt sich an ihm fest, ergab sich seinem wilden Rhythmus. Wie sehr hatte sie sich danach gesehnt! Es störte sie nicht, dass er von ihr trank. Nicht einmal der Moment, in dem sie beinahe ohnmächtig dahinzudämmern begann, ließ sie nervös werden.

Sein eigener, animalischer Trieb überwältige Pascal. Er benutzte Isabella, um seine Gelüste und seinen Durst zu stillen.

Ihr Blut schmeckte so süß. Es belebte ihn mehr, als er es jemals zuvor bei einem anderen Mädchen im Club erfahren hatte.

Erst spät bemerkte er, wie schlaff sich Isabellas Glieder allmählich anfühlten. Sofort hielt er inne. Er riss sich von dem verlockenden Geschmack ihres Blutes los. In ihrem Gesicht las er von quälender Leidenschaft. Ihr Stöhnen war leise, kaum hörbar. Doch sie drängte sich ihm noch immer schwach entgegen.

„Hör nicht auf“, flehte sie ihn an. Gleich, wie viel Kraft er ihr raubte, sie wollte nicht, dass es schon zu Ende war. Es verlangte sie nach dem Höhepunkt ihrer Vereinigung. Und als sich Pascal nun weiter in ihr bewegte, klammerte sie sich mit neuer Energie an ihn. Ihre grenzenlose Erregung ging auf ihn über. Es erfüllte sie beide, bis sie gemeinsam den Gipfel der Lust erreichten. Und tatsächlich schien es in diesem Moment, als wären sie Eins und teilten all ihre Gedanken und Empfindungen.

Pascal drehte sich auf die Seite und schloss Isabella in die Arme. Fest presste er sie an sich. Wie konnte es nur möglich sein, dass sich eine einfache menschliche Frau Zutritt in sein Inneres verschaffte?

Rückkehr

Er benötigte annähernd zwei Stunden, um durch die Nacht zu reisen. Eine ungewöhnlich lange Zeit für einen Mächtigen, wie er es war. Noch vor Kurzem hätte es lediglich eines Wimperschlages bedurft, und er wäre von London aus an jeden beliebigen Punkt der Welt gelangt. Der Boden, auf dem er nun stand, befand sich in Anbetracht der Möglichkeiten noch nicht einmal in weiter Ferne.

Brüssel.

Er erinnerte sich. Ausgerechnet an jenen Ort riefen ihn seine Instinkte. Dabei hatte er in den letzten Jahren so dringend versucht, diese Stadt zu vergessen. Schmerzhaft waren seine letzten Tage dort gewesen. Voller Qualen und Verzweiflung. Das alles wollte sich mit einem Mal wieder in ihm empor kämpfen. Es schnürte ihm die Kehle zu. Damals hatte er geglaubt, an seinem Schmerz verenden zu müssen. Nun ereilte ihn dieses Gefühl erneut.

Er sah die Lichter dieser Stadt, nahm die Menschen wahr, die an ihm vorübergingen.

So viele.

Für sie war er unsichtbar. Er hatte die Fähigkeit, wie ein Schatten durch die Straßen zu gleiten. Doch seine Kräfte schwanden. Sie zehrten ihn auf, je öfter er sich nun ihrer bediente. Zudem verwirrten ihn die Menschen auf neuartige Weise. Jeder ihrer Pulsschläge hatte einen anderen Rhythmus. Einige von ihnen strömten einen süßen, verlockenden Duft aus. Aber der Düstere bemühte sich nicht um sie. Er wollte nicht trinken.

Er brauchte nicht zu trinken!

Nein, viel eher wehrte er sich dagegen, ohne es sich selbst einzugestehen. Über die Jahre hatte er gelernt, seine mächtige Existenz mit weniger Blut zu wahren.

Er durchschritt die Nacht.

Sein Instinkt führte ihn in eine beinahe verlassene Seitenstraße. Dort gab es ein ganz bestimmtes Gebäude. Auch daran erinnerte er sich nur allzu gut. Viele Geheimnisse verbargen sich hinter den Türen. Dinge, die der Düstere einst selbst dorthin gebracht hatte. Die von ihm und seinen Regeln geprägt waren.

Von außen betrachtet hatte sich der „Club Noir“ kaum verändert. Das dunkle, fast schwarze Mauerwerk, die verhangenen Fenster und der spärliche Lichtschein, der auf Leben im Inneren schließen ließ.

Leben!

Bei dem Gedanken lachte der Düstere bitter auf. Leben konnte man das, was er führte, sicher nicht nennen.

Er näherte sich dem Gebäude und erkannte, dass Clubbesitzer Andrew die Eingangspforte hatte erneuern lassen. Teures Holz mit beinahe unscheinbaren Schnitzereien. Ein menschliches Auge würde die filigranen Linien sicher übersehen. Der geschwungene Schriftzug „Club Noir" prangte hingegen mehr als deutlich über der Tür.

Unvermittelt trat der Düstere beiseite. Er beobachtete eine Frau, die sich dem Gebäude näherte. In ihrem langen, schwarzen Ledermantel wirkte sie beinahe seriös. Als sie den Düsteren jedoch erblickte, schob sie ihre Verhüllung ein Stück weit beiseite und gewährte ihm einen äußerst tiefen Einblick auf ihr spärliches Unterkleid.

Sein Gesicht blieb wie versteinert. Er konnte an dieser Verhaltensweise keinen Gefallen finden. Dieses Mädchen wirkte auf ihn vielmehr plump und billig. Eine von vielen, die im Club zu finden waren.

Sie schenkte ihm ein frivoles Grinsen, ehe sie sich abwandte und durch dic Pforte in dem Gebäude verschwand.

Langsam folgte der Düstere ihrem Weg. Bevor er ebenfalls eintrat, verharrte er allerdings. Er streckte eine Hand aus und berührte mit den Fingerspitzen die raue Außenwand. Im nächsten Moment strömten all die Gefühle aus dem Inneren auf ihn ein. Lust und Gier. Ihn schwindelte es. Er ließ sich überwältigen – und plötzlich wollte er selbst nichts mehr, als seine Befriedigung finden.

Erst die Anwesenheit eines weiteren Mädchens – ganz in seiner Nähe – ließ ihn diese obskure Verbindung abbrechen. Er wandte sich dem Punkt zu, an dem er das Mädchen vermutete. Doch sie war nicht da, wo er sie zu spüren geglaubt hatte. Niemand sonst hielt sich außerhalb des Clubs in seiner unmittelbaren Nähe auf. Dabei hatte er sie ganz deutlich gespürt. Noch jetzt schien es ihm, als stünde sie direkt an seiner Seite.

Er schüttelte den Kopf. Nicht genug, dass seine Kräfte allmählich versagten. Nun verlor er offensichtlich auch noch den Verstand!

Die Frau im Ledermantel tauchte plötzlich wieder auf. Sie schob sich durch die halb geöffnete Tür. Lasziv lehnte sie sich gegen den Rahmen. Als der Düstere darauf noch immer keine Regung zeigte, begann sie sich selbst mit einer Hand zu streicheln. Sie fuhr in den tiefen Ausschnitt ihres roséfarbenen Unterkleides. Stöhnend massierte sie ihren Busen.

Der Düstere schritt auf sie zu. Er stand nun so dicht vor ihr, dass er ihren Atem auf der Haut spüren konnte. Mit nichtssagendem Blick beobachtete er sie bei ihren Bemühungen. Sie drückte den Rücken durch, bäumte sich auf. Ihre Arme streckten sich über ihm aus, als wollte sie ihn damit einfangen. Doch bevor sie sich wieder senken konnten, packte der Düstere sie bei den Handgelenken und presste sie gegen den Türrahmen.

In die Augen der Frau trat ein Glitzern. Eine Art Vorfreude auf das, was sie zu erwarten glaubte. Sie schmiegte sich mit ihren weichen Rundungen an ihn, so weit es ihr in ihrer Position möglich war.

„Lass uns hineingehen", forderte sie ihn auf.

Aber er lachte nur verächtlich.

Sie konnte gar nicht mehr auf die Idee kommen, sich möglicherweise in einer gefährlichen Lage zu befinden. Viel zu schnell versenkte der Düstere seine spitzen Zähne in ihrem Hals. Er trank zwar gierig, doch blieb er genügsam. Als er sich von ihr löste, ließ er sie das Bewusstsein verlieren. Die Tür zum Club öffnete er nun ganz und legte das Mädchen inmitten des Flures auf dem Boden ab.

Niemand hielt sich in der Nähe auf, um die Tür im Auge zu behalten und um ungebetene Eindringlinge abzuwehren.

Etwas stimmte nicht.

Nur wenige Minuten später erschien ein schlanker, hochgewachsener Vampir im Eingang. Er trug lediglich eine lange schwarze Hose. Ansonsten war er vollkommen nackt. Sein haselnussbraunes Haar hing wild in seine zornige Miene, die so gar nicht zu seinem feingeschnittenen Gesicht passen wollte.

Pierre. Der Düstere erinnerte sich an ihn. Jedoch nicht an die machtvolle Aura, die den jungen Vampir umgab.

Pierre starrte auf das leblos wirkende Mädchen am Boden. Seine Lippen kräuselten sich, als wollte er fluchen. Doch schon im nächsten Moment besann er sich eines Besseren. Voller Anmut richtete er sich auf, denn hinter ihm tauchten bereits weitere Vampire auf. Sein Gefolge, wie es dem Düsteren schien. Sie alle betrachteten das Mädchen. Gleich einer sensationshungrigen Meute.

„Ich nehme an, von euch weiß niemand, wer das gewesen ist?"

Pierre sah jeden Vampir eindringlich an. Auch eine Frau befand sich unter ihnen. Sie trug ein knappes Lackkostüm. Die schwarzen Haare hatte sie zu einem strengen Zopf am Oberkopf hochgebunden. Nun schmiegte sie sich an Pierres Rücken, während ihre Finger mit den krallengleichen Nägeln über seine Wange strichen.

„Vielleicht war es Pascal?", säuselte sie.

„Nein."

Eine solche Vorgehensweise entsprach keinesfalls Pascals Stil. Das hätte Pierre mit Sicherheit sagen können. Er schüttelte die liebeshungrige Vampirin ab. Es war nur allzu offensichtlich, wie sehr sie ihm zur Last fiel.

Der Düstere schmunzelte. Ihm bot sich ein merkwürdiges Schauspiel, das er da aus seinem Versteck heraus beobachtete.

Keiner der anderen Vampire gab auch nur einen weiteren Ton von sich. Pierre selbst streckte einen Fuß nach dem Mädchen aus und stieß sie von der Seite an. Sie reagierte darauf nur schwach und nuschelte etwas

Unverständliches vor sich hin. Doch allein die Tatsache, dass sie am Leben war, genügte Pierre vorerst.

„Schafft sie hier weg!“, befahl er den anderen. „Und vergewissert euch, dass niemand von außerhalb diesen Vorfall bemerkt hat. Einer von euch wird hier für den Rest der Nacht Wache schieben. Es ist mir völlig egal, wer das tut. Kommt so etwas noch mal vor, ziehe ich euch alle zur Verantwortung!“

Die Vampire wichen vor Pierre zurück. Schuldbewusst zogen sie die Köpfe ein.

Der Düstere überlegte, was das alles zu bedeuten haben könnte. Wo war Andrew? Und was hatte das alles mit Pascal zu tun? Und warum – zum Teufel – hatten seine Instinkte ihn zu genau diesem Zeitpunkt an genau diesen Ort geführt?

Vollkommen in seinen Gedanken versunken, bemerkte er erst spät, dass der Blick von Pierre allem Anschein nach auf ihm ruhte. Es war unmöglich, die Schatten, die der Düstere um sich herum aufgebaut hatte, zu durchbrechen. Dennoch konnte er spüren, wie Pierre ihn regelrecht durchleuchtete. Seine Augen fixierten ihn. Für einen kurzen Moment loderten seine tiefschwarzen Pupillen flammengleich auf. Dann schnaufte er und wandte sich schließlich ab. War es Pierre gelungen, die Gestalt des Fremden zu entdecken? Der Düstere wusste es nicht.

Pierre vergaß die raubtierhafte Eleganz, mit der er sich für gewöhnlich zu bewegen pflegte. Grollend stampfte er mit den nackten Füßen auf den Boden, als er nun durch den Eingangsflur zurück in eines der abgelegenen Amüsierzimmer des Clubs schritt. Er hatte die fremde Macht – draußen auf der Straße – bemerkt. Doch er war nicht in der Lage gewesen, ihren Ursprung aufzudecken. Er brauchte mehr Blut. Mehr Energie. Mehr von den alten Kräften, die sich so hartnäckig gegen ihn wehrten.

Chantal war ihm gefolgt. Natürlich.

Allmählich strapazierte ihre permanente Anwesenheit seine Nerven aufs Unermessliche. Seufzend streckte er sich auf einer bordeauxroten Chaiselongue aus. Das Möbelstück bot gerade genug Platz für eine Person, doch das hielt Chantal längst nicht von ihm fern. Lüstern bestieg sie Pierre. Sie leckte über seinen freien Oberkörper und zeichnete mit ihren Fingernägeln Striemen auf seine Haut.

Pierre drehte den Kopf zur Seite, schloss die Augen und tat, als ob er auf der Stelle eingeschlafen wäre. Auch das störte Chantal nicht. Sie richtete sich auf. Ihr Lackkostüm hatte einen leicht abstehenden Rock, der nur Millimeter über ihren Po fiel. Darunter trug sie nichts. Nun spreizte sie ihre Beine noch weiter auseinander, bis ihre feuchten Schamlippen Pierre berührten. Sie rieb sich an ihm, erregte sich an seiner Teilnahmslosigkeit und den Gedanken daran, was sie alles am liebsten mit ihm anstellen würde. Als sie ihren Unterleib weiter hinabrutschen ließ, offenbarte sich ihr sein erigiertes Glied. Es pochte schon beinahe vor Lust unter dem Stoff seiner schwarzen Baumwollhose.

Chantal stöhnte wild. Pierre hingegen blieb stumm. Er verharrte weiterhin in seiner reglosen Position, obwohl er sich eingestehen musste, dass ihm die Bemühungen dieser durchtriebenen Vampirin ungemein einheizten. Sollte sie doch endlich seinen Penis in die Hand nehmen, ihn massieren und reiben und küssen. An ihm lecken und saugen.

Er wollte nicht länger darauf warten. Schließlich besaß er die Macht, es ihr einfach zu befehlen, auch ohne dabei die Stimme zu erheben. Alles, was er dafür tun musste, war eine winzig-kleine Manipulation ihres Geistes. Nicht mehr als ein Stups in die richtige Richtung – um seine Bedürfnisse zu befriedigen.

Sogleich senkte sich ihr Oberkörper auf ihn. Voller Gier öffneten ihre Finger seine Hose. Ihr Atem glitt wie ein flüchtiger Luftzug über seinen Bauch. Dann war es auf einmal, als würde sie gar nicht mehr atmen. Weich und warm schlossen sich ihre Lippen um sein pralles Glied. Sie bediente ihn bedingungslos, fuhr mit der Zunge hinauf und wieder hinab und knetete gleichzeitig mit einer Hand seinen Hodensack. Er animierte sie, ihn noch weiter in sich aufzunehmen. Sich schneller zu bewegen.

Chantals Beine klammerten sich um die seinen. Ihr Unterleib verkrampfte sich, während ihr Oberkörper Pierre zu Diensten war. Er hielt sie so lange in seinem Griff, bis er ihre nahende Ohnmacht spürte. Dann endlich regte er sich. Stöhnend bäumte er sich auf und verströmte sich in ihrem Mund, der taub und gefühllos an ihm saugte.

Nur langsam kehrte Chantals Bewusstsein zurück. Pierre lag ausgestreckt unter ihr und genoss die Nachwirkungen seines Orgasmus‘. Verwirrt sah sie zu ihm auf. Der Geschmack in ihrem Mund irritierte sie. Sie wusste nicht, was soeben mit ihr geschehen war. Bevor sie jedoch in Panik geraten konnte, entschied sich Pierre, ihr eine unvergleichbare erotische Fantasie in den Kopf zu pflanzen. So versetzte er sie zumindest in den Glauben, sie ebenfalls vollkommen befriedigt zu haben.

Je öfter er sie anwandte, umso mehr Gefallen fand er an seiner neuen Macht. Nun fehlte ihm nur noch die Perfektion dieser Fähigkeiten.

Nachdem Chantal beinahe eine geschlagene Stunde auf Pierre gelegen und vor sich hingedöst hatte, richtete sie sich allmählich wieder auf. Sie streckte sich, küsste seinen Hals und knabberte an seinem Ohrläppchen.

„Ich habe so schrecklichen Durst“, wisperte sie.

Pierre verdrehte die Augen. „Dann steh auf und geh an die Bar. Da sitzen bestimmt ein paar nette, junge Männer, die nur auf dich warten.“

Er reagierte gereizt und ohne jede Contenance. Ein Verhalten, das ihm selbst nicht gefiel. Nun begann er sich aufzurappeln. Grob schob er die Vampirin von sich, so dass sie wie ein nasser Sack auf dem Boden neben der Chaiselongue landete. Sie zog die Beine an ihren Oberkörper und blieb schmollend sitzen.

„Ich dachte ...“, begann sie. Doch Pierre unterbrach sie barsch.

„Nein, vergiss es. Ich werde mich jetzt nicht von dir anzapfen lassen.“ *Schlimm genug, dass ich mich überhaupt mit dir abgebe,* fügte er in Gedanken hinzu.

Sie starrte ihn an, als hätte sie seine Gedanken gelesen. Allerdings wusste er, dass dies unmöglich so sein konnte.

„Das Mädchen vom Flur“, sagte sie.

Pierre wartete auf eine Erklärung, was genau sie damit meinte. Aber sie sah ihn einfach nur an, bis er glaubte, vor Ungeduld platzen zu müssen.

Contenance, ermahnte er sich.

Er atmete einmal tief durch und entspannte sich schließlich.

„Also, schön. Was ist mit diesem Mädchen?“

Auf Chantals Lippen schlich sich ein geheimnisvolles Lächeln. „Sie wäre ein so schönes Opfer. Wir könnten das Ritual wiederholen. Nur wir beide. Ohne all die anderen. Jetzt gleich.“

Pierre legte den Kopf schief. „Und was ist mit der Schwarzhaarigen? Dieser Isabella? War es nicht sie, die du für das Ritual haben wolltest?“

„Aber ich habe doch so schrecklichen Durst!“ Sie kroch zu ihm. Ihre Arme umschlangen seine Beine. Wie eine Bettlerin kam sie ihm in diesem Moment vor. „Die andere kann warten. Bitte gib mir das Mädchen, das wir im Flur gefunden haben.“

Am liebsten hätte Pierre verächtlich ausgespuckt. Doch er hielt sich zurück. Endlich brachte er seine wilden Launen unter Kontrolle.

„Wir brauchen kein Ritual, um dir Blut zu beschaffen. Das kannst du auch einfacher haben. Von einem freiwilligen Spender.“

Chantal lehnte den Kopf gegen seine Kniescheiben. Sie sank ein ganzen Stück in sich zusammen. „Das ist nichts im Vergleich zum Ritual. Ich kann bei ihnen niemals spüren, wie ihr Leben auf mich übergeht. Dieses erfrischende Gefühl. Die Kraft und die Freiheit. Als ob ich wieder leben würde.“

Natürlich musste Pierre ihr recht geben. Nichts kam dem Ritual gleich. Den dunklen Gelüsten, die sie dabei auskosten konnten. Dem Verwerflichen und dem Verdorbenem. Dem abgrundtief Bösen.

Er warf den Kopf in den Nacken und stieß ein dreckiges Lachen aus.

Die Vampirin zu seinen Füßen schmiegte sich noch enger an ihn. Sie hatte gewonnen. Pierre würde ihrer Forderung nachgeben.

Schockiert beobachtete der Düstere die Vorgänge im Club Noir. Es war ihm schleierhaft, wie es so weit hatte kommen können. Die Vampire gaben sich nicht länger nur ihrer Lust und Leidenschaft hin. Sie lebten rauschende Exzesse aus. Ohne jegliche Grenzen. Die Ordnung war gekippt. Es existierten keinerlei Regeln mehr.

Wie ein unsichtbarer Schatten huschte der Düstere durch die Gänge. Er blickte in sämtliche Räumlichkeiten. Viele von ihnen waren ihm noch vertraut. Andere hingegen zeigten sich in vollkommen neuem Gewand.

Er betrachtete die Vampire und die Gäste mit gleicher Aufmerksamkeit. Blutdurst und sexuelles Verlangen mischten und entwickelten sich in unkontrollierter Weise. Junge Mädchen entblößten sich ohne Hemmungen vor den überwiegend männlichen Vampiren. Sie priesen ihren Körper und ihren Lebenssaft an, als wären sie nicht ganz bei Sinnen.

Als der Düstere in die Gedanken einiger Mädchen eintauchte, stellte er fest, dass sie tatsächlich nicht in vollem Bewusstsein handelten.

Hinter alledem steckte ganz offenbar Pierre. Dieser Vampir war schon immer undurchsichtig gewesen. Einst hatte Andrew ihn in einem grausamen Zustand in den Untergrundgängen der Metro vorgefunden. Woher Pierre gekommen war, oder wer ihn zum Vampir gemacht hatte, wusste niemand. Pierre sprach nicht über solche Dinge.

Der Düstere schnaufte gequält, als ihm Andrews törichter Großmut in den Sinn kam. Er selbst hatte Pierre nie über den Weg getraut.

Nachdem er sich in dem offenen Club-Bereich lange genug umgesehen hatte, schlich er weiter in die abgelegenen Gänge. Er benötigte lediglich Sekunden, um Pierre erneut ausfindig zu machen. Die Vampirin mit dem Lackkostüm und dem strengen Zopf war bei ihm. Sie folgte ihm aus einem der Zimmer. Dabei schienen sie es unheimlich eilig zu haben. Ihr kurzer Rock schob sich unanständig weit nach oben, so dass sie sich dieses Kleidungsstück genauso gut hätte sparen können. Ihre straffen Pobacken wiegten bei jedem ihrer Schritte ausgiebig von links nach rechts. Andere hätten dies als verführerisch empfunden. Der Düstere hingegen spürte nichts.

Er verabscheute sie – und Pierre, ihren Spielgefährten, ebenfalls.

Die Vampirin bemühte sich inständig, sich unablässig dicht an Pierre zu drängen. Auf den hohen Pfennigabsätzen ihrer Pumps hatte sie es nicht leicht, ihm zu folgen. Er legte ein enormes Tempo vor.

Sein Weg führte ihn in ein weiteres Zimmer. Die Vampirin wartete kurz vor der Tür, denn Pierre trat sogleich wieder hinaus. In seinen Armen hielt er eine bewusstlose Gestalt. Das Mädchen, dem der Düstere bei seinem Eintreffen begegnet war. Er beschloss, ihrem Zustand ein Ende zu bereiten und befahl ihr zu erwachen.

Der Kopf des Mädchens kippte nach hinten. Sie öffnete die Augen. Ihre Pupillen rotierten beinahe, so sehr stand sie unter Schock. Stöhnend wollte sie sich gegen den festen Griff Pierres wehren. Aber er war viel stärker.

Er knurrte, als er die Situation erkannte. Wie wild wirbelte er herum.

„Was ist?“ Chantal verstand gar nichts.

„Schhh ...“, machte Pierre.

Er sah sich im Flur um. Doch alles, was er wahrnehmen konnte, war die dunkle Leere. Er wusste um die Anwesenheit eines Fremden. Nur entdecken konnte er ihn nicht.

„Schnell!“, befahl er Chantal und schubste sie unsanft vor sich her.

Das Mädchen in seinen Armen musste sich ebenfalls seiner Macht beugen.

Der Düstere blieb ihnen auf den Fersen, bis Pierre eine geheime Tür öffnete. Sie gab den Weg frei, der die verbotene Treppe hinunter in die alte Ritualstätte führte. Das Letzte, was er von Pierre sah, war der goldene Dolch, der in dessen Hosenbund steckte.

Verlangen und Verlassen

Fasziniert betrachtete Pascal die vollen Rundungen Isabellas. Ihr Körper fühlte sich weich an. Ihr praller Busen wollte ihn erneut verführen, sich hinabzubeugen und mit der Zungenspitze die Knospen zu umkreisen. Nur um zu sehen, wie sie vor Erregung hart wurden.

Noch immer hielt sich der Geschmack ihres köstlichen Lebenssaftes in seinem Mund. Es erfüllte ihn. Vertrieb die Kälte, die er für Jahrhunderte als selbstverständlich hingenommen hatte. Selbst, als er nun flüchtig mit der Handfläche über Isabellas Haut fuhr, nahm er ihre Wärme auf. Ein Lächeln, wie er es von sich selbst nicht kannte, schlich sich in seine Züge.

Isabellas Augenlider flatterten. Nach ihrem Liebesakt war sie in einen tiefen, erholsamen Schlaf gefallen. Sie hatte sich unglaublich schnell von dem Blutverlust erholt. Pascal wusste, dass er es nicht so weit hätte kommen lassen dürfen. Trotzdem blieb er auch weiterhin an ihrer Seite liegen und wollte sie am liebsten nie wieder loslassen.

Allmählich klärte sich Isabellas Blick. Sie musterte Pascal, der einen abwesenden Eindruck vermittelte.

„Denkst du darüber nach, wie du mir am besten erklärst, dass du jetzt leider wieder gehen musst?“ Sie grinste ihn frech an.
„Nein, ganz bestimmt nicht.“
Ein angenehmes Kribbeln durchfuhr Isabella. Seine Stimme klang so betörend sanft. Sie war sich sicher, dass sie ihm stundenlang hätte zuhören können.
„Aber du hast recht.“ Sein Gesichtsausdruck verfinstere sich. „Ich kann nicht länger hier bei dir bleiben. Ich muss gehen, bevor die Nacht zu Ende ist. Der Club wartet auf mich.“
„Dann komme ich mit.“
Er schüttelte den Kopf.
„Das geht nicht. Es ist gefährlich.“
Ihren aufkeimenden Protest kämpfte er mit einem innigen Kuss nieder. Jedes Härchen an ihrem Körper stellte sich durch seine Berührungen wie elektrisiert auf. Das konnte er deutlich spüren. Doch Isabellas sturer Geist blieb davon unbeeindruckt.
„Es ist nicht der Club. Es ist dieser eine Vampir, der gefährlich ist – Pierre. Habe ich recht?“
„Du solltest über solche Dinge nicht nachdenken. Eigentlich solltest du nicht einmal davon wissen. Er hatte dich als sein Opfer ausgewählt. Aber du bist ihm entwischt. Pierre wird dir keine Ruhe lassen, wenn du wieder im Club auftauchst.“
„Aber er wird mir auch keine Ruhe lassen, wenn ich nicht dort auftauche.“ Isabella setzte sich auf. „Deshalb bist du doch hierher gekommen. Du wolltest mich beschützen, hast du gesagt.“
Pascal drehte sich auf die Seite. Er stützte seinen Oberkörper mit einem Arm ab. Das Spiel seiner ausgeprägten Muskeln faszinierte Isabella, auch wenn sie es nur aus dem Augenwinkel betrachtete. Die Hitze schoss ihr ins Gesicht. Sie wollte ihre Hände ausstrecken und ihn berühren. Unbedingt. Auf der Stelle.
Sie presste die Lippen aufeinander. Den erotischen Gelüsten, die sich in ihrem Kopf abspielten, würde sie jetzt ganz sicher nicht nachgeben.
Pascal lächelte in sich hinein, als er ihren inneren Kampf bemerkte. Ihm gefiel der Gedanke, dass sie sich so sehr von ihm angezogen fühlte. Voller Absicht streichelte er mit seiner anderen Hand über ihre nackten Schenkel.
„Im Club kann ich dich nicht beschützen.“
„Warum nicht?“, platzte es aus ihr heraus. „Du hast mich schon einmal von ihm befreit!“
„Das war etwas anderes. Pierre hat sich seitdem verändert. Er ist mächtiger geworden.“ Seufzend legte er sich zurück auf den Rücken. Wie sollte er Isabella die neuen Fähigkeiten Pierres erklären, wenn er sie selbst nicht einmal verstand?
„Ich denke, dass er mich besiegen könnte.“
„Was willst du damit sagen?“
Pascal sah ihr ohne Scheu in die Augen. „Dass er mich vernichten könnte.“

Das konnte er unmöglich ernst meinen! Isabella fühlte ein grauenhaftes Stechen in ihrer Brust. Er durfte so etwas nicht sagen! Sie hatten doch gerade erst zueinander gefunden. Unvermittelt wandte sie sich ihm wieder zu. Sie schlang die Arme um seinen Oberkörper, als könne sie ihn auf diese Weise bei sich behalten.

„Dann bleib hier. Bei mir.“

Gedankenverloren streichelte er über ihr Haar. „Ich wünschte, dass es so einfach wäre.“

„Es ist so einfach“, redete sie sich selbst ein, während sie damit begann, jeden Zentimeter seiner Haut mit Küssen zu bedecken.

Erneut mutierte Pascal zum Gefangenen seiner eigenen Leidenschaft. Das heiße Pulsieren in seinen Lenden war zu deutlich, um es zu ignorieren. Gleichgültig, was seine Vernunft ihm sagte, er konnte nichts anderes tun, als Isabellas Liebkosungen zu erwidern. Er spürte, wie ihre Zunge sanft über seine Lippen strich. Sie benetzte seinen Mund zaghaft, ehe sie weiter vordrang.

Bislang war es Pascal – der Vampir – gewesen, der die Frauen verführt hatte. Doch diese eine nahm ihm die Zügel aus der Hand.

Ihre Schenkel pressten sich fordernd an seine Hüfte. Schon fuhr sie mit einer Hand hinab und umschloss seinen Penis, der sich nur allzu bereitwillig von ihren Fingern reiben ließ. Ungeduldig drängte sie sich ihm entgegen, bis sie ihn schließlich in einem quälend langsamen Gleiten in sich aufnahm. Wohlige Schauder durchjagten ihren Schoß. Sie hielt inne, um diesen Moment auszukosten.

Pascal richtete sich nur ein kleines Stück auf, gerade so weit, um mit dem Mund an ihre Brustwarzen zu kommen. Er saugte an ihnen. Knabberte leicht, als wollte er hineinbeißen. Seine Hände legten sich auf ihren Po. Er verlangte nach mehr.

Nun begann Isabella sich gleichmäßig auf und ab zu bewegen. Dieses Mal bestimmte sie das Tempo, und Pascal genoss das Gefühl, sich einfach nur von ihr mitreißen zu lassen, ihren Rhythmus anzunehmen. Jede ihrer Regungen ganz genau auf sich wirken zu lassen. Plötzlich spürte er, wie ihre Arme zitterten. Der Orgasmus strömte durch ihren Körper. Sie bäumte sich auf, drückte den Rücken durch. Pascal rang ihr in diesem Augenblick noch einige weitere Stöße ab, um selbst zu seinem Höhepunkt zu finden.

Dann senkte Isabella sich erschöpft auf ihn nieder. Ihr praller Busen drückte sich gegen seinen Oberkörper. Mit dem Gesicht ruhte sie an seiner linken Schulter. Sie keuchte leise.

Pascal hauchte einen Kuss auf ihr dunkles seidiges Haar. Er mochte den Geruch, den es verströmte. Wie gerne wäre er bei ihr geblieben, um sich weiter von ihrem Duft und ihrer Wärme einlullen zu lassen. Aber er konnte dem Club Noir nicht ewig fern bleiben. Er musste seine Pflicht gegenüber Andrew erfüllen.

„Schlaf jetzt", flüsterte er Isabella ins Ohr. Seine Hand legte sich auf ihre Augen. Sogleich verfiel sie in einen tiefen Schlummer.

Pascal hasste es, Isabella auf diese Weise zurückzulassen. Einen anderen Weg gab es jedoch nicht. Er konnte sie weder mit in den Club nehmen, noch bei ihr bleiben. Einen letzten winzigen Kuss wollte er ihr auf die Stirn geben, und sich danach endlich verabschieden. Ihr Geschmack auf seinen Lippen kam ihm wie ein kostbares Geschenk vor.

Sein Pflichtgefühl und sein Verlangen rangen mit gleicher Wucht um die Oberhand. Viel zu lange schon war er seinen Aufgaben fern geblieben. Er konnte sich ausmalen, was Pierre in der Zwischenzeit angerichtet hatte. Unschuldige Opfer, die mehr Blut ließen, als alle Regeln des Clubs erlaubten. Pascal versuchte das Abbild von Pierres hinterhältigem Grinsen aus seinem Kopf zu vertreiben.

Er riss sich von Isabella los. Für eine Weile würde sie nun schlafen. Dafür hatte er mit seinen Fähigkeiten gesorgt. Er konnte gehen, ohne weiterhin ihren Protest zu fürchten. Dennoch verharrte er in der Tür, die aus ihrem Schlafzimmer führte, und warf einen Blick zurück.

Ein Lächeln lag auf ihren Lippen. Sie wirkte so zufrieden, als wisse sie sich noch immer sicher in seinen Armen. Auch ihr Busen hob und senkte sich unverändert und zeigte ihre ruhige Atmung.

Es schmerzte ihn, sie weiterhin zu betrachten. Hunger und Lust brannten in ihm mit einer Intensität, die ihn wahnsinnig machte.

Im nächsten Moment tat er etwas, das selbst manch einem anderen Vampir fremdartig erschienen wäre. Mit einem Satz sprang er in die Luft und verwandelte sich in ein kleines dunkles Wesen.

Keine Fledermaus. Kein Vogel.

Ein Getier zwischen allen Arten. Schwarz wie die Nacht mit glänzendem Gefieder, scharfen Krallen und einem ebenso gefährlichen langen Schnabel. Einzig durch seine großen, eisblauen Augen verriet sich Pascal.

Er hing in einer Wolke aus düsterem Nebeln in der Luft, ehe er einen Satz nach vorne machte und Zeit und Raum in überirdischer Geschwindigkeit durchbrach. Türen und Mauerwerk stellten keine Hindernisse mehr für ihn dar. Er flog einfach durch sie hindurch. Die Gefühle, die in seinem Inneren tobten und ihn verwirrten, trieben ihn voran. Bis er sich schließlich in einer Straße vor seinem Ziel – dem „Club Noir" – zum Anhalten zwang.

Seine Landung war denkbar unsanft, nutzte er diese Art der Fortbewegung doch niemals sonst. Während er aus der Luft fiel, wandelte er seine Gestalt. Er wollte auf den Füßen aufkommen. Die Wucht, mit der er dem Erdboden begegnete, warf ihn jedoch in die Knie. Mit beiden Händen stützte er sich ab, um nicht weiter nach vorne zu fallen.

„Großer Gott, sind Sie verletzt?“ Eine Frau tauchte neben ihm auf. „Sind Sie aus dem Fenster gesprungen? Was haben Sie sich nur dabei gedacht? Sie hätten mir auf den Kopf fallen können!“

Pascal fluchte, denn er wusste, dass er unvorsichtig gewesen war, indem er die Straße nicht nach möglichen Zeugen abgesucht hatte. Die Frau griff ihm unter die Arme, wollte ihm aufhelfen. Ihr Pulsschlag hämmerte sofort in seinem Kopf. Sein Flug hatte ihn viel Kraft gekostet. Mit Hilfe der Frau richtete er sich auf.

Er betrachtete ihre hochgewachsene, schlanke Gestalt. Sie trug keine sehr ordentliche Kleidung. Vielmehr wirkte sie alt und schmuddelig. Die Haare hatte sie zu einem langen, fettigen Zopf zurückgebunden. Ihr Gesicht war eingefallen. Sorgen schienen tiefe Falten in ihre Haut gegraben zu haben. Insgesamt vermittelte sie einen abstoßenden Anblick.

Doch das Blut pulsierte stark in ihren Adern. Pascal beugte sich vor und hauchte ein „Danke“ an ihrem Hals. Die Frau erschauderte, als er seine Zähne in ihrem Fleisch versenkte, blieb jedoch ganz ruhig.

Später erinnerte sie sich lediglich an einen Kuss, den ein Fremder ihr aus Dankbarkeit gegeben hatte.

Mit ihren Fingernägeln zeichnete Chantal ein rotes Muster auf Pierres nackten Oberkörper. Dabei ritzte sie seine Haut ein wenig an und vermischte sein Blut mit dem des fremden Mädchens.

Sie lagen auf dem Steinboden ihrer Ritualstätte neben dem Altar. Die Spiele, die sie kurz zuvor getrieben hatten, hielten Chantal noch immer im Rauschzustand gefangen. Pierre dagegen fühlte sich gelangweilt. Seine Kräfte blieben unverändert, obwohl er nach seinem heutigen Erwachen die alten Schriften aus der Gruft noch einmal ganz genau studiert hatte. Laut diesen Worten sollte die pure Dunkelheit in die Glieder des Dolchbesitzers fahren. Er würde sich als schrecklicher Herrscher aufschwingen und ein jedes Wesen – ob Vampir oder Mensch – würde sich ihm unterwerfen. Nicht einmal das Tageslicht könnte ihm dann noch etwas anhaben.

Aber Pierre spürte nichts von diesen Schwingen, die ihn tragen sollten. Lediglich das Kratzen von Chantals Fingernägeln auf seiner Brust nahm er wahr. Er schob sie fort. Sogleich schlossen sich die winzigen Wunden. Chantal protestierte mit einem leisen Knurren.

Pierre richtete sich auf und sah missbilligend auf ihren Leib, der sich auf dem feuchten und dreckigen Steinboden rekelte. Sie widerte ihn an. Warum hatte er sich ihrer nicht längst entledigt?

„Hast du nichts anderes zu tun?“

Ein Grinsen, das beinahe von Wahnsinn zeugte, umspielte ihre Mundwinkel. In ihre Augen trat ein eigenartiges Glitzern.

„Ich wusste gar nicht, dass du ein Spaßvogel bist.“ Nun lachte sie auf. „Was soll ich denn zu tun haben? Bestimmt nichts, was ich nicht auch in einer anderen Nacht erledigen könnte.“

„Willst du etwa die ganze Ewigkeit so verbringen?“

„Mit dir?“ Sie schlang ihre Arme um seine Taille und kuschelte sich an ihn. „Ja, das könnte mir gefallen.“

Pierre rappelte sich ohne Rücksicht auf. Es war ihm egal, dass Chantals Kopf dabei nur knapp an der Kante des Steinaltars entlangschrammte. Anstatt sich von ihm mitschleifen zu lassen, löste sie sich jedoch wieder von ihm. Beleidigt blieb sie sitzen. Sie verschränkte die Arme vor der Brust und warf ihm einen bitterbösen Blick zu.

„Schaff sie weg, wenn du nichts Besseres zu tun hast!“, herrschte er sie an. Er deutete auf den leblosen Körper des fremden Mädchens.

Der goldene Dolch steckte wieder an seinem Platz – in Pierres Hosenbund. Die Klinge fühlte sich kühl auf seiner Haut an. Dabei hieß es in den alten Schriften, sie würde sich erhitzen und glühen – durch die Macht, die sie durchströmte.

Er musste etwas übersehen haben.

Bereits vom anderen Ende der Straße aus konnte Pascal erkennen, dass der Eingang zum Club Noir unter Bewachung stand.

Nicolas. Ein Vampir, der noch nicht einmal ein Jahr zur Familie der Dunkelheit gehörte. Er flegelte sich auf einem Stuhl knapp hinter der Tür, die Beine weit von sich gestreckt. Jeder ahnungslose Störenfried würde über seine Beine stolpern, sobald er den Club betrat.

Während Pascal langsam auf das Gebäude zuging, streckte er seine Fühler noch weiter aus. Der Missmut des jungen Vampirs überwältigte ihn. Nicolas fühlte sich zu Unrecht zu dieser Aufgabe verdammt. Im Kreise seiner erfahrenen Brüder und Schwestern genoss er kein großes Mitspracherecht. Rachegelüste keimten in ihm. Er bewunderte die Skrupellosigkeit von Pierre. Die Fantasien, die Pascal daraufhin entdeckte, schockierten ihn. So sehr, dass er ins Straucheln geriet.

Er brach sein Eindringen in diese finsteren Gedanken ab. Niemals hätte er den Club verlassen dürfen! War ihm denn nicht immer bewusst gewesen, dass der überwiegende Teil der Vampire eine zügellose Bestie in sich barg? Diese wartete nur auf eine Gelegenheit, sich frei zu entfalten. Trotzdem war Pascal das Risiko eingegangen. Stundenlang hatte er sich in der Nähe Isabellas gesuhlt. Sich gehen lassen. Nun würde es nicht leicht sein, die Vampire in ihre Schranken zu weisen. Allen voran Pierre. Schon jetzt spürte Pascal, wie die neuen Kräfte des anderen ihn innerlich zu verbrennen drohten. Er kämpfte gegen dieses Gefühl an.

Ohne sich das Geringste anmerken zu lassen, warf er die Eingangstür zum Club auf. Wie der Höllenfürst persönlich stand er im Rahmen und durchbohrte Nicolas mit eisigem Blick. Der junge Vampir zuckte zusammen. Ein heftiger Schauder fuhr ihm den Rücken hinunter. Er wagte nicht aufzusehen oder das Wort an den Älteren zu richten.

„Wer hat dir gesagt, dass du hier sitzen sollst?“

„Pierre“, gab Nicolas knurrend von sich. Er kam sich minderwertig vor. Genau so, wie Pascal es bezweckte.

„Und wo ist er jetzt?“

„Keine Ahnung.“

Sogleich wurde Nicolas mit dem Rücken gegen die Wand gedrückt. Seine Glieder versteiften sich. Dick traten die Adern unter der Haut seines Halses hervor. In ihnen schien es heftig zu pulsieren.

Mit unsichtbarer Hand drückte Pascal ihm die Kehle ab.

„Verdammt ... Was soll das? Ich lüge dich nicht an“, presste Nicolas hervor. „Vielleicht ist er unten … Ich weiß nicht.“

Unten. Damit meinte er die verbotenen Räume, vermutete Pascal. Er entließ den jungen Vampir aus seinem eisernen Griff. Der sackte nach Luft ringend auf den Stuhl zurück. Wieder sprudelten die Rachegefühle in dessen Inneren hervor. Doch Pascal ignorierte sie einfach. Selbst als Nicolas gezielt versuchte, ihn mit seiner schwächlichen geistigen Macht zu erreichen.

Dieser Bengel hatte einfach noch keine Ahnung, wozu die Älteren tatsächlich imstande waren! Pascal schmunzelte nur über den versuchten Angriff und ging weiter.

Im Moment beherrschte er die Situation. Er fühlte sich stark genug, um Pierre gegenüberzutreten, obwohl er wusste, dass er seinen Widersacher nicht unterschätzen durfte.

Der verruchte Geruch des Clubs empfing ihn, als er den großen Hauptraum betrat und sich unter die Anwesenden mischte. Einige der Vampire bemerkten sein Erscheinen sofort. Es kam Pascal sogar beinahe so vor, als hielten sie den Atem an. Neugierig lagen sie auf der Lauer, was nun geschehen würde. Ihre Feindschaft schlug ihm ganz offen entgegen. Sie gierten nach einer Auseinandersetzung.

Offensichtlich genossen sie die Freizügigkeit, die Pierre ihnen zugestand. In ihren Armen hielten sie besinnungslose Mädchen, die makellose Haut von Bissspuren gezeichnet. Sie alle hatten weit mehr Blut gegeben, als es die Regeln des Clubs besagten.

In einer Nische entdeckte Pascal eine verängstigt wirkende Alice, die naive Blonde, die ihn zu Isabella geführt hatte. Er spürte, dass sie sich aus ihrer Lage befreien wollte. Aber sie wusste nicht wie. Aus der dunklen Ecke heraus warf sie Pascal einen flehenden Blick zu. Im gleichen Augenblick beugte sich jedoch der Vampir an ihrer Seite über sie. Er biss in ihren Hals, bediente sich ihres Körpers, und sie tat nichts weiter, als stillzuhalten.

Pascal war schnell bei dem Paar. Er packte den anderen Vampir im Nacken und zog ihn von der hilflosen Alice zurück. Die fiel in einem erlösenden Keuchen aus ihrer Anspannung. Sie rutschte halb über die Kante der Sitzfläche zu Boden, gewann aber im letzten Moment den Halt zurück. Vorsichtig blinzelnd sah sie zu den Vampiren auf. Ihr rücksichtsloser Liebhaber trug einen wortlosen Kampf mit Pascal aus. So schien es Alice, denn sie konnte die Form ihrer Verständigung nicht begreifen.

Als Pascal den anderen Vampir nun streng musterte, trat in seine Augen ein düsterer Schein. Er sprach in Gedanken zu ihm, dass er kein Recht besaß, die Besucherinnen des Clubs auf diese Weise zu behandeln. Schließlich gab es Regeln – und diese besagten, dass Alice an diesem Abend schon genug Blut gelassen hatte.

„Aber ich dachte ..." Der andere verstummte abrupt in seinem Protest. Er gab seine Gegenwehr vollkommen auf, so dass Pascal schon nach einem kurzen Moment von ihm ablassen konnte.

„Warum sagst du mir nicht, was du dachtest?", hakte Pascal nach.

Doch der andere schüttelte nur den Kopf. Aus seiner Hemdtasche fischte er ein Bündel Geldscheine hervor. Er zählte die Summe für die Dienste von Alice ab und drückte sie ihr in die Hand. Schweigend schlossen sich ihre Finger darum. Sie presste das Geld an ihr Dekolleté und verfolgte mit ihren Blicken, wie der Vampir sich von ihr fortschlich und durch den Innenraum des Clubs verschwand.

Pascal nickte Alice knapp zu, dann erhob auch er sich wieder. Er gab ihr keine Gelegenheit, sich zu bedanken.

An der Bar entdeckte er Henry. Einen alten Verbündeten unter den Vampiren. Seine Geliebte gehörte ebenfalls seit langer Zeit zu ihnen. Während sie ihn mit beiden Armen umschlang und an seinem Ohrläppchen knabberte, fing Henry den Blick Pascals auf.

Gefahr sprach aus Henrys Augen.

Die dunkle Übermacht

Isabella tastete mit einer Hand die Stelle ab, an der Pascal hätte liegen sollen.

Die Augen hielt sie bislang geschlossen. Sie fühlte sich elendig schlapp und wollte sich nur so viel bewegen, als unbedingt notwendig war. Jedes kleine bisschen kam einem Kraftakt gleich. Nur sehr schleppend kehrte das Leben zurück in ihre Glieder. Dennoch konnte sie es Pascal nicht übel nehmen, von ihrem Blut getrunken und sie auf diese Weise schwach gemacht zu haben. Sie würde sich ihm jederzeit erneut hingeben.

Wenn ihre Finger ihn nur endlich erspüren könnten.

Doch als Isabella die Bettkante erreichte, traf sie die Erkenntnis, dass Pascal nicht mehr neben ihr ruhte. Sie schrak auf. Überwältig von ihren eigenen, gewaltigen Empfindungen. In ihren Armen und Beinen kribbelte es. Ihr Kopf dröhnte. Benommen starrte sie auf das Bett.

Pascal war fort.

Sie wollte die Hände vors Gesicht schlagen und weinen. Aber das hätte nichts geändert. Daher beschränkte sie sich auf ein frustriertes Schnaufen.

„Mistkerl!“, fluchte sie und boxte in ihr Kissen.

Natürlich hatte er darauf gewartet, bis sie eingeschlafen war, um sich klammheimlich aus dem Staub zu machen. Aber so leicht würde sie es ihm nicht machen. Sie schob sich vom Bett. Ihre nackten Füße berührten den kühlen Parkett-Fußboden. Es fröstelte sie. Obendrein wurde sie sich ihrer zitternden Knie bewusst, als sie sich aufrichtete.

Der Kleiderschrank befand sich nur knapp vier Schritte von ihrem Bett entfernt. Allerdings benötigte sie nun viel länger, um den Türknauf zu erreichen, an dem sie sich zunächst eine Weile festhielt. Sie versuchte, ihr Schwindelgefühl unter Kontrolle zu bringen. Energisch öffnete sie den Schrank und griff in einen Stapel ihrer Kleidung.

Pascal stellte sich neben Henry und dessen Geliebte an die Bar. Unauffällig begannen die Vampire zu kommunizieren.

„Was ist hier los?“, fragte Pascal.

„Pierre ist los.“ Henry lachte bitter auf. „Wo bist du letzte Nacht gewesen? Er hat das Gerücht verbreitet, der Club stünde nun unter seiner Leitung. Und unter seinen Regel. Du kannst dir sicher vorstellen, was ich damit meine.“

Das konnte Pascal in der Tat. Allerdings würde er sich unter keinen Umständen so leicht geschlagen geben. Nicht, solange er noch Kraft in seinen

Gliedern verspürte. Sollte Pierre ihm doch gegenübertreten! Er würde einer Auseinandersetzung nicht länger ausweichen.

„Ich bringe das wieder in Ordnung", versicherte Pascal.

Henry hingegen vermittelte einen skeptischen Eindruck. Er glaubte nicht daran, dass Pierre einfach so zurückstecken würde.

„Du solltest Pierre nicht unterschätzen. Er ist stark – und hinterhältig noch dazu."

„Deshalb wird es Zeit, ihm das Handwerk zu legen. Oder bist du da etwa anderer Meinung?"

Pascal bedachte den anderen mit einem durchdringenden Blick. Er strahlte Kälte aus. Kein Funken von Gefühl schien sich in den Tiefen seiner unergründlichen Augen zu verstecken. Lediglich mit einem Kopfschütteln antwortete Henry ihm. Gleich darauf ließ er sich erneut von seiner Geliebten ablenken, deren Finger sich an seinen Hemdknöpfen zu schaffen machten. Sie liebkoste ihn mit zärtlichen Küssen. Offensichtlich wollte sie unter allen Umständen verhindern, dass Henry in eine Auseinandersetzung zwischen Pascal und Pierre geriet.

Das berührte Pascal allerdings nicht. Für ihn war die Rolle als Einzelkämpfer keineswegs eine neue Erfahrung. Er hatte sich noch nie gerne auf andere verlassen. Daher bereitete es ihm auch in diesem Augenblick keinen Kummer, sich von Henry abzuwenden und alleine seiner Wege zu ziehen.

Pascal nahm seinen Streifzug durch den Club auf. Er beobachtete die anderen Vampire. Jeden, der mit einer Gespielin zu weit gehen wollte, strafte Pascal mit einem drohenden Blick. Tatsächlich gelang es ihm, die Vampire mit dieser einfachen Geste zu maßregeln. Sie schenkten ihm Aufmerksamkeit – mehr noch, sie machten den Anschein, ihm Respekt zu zollen.

Es überraschte Pascal, wie schnell sie auf ihn eingingen. Ihm gehorchten. Gerade wollte er den offenen Club-Bereich verlassen und sich in den weiteren Räumen und Gängen umsehen, da schlich ein bedrohlicher Schatten auf ihn zu.

Pierre zeigte ein süffisantes Grinsen, als er Pascal gegenüber stehen blieb. Das Antlitz dieses Vampirs hatte sich weit von dem bisherigen engelsgleichen Zug entfernt. Einem Untier gleich verzog sich sein Mund. Die schmalen Lippen bildeten kaum mehr einen Kontrast zu der aschfahlen Haut, und die spitzen Zähne schoben sich in widerwärtiger Weise hervor. In die schwarzen Augen Pierres trat ein rotes Glühen.

Es war lange her, dass Pascal ähnliche Anzeichen des dunklen Wahnsinns bei einem Vampir gesehen hatte. Er fragte sich, wie weit die Veränderung in Pierre bereits vorangeschritten sein mochte. Doch erst als Chantal sich von hinten an Pierre heranschlich, konnte Pascal es erkennen.

Die Vampirin schlang die Arme um den Oberkörper ihres Geliebten. Sie streichelte seine nackte Brust. Ihre Finger fuhren die Konturen seiner harten Muskeln nach. Mit einem finsteren Blick bedeutete sie Pascal, dass er sich von ihnen beiden fernhalten sollte.

Pierre wollte sich von ihren Streicheleinheiten befreien. Er wollte sie wegschubsen – am liebsten gar nichts mit ihr zu tun haben. Ein jeder hätte das erkannt, nur Chantal selbst blieb unbeeindruckt. Sie nutzte die offensichtliche Schwäche von Pierre aus. Etwas, das ihn erschöpft hatte, musste gerade erst geschehen sein. Allerdings war es Pascal absolut zuwider, genauer darüber nachzudenken. Er hasste den Gedanken daran, dass er die Schuld an Pierres zügellosem Verhalten trug. Hätte er den Club doch nur niemals verlassen!

Pascal lehnte sich weit zu seinem Kontrahenten vor. In der momentanen Situation drohte ihm keinerlei Gefahr. Pierre hatte seine Kräfte offenbar bei einem seiner düsteren Spielchen aufgezehrt.

„Das wird aufhören“, befahl Pascal.

Für einen Augenblick schien es, als würde Pierre stumm gehorchen. Dann verzogen sich seine Lippen jedoch erneut zu einem Grinsen.

„Wir werden sehen.“

Ganz langsam beugte sich der Düstere über den Altar. Seine Finger glitten die hellen, nackten Gliedmaßen des leblosen Mädchens entlang. Ihre Haut war von unzähligen Schnitten gezeichnet, aus denen jedoch kein Blut mehr sickerte.

Mit seinen leichten Berührungen schloss der Düstere die Wunden, bis ihr Körper wieder vollkommen makellos aussah. Schließlich lehnte er sich zurück und betrachtete sein Werk.

Ein hübsches Mädchen. Aber so verdammt naiv!

Hätte er nicht von ihr trinken und sie im Flur zurücklassen sollen?

Er hätte sie vor diesem Schicksal bewahren können. Ganz sicher. Doch es berührte ihn nur wenig. Das Mädchen interessierte ihn nicht. Trug sie nicht selbst die Schuld an ihrem grausigen Ende? Sie hätte in dieser Nacht einfach zu Hause bleiben sollen.

„Armes Mädchen“, flüsterte der Düstere an ihrem Ohr. Dann ließ er auch schon von ihr ab.

Einem flüchtigen Windzug gleich schob er sich die Wand hinauf. Er verschmolz mit den Schatten des Kerkerraumes. Für ihn war es allmählich an der Zeit, sich auf den Weg zu machen.

Isabella dachte gar nicht daran, artig in ihrer Wohnung zu bleiben und auf Pascal zu warten. Was bildete er sich ein? Sie war doch kein Schoßhündchen, das auf sein Wort gehorchte! Ihre Finger zitterten unkontrolliert, während sie ihren Kleiderschrank durchsuchte. Auf der einen Seite spürte sie noch immer die lähmende Schwäche, die der Vampir ihr beigebracht hatte, andererseits gab es aber auch eine unbestimmte Angst um Pascal.

Sie fragte sich selbst, woher diese Sorge kam. War er nicht alt und mächtig genug, um auf sich selbst aufzupassen?

Irgendetwas sagte ihr, dass dem nicht so war.

Er hätte nicht gehen dürfen!

In ihrem Ärger wurde sie ungeschickt. Sie hatte lediglich ein schwarzes T-Shirt aus einem Stapel im Schrank zerren wollen. Dabei zog sie jedoch auch einen Schwung Blusen mit hinaus. Diese fielen zu Boden.

Fluchend über das Chaos griff Isabella nach dem T-Shirt und einer passenden schwarzen Hose. Dazu entschied sie sich für bequeme – ebenfalls schwarze – Turnschuhe. Sie band ihre lange Mähne zu einem strengen Zopf zurück und betrachtete sich anschließend im Spiegel. Wie eine Einbrecherin sah sie aus. Lediglich ihr goldenes Armband glänzte auffällig am Handgelenk. Für den Bruchteil einer Sekunde glaubte sie, das Schmuckstück wäre allein durch ihren Blick hell aufgeflammt. Sie spürte einen Stich. Diese Empfindung schüttelte sie jedoch schnell ab.

Nur der Gedanke an Pascal zählte. Wie viel Zeit mochte wohl vergangen sein, seit er sie allein im Bett zurückgelassen hatte? Ein verträumtes Lächeln schlich sich auf ihre Lippen. Sie befühlte ihren Hals, als hätte er dort Brandmale der Leidenschaft hinterlassen. Ein wohliger Schauder rann ihren Rücken hinunter.

Sie war verwirrt. Ihr gesamtes Gefühlsleben hatte sich derart verändert, dass sie allmählich glaubte, es würde sie um den Verstand bringen. Doch sie musste sich davon befreien und ihre Wohnung verlassen.

Als schließlich die Tür hinter ihr ins Schloss fiel, und die kühle Nachtluft sie zum Frösteln brachte, begann auch das Brummen in ihrem Schädel nachzulassen. Sie genoss ihren Spaziergang in der Dunkelheit. Ihr Ärger und ihre Verwirrung gerieten auf dem Weg zum „Club Noir“ in Vergessenheit. Eigenartigerweise erschien ihr die Nacht mit einem Mal wie eine reine Wohltat für ihre Seele. Sie genoss die Ruhe, die ihr eine verlassene enge Gasse vermittelte. Den sanften Schein des Mondes, der beinahe voll und rund am Himmel prangte, vermochte ihr ein Lächeln auf die Lippen zu zaubern.

Nie zuvor waren ihr die Schatten aufgefallen, die verschämt nach ihrem Platz in der alles verschlingenden Dunkelheit suchten. Die zaghaften Geräusche. Die vielen Gestalten, die sich auf Zehenspitzen davonschlichen, um die nächtliche Ruhe nicht zu stören.

Isabella atmete tief ein.

Schließlich erreichte sie die verlassene Seitenstraße, in der die Vampire sich ihr Heim errichtet hatten. Der „Club Noir“ wirkte weit weniger anziehend als bei ihrem ersten Besuch. Die geheimnisvolle Atmosphäre um das Gebäude hatte sich in etwas Bedrohliches verwandelt. Isabellas Nackenhärchen stellten sich auf. Ihr Innerstes verkrampfte sich. War es denn tatsächlich klug von ihr, den Club aufzusuchen?

Im Schutz des nächstgelegenen Gebäudes blieb sie stehen. Sie verharrte in den düsteren Schatten, als läge sie auf der Lauer. Leicht beugte sie die Knie. Wie eine Katze, bereit zum nächsten Sprung. Aufmerksam hielt sie den Blick auf das Heim der Vampire gerichtet, nur darauf wartend, dass etwas geschah.

Aber es geschah rein gar nichts.

Fenster und Türen blieben verschlossen. Niemand ging hinein oder hinaus oder kam auch nur in die Nähe des Clubs. Das erschien Isabella eigenartig.

„Du bist ein Hasenfuß!", schimpfte sie sich. „Geh endlich!"

Nach einem weiteren Durchatmen trat sie wieder aus den Schatten auf die offene Straße. Die Stille, die momentan herrschte, erdrückte sie. Dennoch setzte sie ihren Weg fort. Das düstere Gebäude zog sie immer mehr in seinen Bann. Es verlangte nach ihr. Bis sie schließlich ihre Hand auf den Türgriff legte, um sich Eintritt zu verschaffen.

Ein warmer Luftzug strich über ihr rechtes Ohr. Das Gefühl, jemand stünde direkt neben ihr, überwältigte sie. Sie zuckte zusammen, ging halb zu Boden und starrte hinauf ins Nichts. Lediglich ein Flüstern konnte sie hören.

„Geh nicht", sagte es. „Bleib hier draußen in Sicherheit."

Der Düstere befand sich in einem Zustand, den er sich bei Weitem nicht selbst erklären konnte. Er stand unter Schock. Ein heftiger Schmerz pochte in seiner Brust, als wollte sein Herz mit aller Gewalt wieder anfangen zu schlagen.

Er hatte nicht ahnen können, welche Ereignisse in seiner einstigen Heimatstadt Brüssel auf ihn einstürzten. Hätte er es geahnt, wäre er womöglich in seinem Versteck in London geblieben, um das Ende seiner Tage herbeizusehnen. Nun wusste er aber, dass es an der Zeit war, aus den Schatten zu treten.

Der „Club Noir" drohte dem gierigen Schlund der dunklen Macht anheimzufallen. Pierre hatte den Blut-Dolch der Ältesten in seinen Besitz gebracht. Diese Waffe allein würde zwar nicht ausreichen, um sich zum Herrscher über Leben und Tod aufzuschwingen. Das Auftauchen einer ganz bestimmten Person beunruhigte den Düsteren jedoch. Sie könnte Pierres Schlüssel sein.

Wie hatte das nur geschehen können?

Und wo – zur Hölle – steckte Andrew?

Ein Krampf zog sich durch den Brustkorb des Düsteren. Sein Atem stockte. Schwerfällig sog er die Luft ein.

Das Mädchen glich ihrer Mutter aufs Haar – mit ihren langen schwarzen Locken und der bronzefarbenen Samthaut.

In all den Jahren hatte er sie kein einziges Mal gesehen und sie trotzdem im ersten Moment erkannt. Längst vergessener Kummer holte ihn ein. Er verfluchte sich dafür, dass sie an diesem Ort aufeinandertrafen. Dass er die Schuld daran trug und sich ihr jetzt noch nicht zeigen konnte, so sehr es ihm auch danach verlangte. Er musste warten und sie ihrer Wege gehen lassen.

Wie gern wäre der Düstere geblieben, um herauszufinden, aus welchem Grund das Mädchen den Club aufsuchte. Warum sie die Tür nun so forsch aufstieß und sich von seiner stummen Bitte nicht zurückhalten ließ.

Ehe sie im Inneren verschwand, wandte sie sich noch einmal um. Der Düstere glaubte, sie würde ihm direkt in die Augen sehen. Sachte hob sich ihr linker Arm. Ihre Finger wollten nach ihm greifen, zeichneten schließlich einen Kreis in die Luft.

Du bist verrückt. Du siehst schon Gespenster.

Er hörte ihre Gedanken, als hätte sie tatsächlich zu ihm gesprochen. Wehmütig wandte er sich ab und ließ sie ihrer Wege ziehen.

Gleich nachdem Isabella die Tür zum „Club Noir" geöffnet hatte, fand sie sich auch schon dem ersten Vampir gegenüber. Ein Frösteln schlich sich in ihre Nackengegend. Der scheinbar junge Mann war von seinem Stuhl aufgesprungen. Angriffslustig baute er sich vor ihr auf. Er verzog den Mund, als wollte er mit den Zähnen fletschen.

Isabella nahm all ihren Mut zusammen. Auch wenn ihr das Herz bis zum Hals schlug, bemühte sie sich um einen gelassenen Eindruck. Sie schenkte dem Vampir ein Lächeln – und ging sogar noch ein Stück weiter, indem sie auf ihn zu trat und mit einer Hand über seinen Oberkörper streichelte.

„Sind willenlose Frauen hier etwa nicht mehr erwünscht?", fragte sie mit belegter Stimme.

Der gierige Mund des Vampirs senkte sich gefährlich nahe auf Isabellas Halsbeuge. Heiß strich sein Atem über ihre Haut und bescherte ihr ein intensives Prickeln. Sie musste den Drang zur Flucht niederkämpfen.

„Willenlose Frauen sind hier immer erwünscht", gab er schließlich zur Antwort. Er hauchte lediglich einen Kuss an die Stelle, an der er ihren Puls ganz besonders stark spüren konnte. Dann trat er beiseite und setzte sich wieder. Sein Blick verfolgte Isabella jedoch so lange, bis ihre Gestalt im belebten Innenraum unterging.

Ihre innere Anspannung ließ nach, machte stattdessen einem flauen Gefühl Platz. Isabella blieb abseits der geballten Menge stehen, versteckte sich halb hinter einer Säule, die als Trennung zwischen der Tanzfläche und den Sitzbereichen diente. Das Bild, welches sich ihr nun vom Club zeigte, war nicht mit ihrem ersten Besuch dort zu vergleichen.

Sie fühlte sich unwohl. Einerseits wusste sie ganz genau, dass sie keineswegs an diesen Ort gehörte. Andererseits wollte sie unbedingt ein Teil davon sein. Mit der Dunkelheit verschmelzen. Mit den Vampiren. – Doch am allermeisten mit einem von ihnen. Pascal.

Während sie ohne jede Wahrnehmung durch den Raum starrte, erwischte sie sich dabei, wie sie ihren Busen sinnlich gegen die Säule presste. Vielmehr noch stellte sie sich dabei vor, es handelte sich um Pascal persönlich.

Als sich im nächsten Moment eine Hand um ihren Arm schloss, stieß sie beinahe einen Schrei aus. Sie wirbelte herum. Die Augen weit aufgerissen. Eine wüste Beschimpfung lag ihr bereits auf den Lippen. Dann jedoch entspannte sie sich.

All ihre Sehnsüchte schienen plötzlich erfüllt zu sein. Vergessen waren der Club und die anderen Vampire. Die halbnackten Mädchen und die wummernde, kopfzermarternde Musik. Das alles trat in den Hintergrund. Da gab es nur noch ihn. „Pascal“, hauchte sie.

„Bella.“

Seine Handfläche legte sich an ihre Wange, und sie schmiegte sich dagegen und genoss den spärlichen Hautkontakt. Sie ignorierte den angespannten Ausdruck in seinem Gesicht.

Pascal wollte ihr sagen, dass sie nicht hätte kommen dürfen. Es war viel zu gefährlich. Doch er verkniff sich jeden Kommentar. Auch er spürte das Verlangen in sich, ihr nah sein zu wollen.

Dunkle Lust

Ganz sachte schoben sich Pascals Hände um Isabellas Oberkörper. Er streichelte über ihren Rücken, bis sein Griff fester wurde. Sein linker Arm wanderte über ihren Po hinab, legte sich schließlich in ihre Kniekehlen, so dass Pascal ihr den Boden unter den Füßen rauben konnte. Zufrieden seufzend drückte sie ihr Gesicht in seine Halsbeuge. Sie ließ sich von ihm durch den Innenraum des Clubs tragen. Die Vampire schienen ihnen dabei auszuweichen – eine Gasse für sie zu bilden, um ihnen den Weg zu bereiten. Sämtliche Augenpaare waren auf sie gerichtet. Das war Isabella allerdings gleichgültig. Sie genoss die Nähe von Pascal. Sie hatte zuvor nicht geahnt, welche starke Verbindung bereits zwischen ihnen bestand. Es dürstete sie nach seiner Berührung. Seinen Küssen. Der angenehmen Last, wenn er sich auf sie legte und ihre Schenkel spreizte.

Pascal verließ mit Isabella das Club-Geschehen. Er durchquerte einen dunklen Korridor. Die Umgebung rauschte an Isabella vorbei. Sie wunderte sich kurz, wie verschwommen alles auf sie wirkte, konnte sie doch nicht ahnen, dass Pascal mit einer unnatürlichen Geschwindigkeit voranschritt. Als er die Tür zu seinen Räumlichkeiten aufstieß, war jedoch auch dieses Phänomen nicht weiter wichtig. Pascal stellte Isabella auf die Füße, so dass sie die Finger in seinem Nacken verschränkte und ihm das Gesicht entgegenstreckte. Ihre Lippen boten sich ihm in sinnlicher Weise dar, und Pascal widerstand ihr nicht. Aller Vorsicht zum Trotz bediente er sich seiner Fähigkeiten, um die Tür hinter sich zu verschließen. Nun konnte er sich ganz Isabella widmen.

Ihre Finger spielten mit den langen Strähnen seines blonden Haares. Als sie den Kuss Pascals annahm, legten sich ihre Handflächen jedoch gegen seinen Hinterkopf. Sie presste ihn an sich. Seine Zunge tastete sich in ihrem Mundraum vor, massierte sie und neckte sie mit eindringlicher werdenden Stößen. Auch seinen harten Körper konnte Isabella nun immer intensiver spüren. Sie meinte aus dem Augenwinkel zu erkennen, wie sich die Knöpfe seines Hemdes vollkommen selbstständig öffneten. Mit angehaltenem Atmen löste sie sich ein Stück von ihm. Sie wollte es sehen und die Gewissheit haben, dass sie da gerade keiner Illusion ihrer Leidenschaft erlag. Aber es geschah rein gar nichts. Pascal führte ihre Hände mit den seinen auf die unteren, noch geschlossenen Knöpfe zu, und sie begann, ihn zu entkleiden.

Ein wohliger Schauer nach dem anderen jagte durch Isabellas Glieder. Sie genoss es, Pascal ganz langsam zu streicheln. Seine nackte Haut Zentimeter um Zentimeter zu erkunden. Ihre Fingerkuppen umkreisten seine Brustwarzen, verharrten an diesen Stellen einen unsagbar langen Moment, bis sie spüren konnte, wie sich das Verlangen Pascals steigerte. Noch während die beiden so dastanden, drückte er mit seinem Unterleib ihre Schenkel leicht auseinander.

So schnell, wie sich dann seine Hände unter ihr T-Shirt schoben und sie entblößte, konnte Isabella gar nicht reagieren. Das hätte sie allerdings auch nicht gewollt. Sein ungezügeltes Vordringen machte sie willenlos. Sie stöhnte unter seinen wilden Liebkosungen. Bäumte sich ihm entgegen, als er sich hinabbeugte, um ihren Bauch zu küssen.

Schnell hatte Pascal auch ihre Hose geöffnet. Wie ein Hauch von Nichts glitt der Stoff an Isabellas Beinen hinab. Sie schlüpfte aus ihren Schuhen, schlang einen Schenkel um Pascals Unterleib, wodurch sie sich noch enger an ihn drängen konnte. Seine Hände kneteten ihre festen Pobacken. Er zwang auch ihr anderes Bein hinauf, so dass sie sich vollkommen an seinen Oberkörper klammerte. Erneut trug er sie. Von dem Eingangsbereich seiner Räumlichkeiten brachte er sie in das nächste Zimmer. Eine Art Büro. An der einen Wandseite stand ein großes ledernes Sofa. Der Bezug gab knirschende Geräusche von sich, als Pascal nun Isabella mit dem Rücken darauf ablegte und sie weiterhin mit seinen feuchten, gierigen Lippen verwöhnte.

Geschickt streifte er ihre Unterwäsche ab. Nackt und verführerisch lag sie vor ihm. Ihr williger Leib wartete nur darauf, von ihm genommen zu werden. Er konnte nicht glauben, wie sehr auch er sich nach der Vereinigung mit ihr sehnte. Wie schmerzvoll befriedigend es für ihn war.

Sein Zögern hielt ungewöhnlich lange an. Isabella stützte schließlich ihren Oberkörper mit den Armen vom Sofa ab. Halb aufgerichtete sah sie zu ihm, wie er vor der Sofakante am Boden saß. Zwischen ihren Beinen.

Isabella musste sich eingestehen, dass ihr diese Situation ein wenig unangenehm war. So offen und ungeniert vor ihm zu liegen. Eine leichte Röte schoss ihr in die Wangen.

„Ist etwas nicht in Ordnung?“ Ihre Worte klangen hohl, doch sie hatte keine Ahnung, wie sie anders hätte reagieren sollen.

Pascal gab keine Antwort. Er spürte ihre Bedenken und wollte diese auf der Stelle zunichte machen. Sanft begann er die Innenseiten ihrer Schenkel zu massieren. Er lehnte sich vor, um eine Spur von Küssen auf ihre Haut zu zeichnen. Immer weiter fuhr er hinauf, bis er das lustvolle Zittern von Isabellas Gliedern spürte, und sie sich endlich wieder zurücklegte. Als sie vor lauter Verzückung kaum noch in der Lage war ruhig zu atmen, neckte Pascals Zunge kurz ihre Schamlippen. Er kostete von ihrer Feuchte. Dann richtete er sich auf, entledigte sich auch seiner Hose. Willig empfing Isabella die angenehme Last seines Körpers, nach der es sie gedürstet hatte.

Beinahe behutsam drang er in sie ein. Dieses Mal ging alles viel langsamer. Pascal wollte, dass sie beide jede einzelne Sekunde des Aktes genossen. Sein verhaltener Rhythmus versetzte Isabella in ungeahnte Ekstase. Wie betäubt versuchten ihre Hände, sich an ihm festzuhalten.

Während Pascal sich auf ihr bewegte, leckte er über ihre Brüste. Er knabberte an ihren Knospen, war versucht zuzubeißen. Doch er hielt sich zurück. Seine Lippen glitten auf ihren Hals zu. Isabellas Puls pochte stark unter ihrer Haut. Es verlockte ihn so sehr! Unbedingt wollte er von ihrem Blut kosten. Er zwang sich mit aller Macht, es nicht zu tun.

Seine Stöße wurden härter. Immer tiefer und tiefer schien er in Isabella vorzudringen. Sie konnte diese lustvolle Qual kaum noch ertragen. Ein heftiges Ziehen schlich sich von ihrem Unterleib aus in ihr hinauf und raubte ihr die Sinne. Trunken vor Leidenschaft ergab sie sich dem Orgasmus, der ihren Körper wieder und wieder erschauern ließ, bis auch Pascal seinen Höhepunkt erreichte.

Keuchend sank er auf sie. Er presste die Lippen aufeinander. Er wollte nicht in Versuchung geraten, doch noch von ihrem Blut zu trinken.

Glücklich erschöpft waren Pascal und Isabella in einen Schlummer versunken. Nach wie vor lagen sie miteinander verschlungen auf dem ledernen Sofa. Erst als ein merkwürdiges Geräusch die Stille des Raumes durchbrach, schreckte Pascal hoch. Er musste sich von Isabellas Umarmung befreien, um den Kopf anheben zu können. Lauschend hielt er inne.

An der Wand ihm gegenüber hing ein Ölgemälde über einem Kamin. Das Bild zeigte ein dunkles Schloss inmitten einer Waldlandschaft. Nun trat zwischen all den Schatten jedoch ein winziger Lichtpunkt hervor.

Pascal kniff die Augen zusammen. Er blinzelte einige Male. Zunächst glaubte er an ein Trugbild. Doch der kleine Schein vergrößerte sich. Ein leuchtender, faustgroßer Ball schwebte aus dem Gemälde direkt auf ihn zu. Er umkreiste Pascals Kopf, ehe er seine Bahn durch den Raum fortsetzte.

Verwirrt erhob sich Pascal. Er fühlte sich müde und schlaff. Hunger nagte an ihm. Es wäre vernünftiger gewesen, hätte er sich nach dem Liebesspiel mit Isabella genährt. Auf der anderen Seite hatte er das intime Beisammensein nicht missen wollen – und dafür musste er mit seiner momentanen Schwäche bezahlen.

Pascal stand auf wackeligen Beinen. Ungeschickt griff er nach seiner am Boden liegenden Hose. Er schlüpfte hinein und folgte schließlich dem Licht. Wohin es ihn führte, ahnte er nicht, seine Instinkte gaukelten ihm jedoch vor, er müsse ihm unbedingt nachgehen.

Die Musikklänge aus dem Innenbereich des Clubs hallten gedämpft durch den Flur, den Pascal betrat. Er blickte sich um, ob sich jemand in der Nähe aufhielt. Aber da war niemand. Nur er selbst und das merkwürdige Licht.

Es beschleunigte seinen Flug plötzlich, so dass Pascal Mühe hatte, ihm hinterherzukommen. Er streckte sogar die Arme aus. Wollte danach greifen. Jedoch vergebens.

Was für ein Zauber war es nur, der ihn weiter trieb?

Es dauerte nur noch einen kurzen Augenblick, schon endete sein Weg. Pascal betrat einen wenig genutzten Flur, der ihm auf eine ganz bestimmte Art und Weise bekannt vorkam. Das Licht verging auf Kopfhöhe in der weinrot durchwirkten Wand. Aus einem Impuls heraus legte Pascal seine Handfläche genau auf dieser Stelle ab. Seine Lippen öffneten sich, um einen Zauber zu formulieren.

Doch ehe er überhaupt beginnen konnte, tat sich die Wand auch schon auf. Pierres Konturen schälten sich aus einem türgroßen, schwarzen Loch. Die Treppe hinter ihm verschwand sogleich im Nichts. Auch die Tapete schloss sich wieder zu einer glatten Fläche zusammen. Nur die kleinen Flammen in den Wandleuchtern flackerten verräterisch. Sie bäumten sich in dem eisigen Luftzug auf und drohten zu erlöschen.

Hoch erhobenen Hauptes musterte Pierre seinen Kontrahenten. Ein boshaftes Lächeln umspielte seine Lippen. Seit ihrer letzten Begegnung hatten sich seine Pupillen verdunkelt. Sie waren nun von einem gefährlichen Schwarz, in dem sich nichts mehr spiegelte.

„Du hattest mir versprochen, das Mädchen zurückzubringen. Isabella – das ist doch ihr Name, habe ich recht?“ Pierre sprach mit einer fremdartigen Stimme. Jedes seiner Worte wurde von einem Grollen begleitet. „Wie ich erfahren habe, ist sie tatsächlich hier im Club. Also, worauf wartest du? Gib sie mir!“

Pascal drückte den Rücken durch. Er würde nicht nachgeben, ganz gleich, wie schwach er sich in diesem Moment fühlte.

„Es ist wird Zeit, dass du damit aufhörst.“ Pascal flüsterte beinahe, als raunte er eine Beschwörungsformel. Dann errichtete er eine machtvolle Aura um sich herum. Er zeigte Pierre, dass er den Kampf nicht scheute. Bereits jetzt sammelte er seine Energien.

Doch Pierre warf den Kopf in den Nacken und lachte auf.

„Du bist ganz schön egoistisch“, stellte er fest, als er sich wieder ein wenig beruhigt hatte. „Willst das Mädchen einfach für dich alleine behalten. Teilen kommt für dich nicht in Frage? Sag schon, dass meine Vermutung richtig ist!“

Unbeeindruckt von Pascals Schutzmauer setzte Pierre sich in Bewegung. Er begann einen Kreis um ihn zu ziehen.

„Du empfindest etwas für sie.“

Pascal spürte Pierres Vordringen in seine Gedanken. Er wollte ihn aussperren. Seine eigenen Pupillen verfärbten sich düster vor Anstrengung. Pierre war jedoch nicht zu bremsen.

„Du hast Angst um sie. Du denkst, ich könnte sie töten.“ Er grinste. „Das könnte ich tatsächlich.“

Daraufhin explodierte die Wut regelrecht in Pascals Brust. Er holte aus und schleuderte Pierre mit voller Wucht gegen die Wand. Mit dem Kopf traf dieser auf einen der Wandleuchter. Die Flamme erstarb augenblicklich, und das Glas zersprang in unzählige Teile. Sekundenlang blieben die Scherben in der Luft hängen. Sie schienen nur darauf zu warten, dass Pierre sich von dem Schlag erholte.

Sein Kopf hatte sich in skurriler Weise verdreht. Als wäre er vollkommen wirbellos. Dann senkte er jedoch mit einer fließenden Bewegung das Haupt.

Die kleinen Glassplitter begannen wie wild um sich selbst zu kreisen, bis sie schließlich auf Pascal zuschossen. Der Vampir warf sich zu Boden. Er vollführte eine Rolle, nur weg von den Scherben, die sich neben seinem Gesicht in den Teppich hineinbohrten.

Keuchend sprang er wieder auf die Füße. Bereit für den nächsten Schlagabtausch.

Pierre hing noch immer in der Luft, mit dem Rücken an der Wand. Zu seinen Seiten breiteten sich Schatten aus. Wie gewaltige Schwingen. Nur langsam glitt er auf den Boden. Ein dunkler Engel, der auf der Erde landete. Er setzte mit den Füßen auf, als wären es Wolken, auf die er trat.

„Du kannst mich nicht besiegen“, wisperte er.

„Und wenn es so wäre – das bedeutet nicht, dass ich mich kampflos ergebe."

Pascal konzentrierte sich auf Pierres Kehle. Er wollte ihm die Luft abschnüren, wie er es schon einmal an diesem Abend bei Nicolas getan hatte.

„Wie du willst."

Die Schattenschwingen lösten sich von der Wand und schlugen mit einem gewaltigen Satz zu. Pascal taumelte.

Er fiel.

Einen spitzen Schrei ausstoßend fuhr Isabella in die Höhe. Kalter Schweiß stand ihr auf der Stirn. Sie zitterte, was nicht allein an ihrer Nacktheit lag. Ein Alptraum hatte sie gequält. Schreckliche Bilder, die sie nicht verstehen konnte, drängten sich in ihren Kopf. Sie wollte sich in Pascals Arme flüchten, sich an ihn schmiegen. Die Geborgenheit durch ihn suchen. Doch er war fort!

Ihr Inneres war derart aufgewühlt, dass sie mit einem Satz auf die Beine sprang. Sie hob ihre Kleidung vom Boden auf und zog sich wieder an. Ein wenig verloren stand sie in dem großen Raum. Neugierig sah sie sich um und wagte sich sogar weiter vor – in das Schlafzimmer und in das Badezimmer. Von Pascal fehlte allerdings jede Spur.

Er musste wohl in den Club zurückgegangen sein.

Isabella kam nicht umhin, sich zu fragen, was er dort wohl tun würde. Sie musste an die vielen freizügigen Mädchen denken. Wie sie sich den Vampiren anbiederten. Den Anflug von Eifersucht konnte sie dabei nicht unterdrücken.

Ohne weiter nachzudenken verließ Isabella die Räumlichkeiten Pascals. Sie durchquerte den Flur – folgte den lauter werdenden Klängen der Musik, bis sie wieder den Innenbereich des Clubs erreichte. Erschrocken blieb sie am Rande der Szenerie stehen.

Nackte Haut. Überall.

Wie in einem Swinger-Club, schoss es ihr durch den Kopf. Es war unmöglich, dem Anblick zu entfliehen. Frauen rekelten sich entweder in Unterwäsche oder komplett unverhüllt auf Tischen und Stühlen. Die Männer zeigten sich sämtlich mit freiem Oberkörper, teilweise sogar nur mit einem knappen Lendenschurz bekleidet. Isabella selbst kam sich plötzlich viel zu angezogen vor.

Aus den Boxen drang eindringliche Musik, die von einem Dröhnen in ein beinahe stimulierendes Wummern überging. Die Körper der Vampire und Menschen bewegten sich genau nach diesem Rhythmus, als stünden sie allesamt unter Hypnose.

Isabella entdeckte ein Pärchen, das es hemmungslos miteinander trieb – auf einem der Tische, vor einem Pulk von Zuschauern. Zuerst wollte sie sich schockiert abwenden. Doch die ungewöhnliche Situation zog sie weit mehr in den Bann, als sie es sich eingestehen wollte. Es faszinierte und erregte sie. Ein Ziehen durchschlich ihren Unterleib. Sie musste sich dem Paar nähern, sich unter das Vampirvolk mischen und selbst zur Voyeurin werden.

Ihre Schritte waren langsam, beinahe schleppend. Sie ließ sich von der düsteren Club-Atmosphäre gefangen nehmen. Schon wiegten sich ihre Hüften im Takt der lang gezogenen Klänge der Musik. Ein Arm legte sich um ihre Schultern. Es war einer der lüsternen Vampire, der sie nahe an das Geschehen heranzog. Er schob sie vor sich, so dass sie sich mit dem Rücken an seinen muskulösen Oberkörper lehnen konnte. Sie wusste weder wer er war, noch wollte sie es herausfinden. Gleichgültig akzeptierte sie seine Berührungen. Nicht einmal, als seine Fingerspitzen an ihrer Halsbeuge entlangstrichen, ihren Puls befühlten, wehrte sie sich. Zu sehr verlangte es sie danach, das Paar auf dem Tisch zu beobachten.

Der Mann drehte sich in Isabellas Richtung. Für einen kurzen Augenblick schien es beinahe so, als hätte er ihre Anwesenheit bemerkt und erfreute sich daran. Dann legte er den Frauenkörper aus seinen Armen flach auf den Rücken. Seine Gespielin bäumte sich auf. Ihre Hände legten sich auf seine Schultern und dirigierten ihn weiter hinunter. Er leckte über ihr Dekolleté. Seine Lippen schlossen sich um ihre aufgerichteten Brustwarzen. Sachte knabberte er daran.

Unwillkürlich fasste sich Isabella an die eigene Brust. Sie spürte die Liebkosung so intensiv, als läge sie selbst dort vorne auf dem Tisch. Die Hitze schoss ihr in die Wangen. Nun, da sie sich darauf eingelassen hatte, war sie nicht mehr in der Lage, sich davon zu lösen.

Der Vampir bedeckte den Frauenleib mit Küssen. Immer weiter arbeitete er sich hinab, bis er schließlich die glattrasierte Scham erreichte. Seine Hände legten sich auf die Innenseiten der Schenkel, um die Beine so weit wie möglich auseinanderzuspreizen. Die Frau stützte sich mit den Unterarmen ab und drückte den Rücken durch. Das Ganze hatte etwas von einem akrobatischen Akt.

Isabella fuhr sich mit der Zungenspitze über die Lippen. Sie konnte kaum erwarten zu sehen, wie der Vampir in die Frau eintauchte und von ihr kostete.

Als hätte er ihre Gedanken erraten, wandte er sich ihr erneut kurz zu. Seine Augen blitzten gefährlich auf. Wollte er ihr damit bedeuten, dass er sie bereits als seine nächste Gespielin auserwählt hatte? Ein undefinierbarer Schauder strömte durch ihre Glieder. Sie beobachtete, wie sich der Mund des Vampirs auf die Schamlippen des Mädchens senkte. Seine Zunge schob sich vor. Aberwitzig zuckte sie über die empfindsamen Stellen, so dass die Frau lustvoll aufstöhnte. Eine ganze Weile quälte er sie mit spärlichen Zärtlichkeiten, dann wurde sein Vordringen jedoch intensiver. Die Beine der Frau zitterten vor Anstrengung. Sie konnte sich kaum noch halten. Der Vampir leckte sie vollkommen hemmungslos. Sämtliche Umstehenden konnten miterleben, wie die Wellen der Lust ihren Körper durchströmten, wie sehr der erste Orgasmus sie erbeben ließ und sie gleich auf den nächsten zutrieb.

Isabella wurde nun von derartiger Hitze und Verlangen geplagt, dass sie die Feuchte zwischen ihren Beinen spürte, und ihre Hand genau diese Stelle suchen wollte, um sich selbst zu befriedigen. Doch die Tatsache, inmitten einer Horde liebestoller Vampire zu stehen, hielt sie letztendlich zurück. Sie riss sich von dem Geschehen los. So leicht zu entfliehen, wie sie zunächst glaubte, konnte sie allerdings nicht. Der muskulöse Oberkörper, an den sie sich gelehnt hatte, bewegte sich mit ihr fort. Die Arme des Besitzers schlossen sich fest um ihre Taille. Als sie ihn nun endlich ansah, stockte ihr im selben Moment der Atem.

Vor ihr stand Pierre.

Pascal fühlte sich körperlos. Er siechte in einer Welle aus düsteren Träumen dahin. Viele Abscheu erweckende Bilder zogen an seinem inneren Auge vorbei. Doch keines von ihnen konnte er festhalten oder genauer betrachten. Es schien, als würde er sich nicht einmal in seinen eigenen – sondern in fremden Träumen aufhalten.

Eine Hand legte sich auf seine Schulter. Im ersten Moment glaubte er, jemand hätte sich seiner erbarmt und würde ihn aus dieser unwirklichen Welt hinausführen. Aber schon brannte sich der Schmerz in sein Fleisch. Die Realität forderte einen grausamen Preis. Klauengleiche Finger brachten ihm tiefe Wunden bei. Das Blut rann an seinem Oberkörper hinunter. Wie glühende Lava bahnte es sich den Weg auf seiner Haut entlang. Erst da bemerkte Pascal, dass er halbnackt sein musste.

Durch den Schmerz krümmte er sich zusammen. Ächzend beugte er sich immer weiter vor. Die Klauenhand presste ihn immer weiter in Richtung Boden. Eine widerwärtige Feuchte schlug ihm ins Gesicht. Der Duft von Verwesung lag darin.

Er roch Blut.

Blut, das den Boden, auf dem er lag, bedeckte. Das sich überall ausbreitete und in die winzigen Ritzen der glatten quadratischen Steine gesickert war.

Pascal wollte seine zitternden Hände ausstrecken, um sich abzustützen. Doch genau in diesem Augenblick zurrte sich ein rauer Strick um seine Handgelenke fest und riss ihn mit einem gewaltigen Ruck vorwärts. Vergeblich suchte er nach Halt. Er war viel zu schwach. Mit dem flachen Bauch kam er am Boden auf. Sein Gesicht presste sich seitlich auf die kühle und klebrige Steinfläche. Der widerwärtige Geruch verursachte ihm eine Übelkeit, von der er geglaubt hatte, sie in der ganzen Ewigkeit niemals empfinden zu müssen.

Zwei weitere Male bemühte er sich um Halt. Seine kraftlosen Arme konnten ihn jedoch nicht abstützen. Er brach endgültig zusammen und blieb winselnd liegen. Wie ein Hund, kurz vor dem Gnadenschuss, kam er sich vor. Seine

Glieder verkrampften sich. Er zog die Knie an und wollte sie mit den Armen umfassen. Doch sogleich wurde er an Händen und Füßen gepackt, als würde man ihn strecken wollen. Er verlor den Boden unter sich. Jemand oder etwas hob ihn in die Luft. Für einen Moment glaubte er zu schweben, bis er erneut mit einem wuchtigen Aufprall auf einer Steinfläche landete. Sie war ebenso klebrig und roch nach Blut, wie schon der Boden zuvor.

Mit ausgestreckten Gliedmaßen blieb er auf dem Rücken liegen. Seine Hände und Füße befanden sich nach wie vor im eisernen Griff der fremden Macht. Stricke zurrten sich überall um seinen Körper fest. Sie banden ihn an den Stein.

Dann wurde es ruhig.

„Wie fühlt sich das an – so vollkommen hilflos zu sein?“

Lachen.

Gleich mehrere Vampire mussten um Pascal herumstehen und sich über ihn amüsieren. Er öffnete die Augen einen Spalt weit. Verschwommene Umrisse zeichneten ein merkwürdiges Bild. Düstere Gestalten in einer düsteren Umgebung. Sie mussten sich in den Kellergewölben des Clubs befinden. Pascal war sich nicht sicher. Er war zu schwach, um sich ein klares Bild zu verschaffen.

„Das ist alles. Ihr könnt gehen“, dröhnte eine befehlende Stimme in seinem Kopf. Natürlich handelte es sich bei dem Sprecher um Pierre. Übelkeit und Beherrschung kämpften in Pascals Innerem um die Oberhand. Er wusste nicht, wie er sich gegen den anderen Vampir zur Wehr setzen sollte. Er lag nur da – gefesselt und in kläglicher Verfassung. Ausgeliefert. Zum ersten Mal in seinem langen Dasein kam er sich komplett hilflos vor. Und er hasste diesen Zustand mehr als alles andere.

„Es ist grausam, nicht wahr?“ Pierre packte Pascal bei seinem langen blonden Haar. Brutal zwang er seinen Kopf in den Nacken.

„Sieh mich an, wenn ich mit dir rede!“, forderte er und lachte erneut auf. Er ergriff Pascals Kinn, hielt ihn fest, so dass er die Augen weit aufriss und seinem Peiniger direkt ins Gesicht blickte.

Ein eindeutig weibliches Kichern mischte sich unter die kehligen Laute von Pierre. Schmale, lange Finger legten sich in Pascals gefesselte Hände. Kreisend fuhren die scharfen Nägel über seine Haut. Pascal zuckte. Er wollte, dass sie aufhörte. Aber sie amüsierte sich nur und machte weiter. Sie quälte ihn eine ganze Zeit lang auf diese sanfte Weise. Dann richtete sie sich über ihm auf.

Pascal wurde sich allmählich seiner Lage bewusst. Die Vampire hatten ihn an den Steinalter gebunden. Als wäre er ihr nächstes Opfer.

War er ihr nächstes Opfer?

Erneut unternahm er einen Versuch, an seinen Fesseln zu zerren. Aber er hatte weder die Bewegungsfreiheit noch die Kraft dazu, sich selbst zu helfen.

Pierres Griff löste sich.

Pascal fragte sich, was das zu bedeuten hatte. Sollte er eine Opfergabe an die Vampirin sein, und wurde er nun ihrer alleinigen Willkür überlassen?

Doch nur Sekunden später erblickte er Pierre erneut aus dem Augenwinkel. Er hielt etwas in der Hand. Eine Art Stiel, lang und schwarz.

Schon griff Chantal danach. Ein paar geflochtene Tauenden fielen Pascal ins Gesicht. Beinahe liebevoll streichelte die Vampirin damit über seine Wangen. Dann zwirbelte sie die Riemen auf, um Pascal zu präsentieren, was sie da in den Händen hielt.

Eine Neunschwänzige Katze.

Augenblicklich wollte Pascal gar nichts mehr sehen müssen. Er schimpfte sich einen Narr – dafür, dass er lustvolle Stunden mit Isabella verbracht hatte, anstatt sich zu nähren und sich um die Verhältnisse im Club zu kümmern. Doch er wusste auch, dass er es ganz genauso wieder tun würde. Gleichgültig, welche Pein nun auf ihn wartete.

In den Fängen der Dunkelheit

Innerlich fühlte sich der Düstere so unglaublich zerrissen, dass er mehrere Stunden ziellos durch Brüssel irrte. Hinzu kam die Wunde an seiner Schulter, die sich erneut bemerkbar machte. Ein deutliches Pochen ging davon aus. Ehe er sich in die Lüfte erheben und nach Andrew suchen konnte, musste er sich nähren. Er wusste, dass er andernfalls keine Chance haben würde, auch nur einen Kilometer weit zu kommen.

Da kamen ihm zwei Männer gerade recht. Betrunken stolperten sie aus der Tür einer Bar hinaus auf den Bürgersteig. Sie stanken nach einem übermäßigen Konsum von Gueuze, dem säuerlichen Bier der Brüsseler. Es widerte den Düsteren an, von ihnen zu trinken. Ihr Blut stieß ihm bereits im Vorfeld auf. Doch er war schlichtweg zu bequem, um nach anderen Opfern Ausschau zu halten. Ihm lief die Zeit davon. Die Nacht würde nicht ewig andauern.

Der Düstere trat in den Schein einer Straßenlaterne. Seine Gestalt ragte bedrohlich auf und warf einen ungewöhnlich langen Schatten. Er strahlte Furcht aus, wirkte aber gleichzeitig anziehend. Die Betrunkenen mussten ganz einfach beeindruckt inne halten. Schwankend standen sie vor ihm. Sie betrachteten ihn eingehend, rieben sich die Augen, um noch genauer sehen zu können. Was für eine merkwürdige Erscheinung der Nacht!

„Wohin des Weges, meine Herren?“ Der Düstere regte sich. Er schlenderte auf seine auserkorenen Opfer zu.

„Nach Hausssss …“, säuselte einer der Männer. Dabei lehnte er sich vor. Er drohte das Gleichgewicht zu verlieren, grabschte wild nach dem Hemdkragen seines Kumpels und hielt sich an ihm fest. Der hatte alle Mühe, sich selbst und den anderen auf den Beinen zu halten. Er trug einen grauen Hut, der nun zu

Boden fiel und einen kahl geschorenen Kopf offenbarte. Das Licht der Straßenlaterne zeichnete einen fettigen Glanz auf die freigelegte Hautpartie.

Der Düstere rümpfte die Nase. Da hatte er sich zwei hübsche Exemplare der Menschheit als Nahrung erwählt! Kein Vergleich zu den wollüstigen Frauen, derer er sich sonst mit Vorliebe bediente. Aber er unterdrückte jeglichen aufkommenden Ekel.

„Ist es nicht noch viel zu früh, um jetzt schon nach Hause zu gehen? Die Nacht ist herrlich jung."

Der Glatzköpfige stieß seinen Kumpel in die Seite. „Hab ich's nicht gesagt, Jorsch? Viel zu früh, um schon nach Hause zu gehen. Lass uns noch mal rein und einen heben. Unser neuer Freund hier kommt auch mit." Er stierte den Düsteren durch seine glasigen Augen an. „Sie kommen doch?"

„Einen heben?"

„Ssssaufen … meinnnn … er", nuschelte der andere.

„Ah, etwas trinken." Der Düstere mimte den Gebildeten. Er nickte. „Ich verspüre da tatsächlich ein wenig Durst."

„Worauf wadden wir dann nochhh?"

Bei dem Versuch, sich umzuwenden und einen Schritt zu gehen, rempelten die beiden Männer sich gegenseitig an. Sie scherzten albern herum, woraufhin der Düstere mit einem finsteren Schmunzeln einstimmte. Schneller, als selbst ein nüchterner Mensch reagieren konnte, hatten sich die Schwingen der Nacht über ihnen zusammengeschlossen. Der Vampir versetzte die beiden in einen apathischen Zustand. Sie sahen zwar, was mit ihnen geschah, begriffen es jedoch nicht. Die Zähne des Düsteren schoben sich in ihr Fleisch. Gierig trank er in großen Schlucken von ihrem Blut und ignorierte dabei den bitteren Geschmack, den der Alkohol bewirkte.

Als der Glatzköpfige immer schwächer wurde und schon beinahe in sich zusammensackte, ließ der Düstere von ihm ab. Sein Kumpel Jorsch hatte dem Vorgang die ganze Zeit über fassungslos zugeschaut. Ungläubig weiteten sich seine Augen.

„Was bischt duuu?" Schwankend hielt er dem Blick des Vampirs stand.

„Ich bin euer neuer Freund", gab der zur Antwort. „Hast du das etwa schon vergessen? Wir wollten einen heben, hast du gesagt."

„Jaaa …" Der Mann schielte plötzlich wie irr. „Einen heben …"

Von ihm nahm der Düstere weitaus weniger Blut. Bereits nach dem ersten Schluck drohte der Mensch ohnmächtig zu werden. Was für ein Schwächling! Mit einem schmatzenden Geräusch löste sich der Vampir von ihm. Seine Zunge fuhr über die Lippen, saugte die letzten Blutreste fort. Er unterdrückte ein Schütteln aufgrund des widerwärtigen Geschmacks.

„Ihr habt zu viel getrunken. Deshalb liegt ihr hier vor der Bar. Ihr konntet einfach nicht mehr laufen", redete er ihnen zu.

Er hatte die beiden Männer auf den Treppenstufen abgesetzt. Kopf an Kopf schnarchten sie dort friedlich vor sich hin. Der Düstere schenkte ihnen ein letztes grimmiges Lächeln. Schon schwang er sich auf. Seine Gestalt wurde nun noch viel schwärzer und schien mit der Nacht selbst zu verschmelzen, sich darin aufzulösen, und wie ein Nichts zu vergehen. Dann wurde die Luft jedoch von kräftigen Flügelschwingen durchbrochen. Er hatte sich in den Raubvogel zurückverwandelt. Ein schnelles Tier mit guten Instinkten. In dieser Form würde er durch Zeit und Raum fliegen und Andrew finden – wo auch immer er sich aufhielt.

„Wie nett.“ Pierre lachte süffisant auf. „Hast du dich also doch entschieden, zu uns zu kommen? – Freiwillig?“

Isabella wand sich in seinem Griff. Sie wollte sich befreien, musste allerdings schnell einsehen, über welche Kräfte der Vampir verfügte. Seine Hände pressten sich heftig in ihre Seiten. Sie verursachten ein schmerzhaftes Stechen, das ihr den Atem stocken ließ. Wehrlos hielt sie still.

„Pascal wird dich dafür büßen lassen.“

„Pascal?“ Pierre lachte nur noch lauter. „Als ob mir diese minderwertige Kreatur von einem Vampir irgendetwas anhaben könnte.“ Er hauchte einen Kuss auf ihre Halsbeuge. „Du hast ja keine Ahnung, in welcher Lage er gerade steckt.“

Isabella wurde von einem Schaudern ergriffen. „In welcher Lage sollte er schon stecken? Er wird dich vernichten. Das weiß ich“, gab sie selbstsicher preis.

Pierre knabberte an ihr. Seine Zähne übten gerade so viel Druck auf ihre Haut aus, dass diese sich rötete. Es trat jedoch kein Tropfen Blut hervor. Er genoss dieses Spiel und neckte sie immer wieder, bis sie halb wahnsinnig um sich zu schlagen versuchte.

„Du hast wirklich keine Ahnung“, stellte er fest. „Dein ach so geliebter Pascal wird weder dich, noch sich selbst retten können.“

Isabella wollte ihm nicht glauben. Sie schüttelte den Kopf, drückte abermals die Arme gegen seinen Oberkörper, um ihn nur weit genug von sich zu schieben. Aber seine Umklammerung war eisern. Er schnürte ihr die Luft ab, bis sie kläglich gegen seine Brust sank.

„Pascal wird mich retten“, flüsterte sie schwach.

„Hör auf zu träumen, Schätzchen.“ Pierre streichelte über ihr Haar. Er wiegte sie wie ein Kleinkind in den Armen. Ihre Glieder fühlten sich immer schlaffer an.

„Er kann dich nicht mehr retten.“

„Du lügst.“

„Nein. Und das weißt du.“

Er küsste sie auf den Oberkopf, und sie seufzte auf, als würde sie Gefallen daran finden. Allerdings war es nur das Zeichen dafür, dass sie aufgab. Ihr Bewusstsein schwand dahin.

„Du machst es dir nur unnötig schwer“, sagte Pierre mit gedämpfter Stimme. „Komm auf meine Seite. Es würde dir sicher gefallen.“

Er spielte mit dem Gedanken, ihren Körper besitzen zu können. Sie war so anders als Chantal. Viel weicher und anschmiegsamer. Katzengleich. Ganz so, wie eine wahrhafte Vampirin sein sollte. Von Chantal hingegen fühlte er sich allmählich gelangweilt.

„Ich werde dir die Dunkelheit zeigen.“

In diesem Moment kippte ihr Kopf zurück. Ohnmächtig lehnte sie an ihm. Hätte er sie nicht weiterhin gehalten, wäre sie zu Boden gegangen. Er hob sie auf seine Arme und trug sie aus dem Pulk der Vampire heraus. Das Paar hinter ihnen auf dem Tisch lebte noch immer die wildesten Sex-Praktiken aus. Die Frau stöhnte mittlerweile so laut, dass sie beinahe die dröhnenden Musikklänge übertönte. In Pierres Züge schlich sich ein Grinsen angesichts dieser ungewöhnlichen Geräuschkulisse. So sollte es im Club immer zugehen. Wie lange hatte er sich nach Verhältnissen wie diesen gesehnt, in denen alle Vampire ihre Triebe ausleben konnten – und bald würde er auch hinter das Geheimnis des goldenen Dolches kommen und seine blutige Schreckensherrschaft auf ewig besiegeln.

Mit dieser Vorstellung verließ er den offenen, belebten Bereich des Clubs. Er durchwanderte die Flure, bis er jenen erreichte, in dem sich die geheime Treppe nach unten befand. Dort blieb er stehen und sandte einen stummen Befehl aus.

Als sich ein schwarzes Loch in die blutrot durchwirkte Wand grub, regte sich Isabella schwach in Pierres Armen. Sie hob den Kopf. Ein Murmeln kam über ihre Lippen. Unverständliche Worte.

Pierre wollte sie nicht weiter beachten, spürte jedoch augenblicklich einen Stich in seiner Herzgegend. Er straffte den Körper, ignorierte die weich gewordenen Knie. Seine Miene verfinsterte sich. Eine weitere Machtquelle verwirrte ihn. Doch woher rührte sie? Er konnte sie nicht ausmachen, ebenso wenig wie die fremde Anwesenheit, die ihn in dieser Nacht bereits zweimal heimgesucht hatte.

Illusionen, redete er sich ein. Vermutlich Begleiterscheinungen, ausgelöst durch seine neuen Kräfte, die er erst noch kennenlernen musste.

Er betrat die oberste Treppenstufe und schloss hinter sich sogleich den Durchgang zum Flur. Dann stieg er langsam hinunter. Vorsichtig und stets darauf bedacht, dass ihm seine Beine am Ende nicht doch den Dienst versagten.

An den Wänden der alten Ritualstätte waren viele Ketten befestigt. Zu früheren Zeiten hatten die Vampire ihre Opfer dort oft nächtelang gefangen gehalten. Nun setzte Pierre die bewusstlose Isabella in einer der Ecken ab. Er hob ihre Arme über den Kopf, um die Handgelenke in die eisernen Fesseln zu schieben. Ihr Oberkörper drehte sich zur Seite, so dass eine Gesichtshälfte an der feuchten und modrigen Wand ruhte.

Pierre richtete sich wieder auf. Schmunzelnd betrachtete er seine Sklavin. Dann wandte er sich zu dem Altar um, auf dem Pascal nach wie vor lag. Seine Wunden heilten nicht mehr selbsttätig. Spuren von angetrocknetem Blut zeichneten sich auf seiner Haut ab.

Pascal leiden zu sehen, bereitete Pierre einen unermesslichen Genuss. Er konnte den Blick gar nicht mehr von dem festgebundenen, zitternden Leib abwenden, der halb nackt, halb von Stofffetzen bedeckt auf dem Altar lag.

Chantal saß neben dem Gefangenen. Sie reckte den Kopf. Lediglich mit den Zähnen berührte sie seinen Leib. Die bohrte sie dafür umso heftiger in das bleiche Fleisch seiner Schulter. Nur ein winziger Tropfen Blut entwischte ihr beim Trinken, den sie sogleich mit der Zunge auffing. Angewidert blickte sie zu Pierre hinüber.

„Er schmeckt ausgelutscht“, stellte sie ohne Umschweife fest. „Warum töten wir ihn nicht?“

„Nein.“ Pierre beobachtete sie ungerührt.

„Wir könnten ihn einfach draußen auf den Hof werfen und die Sonne den Rest erledigen lassen.“ Chantal wollte in ein hysterisches Lachen ausbrechen, aber Pierre griff schnell nach ihrem Handgelenk und zog sie grob auf die Beine. Fort von Pascal.

„Nein“, flüsterte er drohend an ihrem Ohr. „Ich möchte ihn erst noch leiden sehen. Er soll in dem Wissen sterben, dass Isabella zu einer von uns geworden ist.“

„Du willst sie wirklich ...?“ Weiter kam Chantal nicht, denn genau in diesem Augenblick erwachte Isabella.

Unter Stöhnen und Keuchen reckte sie den Oberkörper auf. Sie hustete. Der Geschmack des dreckigen Kerkers musste ihr auf der Zunge liegen, denn sie wollte spucken.

Pierre schickte einen knappen Befehl durch die Dunkelheit. Schon flammten ringsum an den Wänden Kerzenleuchter auf und spendeten Licht. Isabella zuckte zurück. Ihre Augenlider flatterten. Was sie als nächstes erkannte, waren die Umrisse zweier Gestalten.

Geschmeidig trat Pierre an ihre Seite und beugte sich zu ihr hinunter. Er umschloss ihre Hände mit seinen eigenen und hauchte einen Kuss auf ihre Stirn. Ihr Erschaudern ging als angenehmes Kribbeln auf ihn über. Die Situation erregte ihn. Ein Ziehen schlich sich in seine Leistengegend. Gleichzeitig spürte er die Eifersucht Chantals. Ihre Emotionen schäumten beinahe über. Sie wollte die Finger ausstrecken. Ihre Klauen in seinen Rücken schlagen. Doch sie schnaufte nur verhalten und beobachtete das Geschehen weiterhin.

Pierre richtete sich auf. Er streichelte über Isabellas Haar. Kraulte ihren Nacken. Dann presste er seinen Unterleib gegen ihre Stirnseite und ließ sie spüren, wie erregt er war.

Isabella schüttelte sich. Vor Entsetzen erschauderte sie ein ums andere Mal, bis der Vampir endlich von ihr abließ und sie mit dem Rücken gegen die widerwärtig dreckige Wand prallte. Ein ersticktes Wimmern entrang sich ihrer Kehle.

Sie blinzelte. Sie wollte sich endlich ein klares Bild verschaffen – doch das Erste, was sie entdeckte, war eine recht ausgebeulte Stelle in einer Männerhose. Darauf legte sich eine Frauenhand, die energisch zugriff und sich alles andere als zärtlich vortastete. Gebannt verfolgte Isabella, wie die Finger, die mit Krallen versehen waren, den Reißverschluss öffneten. Sie schoben den Stoff hinunter und offenbarten ein erigiertes Glied, das sich ihr entgegenreckte.

Isabella versteifte sich. Sie presste den Rücken gegen die Wand, bis es ihr Schmerzen bereitete, und Tränen in ihre Augen traten. Wie zur Hölle war sie in diese Situation geraten? Und warum war Pascal nicht da, um sie zu beschützen?

Sie vernahm ein Stöhnen. Eindeutig von einer Frau ausgestoßen. Es klang übertrieben und in keiner Weise ehrlich, sondern so, als wollte die Person etwas beweisen. Die Finger vor ihren Augen quetschten den Penis in beinahe brutaler Weise. Fasziniert betrachtete Isabella die pralle, blanke Eichel, die sich unsagbar dicht vor ihren Lippen befand. Nie hatte sie einer vergleichbaren sexuellen Handlung beigewohnt.

Chantal bedeckte Pierres Nacken mit heißen Küssen. Ihr Mund legte sich auf seine Haut, sog an ihr. Immer wieder stieß ihre Zunge fordernd vor. Pierre hingegen tat nichts weiter, als zu genießen. Er stand unbewegt und erfreute sich an Chantals Bemühungen. Sie leckte seine Halsbeuge hinauf bis zu seinem Ohrläppchen. Daran knabberte sie eine kurze Weile, bis sie eine winzige Menge seines Blutes schmeckte. Er knurrte leise.

„Mein wilder Tiger“, flüsterte Chantal, „gefällt dir das?“

Sie wollte ihr Spiel weiter treiben und mit den Lippen über seine Schläfe gleiten, mit den Zähnen dann kleine Wunden zeichnen, die sich jedoch sogleich wieder schlossen. Das setzte sie in Verzückung. Doch Pierre bereitete diesem Spiel ein Ende. Grob packten sie seine Hände im Nacken. Er wirbelte sie so schnell herum, dass sie gar nicht recht wusste, wie ihr geschah. Nun hing sie hilflos in seinen Armen, die Beine eingeknickt, den Oberkörper unbarmherzig weit zurückgebeugt. Sie meinte ein Knacken zu hören und sah sich bereits mit gebrochenem Kreuz am Boden liegen. Seine Hände schoben sich unter ihr knappes Lack-Bustier. Er griff hart zu, knetete ihre Brüste, bis sie schmerzten.

Chantal stöhnte wild auf. Nur schwach konnte sie sich in seiner Umklammerung bewegen. Ihr Versuch, sich ihm zu entwinden, blieb halbherzig. Zu sehr genoss sie die ruppigen Streicheleinheiten. Kraftlos sank sie zusammen, gab sich ihm willenlos hin. Direkt hinter sich spürte sie plötzlich die Beine der Gefangenen – Isabella!

Diese rutschte zurück, versuchte dabei so viel Abstand wie möglich zwischen sich selbst und die Vampire zu bringen. Ein unwillkürliches Zittern ging von ihren Gliedern auf die von Chantal über. Es war erregend. Chantal streckte den Rücken durch.

Pierres Handflächen schoben sich von den Knien der Vampirin hinauf bis zu ihren Hüften. Dort verweilten sie, gaben ihr den Befehl, still zu halten. Dabei waren sie jedoch ganz sanft. Die kreisenden Bewegungen seiner Fingerspitzen streichelzart. Ein wohliger Schauder zog durch Chantals Unterleib.

Pierre war erfüllt von Hunger, Lust und Gier. Viel länger wollte er die ganze Prozedur nicht hinauszögern. Mit kleinen, aber stetigen Stößen rutschte er immer weiter zwischen Chantals Schenkel, bis ihre feuchte Scham sein pralles Glied empfing. Sie hatte ihn ebenso sehnsüchtig erwartet. Wie von Sinnen schrie sie auf, als er in sie eindrang. Ihre Stimme hatte einen kehligen und rauen Klang. Einem heiseren Röcheln gleich.

Chantals Beine schlossen sich hinter seinem Rücken zusammen. Eng klammerte sie sich an ihn, wollte ihn noch tiefer in sich spüren, bis sein harter Rhythmus auch in den letzten Winkel ihres willigen Leibes vordrang. Vor lauter Ungeduld drohte sie bereits zu vergehen.

Freudig empfing sie seine Stöße. Sie reckte sich ihm entgegen, so weit sie in ihrer Position dazu fähig war. Ihre Krallenfinger kratzten Halt suchend über seinen Rücken.

Das Gefühl, Isabella zur hilflosen Voyeurin zu machen, berauschte Pierre. Seine Bewegungen wurden hemmungslos. Er drang immer heftiger in Chantal ein, labte sich an ihrem Orgasmus und den scheinbar nicht enden wollenden Nachwehen. Sie wimmerte bereits, konnte der anhaltenden Ekstase kaum mehr standhalten. Ein letztes Mal drang Pierre vor, dann fand auch er seinen Höhepunkt. Sekundenlang umschlang er Chantal mit beiden Armen. Er presste sich derart eng an sie, dass sie keine Luft mehr bekam. Ihr Bewusstsein schwand. Sie sackte zusammen.

Isabella schwindelte unter dem Gewicht und dem Liebesspiel der beiden Vampire. Es widerte sie an. Zorn keimte in ihr auf. Sie wollte schreien und weinen zugleich. Doch alles, was sie zustande brachte, war ein stummer Blick der Verachtung.

Verführung zur Finsternis

„Hat es dir gefallen?“ Pierre fasste unter Chantals Kinn. Er zwang sie, ihm in die Augen zu sehen.

Hektisch befreite sich die Vampirin sich aus ihrer Lage. Sie schüttelte Pierre ab. Benommen richtete sie sich auf. Sie knurrte. Die Situation gefiel ihr ganz und gar nicht. In gewisser Weise hatte Pierre sie missbraucht. Sie war nur ein Spielzeug für ihn. Nichts weiter. Der Gedanke schmerzte sie. Sie musste sich eingestehen, dass sie sich mehr von ihm erhofft hatte.

„Mach das nie wieder!" Wie eine Schlange giftete sie ihn an. Ihre Augen funkelten gefährlich.

Pierre streckte eine Hand aus und streichelte über ihre Wange. Er berührte Chantal so zärtlich, dass sie automatisch ruhiger wurde. Sie schmiegte ihr Gesicht in seine Handfläche. Doch ihr Blick blieb misstrauisch.

„Du magst dieses Mädchen", stellte sie fest.

Pierre schwieg. Er würde sich nicht auf eine Diskussion dieser Art einlassen.

„Ich weiß, dass es so ist."

Chantal senkte den Blick. Ihre Traurigkeit war unverkennbar. Pierre hob verständnislos eine Augenbraue. Hatte sie sich am Ende in ihn verliebt?

„Woher willst du das wissen?", fragte er. Aus seinen Gedanken hätte sie seine brennende Leidenschaft für Isabella nicht lesen können. Zu gut schirmte er sich vor seiner Umwelt ab.

„Dein Schweigen hat dich längst verraten." Damit ließ sie ihn stehen, ordnete ihre Kleidung, und dabei entfernte sie sich einige Schritte von ihm.

„Das ist schon in Ordnung." Sie blieb stehen. Eingehend betrachtete sie ihre Fingernägel, als hätte sie tatsächlich längst vergessen, wie Pierre mit ihr umgesprungen war. Dann jedoch hob sie abrupt den Kopf, fuhr sich mit der Zunge über die vollen Lippen, berührte sich selbst mit den Händen, knetete ihre Brüste und streichelte über ihre Taille. Der niederträchtige Vampir sollte sehen, was sie ihm zu bieten hatte.

„Wir können trotzdem unseren Spaß haben", lockte sie ihn – und Pierre sprang auf ihr Angebot an. Er kam auf sie zu, bis er so nahe vor ihr stand, dass sie seinen Atem auf ihrer Haut spüren konnte. Obwohl er es gerade erst mit ihr getrieben hatte, war er schon wieder erregt. Sein Glied stand noch immer aus seiner geöffneten Hose heraus. Es richtete sich auf, angelockt von Chantals Versprechen. Aber sie dachte gar nicht daran, es ihm so leicht zu machen. Sie legte die Handflächen auf seine Brust und drückte ihn von sich.

„Ich will ein neues Opfer. Ein anderes Mädchen, mit dem ich mich vergnügen kann." Frech grinsend sah sie zu ihm auf. „Und nur damit du es weißt: Ich steh auf blond."

Pierre starrte sie fassungslos an. Er hatte die durchtriebene Art der Vampirin unterschätzt.

Zwei Vampire betraten auf Pierres Ruf hin die Ritualstätte. Beide waren in lange, dunkle Roben gehüllt. Sie hatten die Kapuzen tief in ihre Gesichter gezogen, um ihre Identität zu verheimlichen. Über ihre Lippen kam nicht ein Ton. Sie verharrten im Eingang des Raumes, erkannten den leblos wirkenden Körper Pascals auf dem Altar und die schwach wimmernde Isabella, angekettet in einer Ecke. Sie ergötzten sich an dem Anblick. Für sie war die neue Herrschaft durch Pierre die Erfüllung ihrer dunkelsten Vampir-Träume.

Im nächsten Moment trat ihr Meister auch schon vor sie. Die Arme verschränkte er vor der Brust. Seine Augen – tiefschwarz – musterten die Untergebenen. Er teilte ihnen seine Befehle lediglich durch Gedanken mit. Sie sollten Pascals Körper von dem Altar entfernen und neben Isabella an die Wand ketten. Er benötigte den Ritualplatz für ein neues Opfer. Eine blonde, wohlgeformte und blutjunge Frau. Die beiden Vampire sollten sie ihm besorgen. Oben im Club-Raum würde sich etwas Geeignetes finden.

Sie nickten und taten, wie ihnen geheißen. Auf der anderen Seite des Raumes hielt sich Chantal auf. Die Vampirin lehnte in einer frivolen Position an der Wand. Aufreizend präsentierte sie sich ihnen, wollte sie ablenken. Doch die Untergebenen taten ihre Arbeit und wollten anschließend einfach wieder gehen.

„Und ich will eine Blonde!“, rief sie ihnen hinterher.

Isabella spürte einen brennenden Schmerz an ihrem linken Handgelenk. Zunächst dachte sie, es läge an den Ketten. Sie zerrte daran, versuchte den eisernen Griff etwas zu lockern. Es bereitete ihr Qualen, die Arme zu verdrehen. Sie verbog sich sogar das Kreuz bei ihren Bemühungen. Aber nichts konnte ihr eine Erleichterung verschaffen. Aus dem Augenwinkel erkannte sie schließlich ein seltsames Glühen. Sie drehte den Kopf ein Stück und sah hinauf. Die grünen Katzenaugen ihres Armbandes leuchteten, als wären sie lebendig geworden.

Halluzinierte sie womöglich?

Sie kniff die Augen zusammen und wartete einen Moment ab. In ihrem Brustkorb verspürte sie ein leichtes Vibrieren. Ihre Schwäche presste ihr den Atem aus den Lungen.

Als sie ein zweites Mal aufsah, schien sich ihre Vermutung einer Halluzination zu bestätigen. Das Armband lag wie ein gewöhnliches Schmuckstück um ihr Handgelenk. Lediglich der Schein einer Kerze spiegelte sich in dem Gold. Es ließ einen winzigen Funken darauf tanzen und erweckte den Eindruck, sie verhöhnen zu wollen.

Im Hintergrund nahm sie ein angriffslustiges Fauchen wahr. Eine Frauenstimme keifte kurz auf, aber Isabella konnte die Worte nicht verstehen.

Sie war nicht einmal in der Verfassung, das volle Ausmaß ihrer Lage einzuschätzen.

Schnaufend lehnte sie den Hinterkopf gegen die Wand. Erschöpft blieb sie in ihren Ketten hängen. Sie musste einen kläglichen Anblick bieten.

Vor sich erkannte sie plötzlich zwei Gestalten in langen, dunklen Roben. Sie standen rechts und links von einem Steingebilde, das allem Anschein nach den Mittelpunkt des Raumes bilden sollte. Die beiden waren groß und breitschultrig. Isabella konnte allerdings nur einen Hauch der tatsächlichen Konturen ihrer Körper erkennen. Sie waren mit etwas beschäftigt.

Spannten sie Seile über das Steingebilde?

Es kümmerte Isabella nicht weiter. Sie fühlte sich viel zu schwach, um genauer hinzusehen. Das Bild verschwamm vor ihren Augen, und sie wollte am liebsten schlafen. Einfach nur schlafen.

Die beiden Vampire lösten Pascals Fesseln eine nach der anderen, was kein leichtes Unterfangen war. Pierre und Chantal hatten ihr Opfer derart festgezurrt, dass die rauen Stricke seine Glieder abschnürten. Nachdem sie von ihm fielen, offenbarten sie blau angelaufene Stellen und blutige Striemen. Das hatten die Vampire bei einem ihrer Art noch nicht gesehen. Pascal musste kurz vor dem Ende seines Daseins stehen.

Sein halbnackter Körper war übel zugerichtet. Die blonden langen Haare hingen klebrig vor Blut über die Kante des Altars hinunter. Und jedes Mal, wenn sich sein Brustkorb hob und wieder senkte, löste dies ein grauenhaft rasselndes Geräusch aus.

Das alles berührte die beiden Vampire jedoch wenig. Sie erfüllten nur die Aufgaben, die Pierre ihnen zugewiesen hatte. Nachdem die Fesseln vollständig gelöst waren, fassten sie Pascal an Hand- und Fußgelenken und hievten ihn von dem Altar hinunter. Grob verbrachten sie ihn in die Ecke des Raumes – dorthin, wo bereits eine Frau in Ketten gefangen lag.

Als die Vampire Pascal neben ihr zu Boden ließen, keuchte die Sterbliche auf. Sie fuhr hoch und wollte auf die Beine. Wie wild zerrte sie an ihren Ketten. Dadurch fügte sie sich jedoch nur selbst Schmerzen zu.

„Pascal“, stammelte sie. Ihre Augen weiteten sich ungläubig.

Die Vampire schlossen seine Ketten. Das Gewicht des Eisens drückte auf ihn. Dann verschwanden die finsteren Gestalten.

Isabella rutschte so weit in Pascals Richtung, wie es ihr möglich war. Ihre Hände reckten sich zu ihm hinüber, als hoffte sie noch immer, aus den Fesseln schlüpfen zu können. Sie wollte ihren Liebsten berühren. Die Arme um seinen geschundenen Leib schließen und ihm zuflüstern, dass alles wieder in Ordnung kommen würde.

Dass Pascal sich in diesem Moment zu regen begann, kam ihr unwirklich vor. Während sie sich fragte, wie dies in seinem Zustand möglich sein konnte, wandte er sich ihr tatsächlich zu.

„Du hättest in deiner Wohnung bleiben sollen. So, wie ich es dir gesagt hatte."

Fassungslos schnappte Isabella nach Luft. Da hing er mehr tot als lebendig an die Wand gekettet und hatte nichts Besseres zu tun, als ihr einen Rüffel zu erteilen.

„Ich kann für mich selbst entscheiden", gab sie barsch zur Antwort. „Sieh dich doch nur an. Du hast meine Unterstützung dringend nötig."

„Deine Unterstützung ..." Er schüttelte nur den Kopf. „Du hättest auf mich hören sollen. Dann säßen wir jetzt nicht beide in der Falle."

Isabella zog eine Schnute. Natürlich hatte er recht. Aber was hätte sie sonst tun sollen? Ihn einfach so gehen lassen? Sie hätte vermutlich tagelang allein zu Hause gesessen und auf seine Rückkehr gewartet. Und wäre er jemals zurückgekehrt?

Hilflos zerrte sie an ihren Fesseln. Allerdings erreichte sie dadurch nur weitere Schmerzen in ihren Handgelenken. Ihre Haut war bereits wund gescheuert. Vermutlich würde die Gefangenschaft sie für den Rest ihrer Tage zeichnen – vorausgesetzt, sie kam jemals wieder frei. Dieser Gedanke ließ sie verzweifelt aufstöhnen.

„Pascal?" Ihre Stimme nahm einen kläglichen Tonfall an.

Er drehte ihr das Gesicht zu. Seine Augen hatten nichts von dem faszinierenden hellen Glanz verloren, und mittlerweile wirkte sein Blick auch viel freundlicher. Geradezu warm. Seine wunderbaren, weichen Lippen formten sich zu einem Lächeln. Sie stellte sich vor, wie sie sich zu ihm hinüberbeugte und seinen Kuss empfing. Wie sie leidenschaftlich mit ihm verschmolz. Aber alles an ihrer Situation hinderte sie daran. Ihr blieb nichts als ein enttäuschtes Aufseufzen und die Hoffnung, sich wenigstens in der ewigen Verdammnis seiner Berührungen gewiss sein zu können.

„Isabella?" Er hauchte ihren Namen, so dass sein Atem ihre Wangen streifte.

Sie erschauderte.

„Es tut mir leid", wisperte sie. „Ich wollte doch nur in deiner Nähe sein."

Dieser Satz traf ihn mehr als jeder Schmerz. Es war ihm nicht klar gewesen, wie sehr er diese Worte ersehnt hatte. Er gestand sich ein, dass auch er in ihrer Nähe sein wollte. Mehr als alles andere. Sie hatte es geschafft, ihn vollkommen für sich zu vereinnahmen.

„Es ist in Ordnung. Wir kommen hier schon irgendwie wieder raus", sagte er. Dabei hatte er keine Ahnung, wie er sein Versprechen in die Tat umsetzen sollte.

Er wollte ihr einfach nur einen Funken Hoffnung schenken.

Mit dieser Hoffnung lehnte sie sich zurück gegen die kalte, dreckige Wand. Sie verdrängte den fauligen Gestank des Kerkers. Einzig Pascals warme, beruhigende Nähe erfüllte sie, auch wenn sie diese im Moment nicht tatsächlich spüren konnte.

Nach der Befreiung durch Pascal hatte Alice den Club Noir nicht verlassen. Vielmehr hatte sie sich weiterhin vergnügt. Friedlich schlummernd ruhte sie in den Armen eines Vampirs, mit dem sie es an diesem Abend zum allerersten Mal getrieben hatte. Behutsam streichelte er über ihr blondes Haar. Sein Einfühlungsvermögen überraschte sie. Nach seinem zuvor eher animalischen Verhalten hatte sie nicht mit dieser ausgleichenden Sanftmut gerechnet.

Ihre Glieder fühlten sich noch immer schlaff an. Der Vampir hatte viel Blut von ihr genommen. Mehr als üblich. Sein Verhalten kam ihr allgemein merkwürdig vor. Er hatte ihr nicht im Anschluss an ihr Liebesspiel die gewöhnliche Bezahlung zugesteckt und sich aus dem Staub gemacht, sondern saß gemütlich mit ihr in den mit Samt bezogenen Kissen der Sitzecke. Auch niemand sonst störte sich daran, forderte ihn auf, von ihr abzulassen oder die Regeln einzuhalten. Etwas im Club war anders.

Eine ganze Weile lag sie regungslos dort. Es kam ihr schon vor, als wäre die Nacht längst vorüber. Ihr Zeitgefühl war vollkommen durcheinander. Die dröhnenden Laute der Musik sagten ihr jedoch, dass sich weiterhin Gäste im Club aufhielten und tanzten und hemmungslos feierten.

Gerade wollte sie sich zurücklehnen und dem angenehmen Schlummer verfallen. Nur für einen kurzen Moment. Da spürte sie allerdings das Nahen der finsteren Gestalten. Die bedrohlichen Schatten schlossen sich über ihrem Kopf zusammen. Dunkelheit hüllte ihren Körper ein. Fremde Hände hoben sie auf und schleiften sie mit sich fort.

Sie hatte keine Ahnung, was um sie herum geschah. Vielleicht schlief sie längst und wurde von einem Alptraum heimgesucht. Sie tat nicht mehr, als sich der Situation zu ergeben.

Man schob sie durch die Menschenmenge. Mehrere Augenpaare richteten sich auf sie. Die meisten zeigten allerdings nur ein schiefes Lächeln oder beachteten sie gar nicht erst. Viel zu sehr waren sie in ihre eigenen lustvollen Aktivitäten versunken.

Allmählich ließ das Dröhnen der eindringlichen Musik nach. Es wurde stiller. Die unbekannten Gestalten führten sie in einen schwach beleuchteten Gang. Niemand hielt sich dort auf. Es herrschte eine gespenstische Atmosphäre. Alice konnte sich nur sehr vage an diesen Teil des Clubs erinnern. Befand sie sich überhaupt noch im Club? Oder hatte ihr Traum sie längst an einen anderen Ort geführt?

Vor einer Wand kamen sie zum Stehen. Sie hörte ein Flüstern, konnte aber nicht ausmachen, aus welcher Richtung. Noch während sie sich nach dem Sprecher umblickte, tat sich vor ihr ein großes, schwarzes Loch auf. Erneut wurde sie von den fremden Händen gegriffen. Dieses Mal packten sie jedoch wesentlich brutaler zu. Sie nahmen sie und schubsten sie vorwärts, direkt in das Nichts hinein.

Alice verlor das Gleichgewicht. Sie stolperte. Ihre Arme wedelten wild in der Luft. Es musste doch etwas geben, an dem sie sich festhalten konnte!

Endlich streiften ihre Fingerspitzen an einer Art Geländer entlang. Sie warf sich auf die Seite und stieß dabei hart gegen eine feuchte, nach Verwesung riechende Wand. Angeekelt erschauderte sie. Ihre Beine knickten ein. Ihre Füße hatten direkt auf einer Kante aufgesetzt. Die Erkenntnis, dass sie sich auf einer Treppe befand, kam zu spät. Schon rutschte sie die ersten Stufen hinab, bis sie nach einem schier endlosen Moment auf ihrem Hinterteil sitzen blieb.

Alles tat weh!

Das Schlimmste war jedoch die Dunkelheit um sie herum und die Ungewissheit, wo sie sich befand. An einen Alptraum glaubte sie nicht länger. Dafür fühlten sich die Schmerzen in ihren Gelenken viel zu real an. Nur den Grund für all das konnte sie nicht nachvollziehen. Ging es lediglich um die Bezahlung, die der Vampir ihr für ihre Dienste vorenthalten wollte? Aber das wäre ihr gleichgültig gewesen. Sie hätte nicht auf ihr Geld bestanden. Schließlich suchte sie den Club nicht nur auf, um ihren Lebensunterhalt zu sichern, sondern auch um ihr eigenes sexuelles Verlangen zu stillen.

Ihre Finger schlossen sich um das Geländer. Daran versuchte sie sich wieder auf die Füße zu ziehen. Denn ohne diese Unterstützung war sie viel zu schwach. Schließlich wurden ihre hartnäckigen Bemühungen von Erfolg gekrönt. Ihre Beine fühlten sich zwar wackelig an, und sie musste sich weiterhin festhalten, aber sie stand. Vorsichtig schob sie einen Fuß vor und versuchte den Verlauf der Treppe zu ertasten.

Wohin waren nur die Fremden verschwunden? Und warum hatten sie Alice an diesem Gott verlassenen Ort alleine zurückgelassen? *Die Vorstufe zur Hölle*, fluchte sie in sich hinein.

Als sie schon beinahe den Punkt erreichte, an dem sie aufgeben wollte, entdeckte sie tatsächlich ein Licht in der Dunkelheit. Sie konnte es kaum glauben. Freudig bemühte sie sich, schneller voranzukommen. Die Treppenstufen fanden ein Ende. Sie hatte nun festen Grund unter den Füßen, ließ jedoch auch weiterhin nicht von der Halt gebenden Wand ab. Der schwache Schein breitete sich aus. Es handelte sich unverkennbar um mehrere Kerzenleuchter, die dort brannten.

War dies ein Teil des Clubs, den sie bisher nicht kennengelernt hatte? Ein geheimer Ort der Vampire?

Sie vergaß all die Schmerzen und ihre Schwäche. Übermütig ließ sie von der Wand ab. Beinahe hüpfte sie vor lauter Aufregung. Erst als sie inmitten eines rund angelegten Raumes ankam, hielt sie inne. Staunend blickte sie zur weit entfernten Decke. Skurril anmutende Malereien zierten den grauen Stein. Die genaue Botschaft der Bilder blieb ihr verborgen.

Dann senkte sie den Blick und wollte die Umgebung auf ihrer Augenhöhe betrachten. Eine Vampirin in Lackkostüm stand nur wenige Schritte von ihr entfernt. Ihr dunkles Haar war zu einem strengen Zopf zurückgebunden. In der einen Hand hielt sie eine Peitsche, deren Riemen sie mehrere Male in die andere Handfläche niedersausen ließ. Sie zeigte Alice die blutigen Striemen, die daraufhin entstanden und sich kurze Zeit später wieder schlossen.

Alice kannte Chantal.

Als sie sich weiter umsah, erschrak sie. Auf der gegenüberliegenden Seite des Raumes bot sich ihr ein Bild des Schreckens. Die Frau, die dort schwach und angekettet in der Ecke lag, kannte sie ebenfalls. Isabella. Ihre Kommilitonin. Neben ihr befand sich der stark geschundene und leblos wirkende Körper eines Mannes.

War das Pascal?

Alice wollte nicht glauben, was sie dort vor sich sah. Vielleicht spielte ihre Fantasie ihr einen Streich. Vielleicht waren die Schmerzen gar nicht so realistisch gewesen. Es musste sich hierbei um einen Alptraum handeln. Das konnte ganz einfach nicht wahr sein!

„Und?“, fragte Pierre. „Bist du zufrieden?“

Alice bemerkte den anderen Vampir erst in dem Moment, in dem er gesprochen hatte. Angesichts seiner diabolischen Ausstrahlung fuhr sie zusammen. Sie wollte zurückweichen, fand jedoch keine Kraft mehr und stolperte. Erneut landete sie auf ihrem Gesäß. Ein brennender Schmerz durchzuckte ihre Glieder. Dennoch warf sie sich herum. Auf dem Bauch wollte sie davonrobben, wurde aber im gleichen Augenblick an den Beinen festgehalten.

„Sie ist blond und jung. Das gefällt mir“, sagte Chantal. „Nur sehr unschuldig ist sie nicht.“

„Nein, fürwahr“, stimmte Pierre ihr zu.

Die beiden Vampire lachten.

Alice wurde über den Boden geschleift. Sie spürte, wie ihre Haut dabei aufschürfte. Die starken Hände Pierres griffen unter ihre Arme. Er richtete sie wieder auf, damit Chantals Zunge sämtliche Blutspuren von ihrem Körper lecken konnte. Als sie ihren Kopf erreichte, biss sie Alice ins Ohrläppchen.

„Du wirst deinen Zweck trotzdem erfüllen.“

Die Hände der Vampirin glitten unter die Träger ihres Minikleides. Mit einem einzigen Ruck waren sie zerfetzt. Zwei Risse zogen sich durch den Stoff, bis das Kleid gänzlich zerstört war und von Alice abfiel. Panik machte sich in ihr breit und ließ sie zittern.

„Was soll das?“, begehrte sie zu wissen. „Was habt ihr mit mir vor?“

„Spielen.“ Chantal verhöhnte sie. Mit einem Wink bedeutete sie Pierre, er solle sie zum Steinaltar hinübertragen. „Und wir werden sofort beginnen.“

Pierre hob Alice auf die Arme. Es war ganz leicht, denn sie wehrte sich nicht. Die Angst lähmte sie. Willenlos ließ sie sich auf dem Altar ablegen. Sie akzeptierte es, dass Chantal ihre Hände und Füße nacheinander nahm und mit Stricken umfesselte. Anschließend griff sie nach der Peitsche und streichelte über den Bauch ihres Opfers. Alice bekam eine Gänsehaut. Zudem schüttelte sie wieder und wieder ein Zittern, so dass selbst ihre Zähne ein Klappern verursachten.

Die Vampire amüsierten sich über diesen Anblick.

Ohne Vorwarnung schlug Chantal mit der Peitsche zu. Die Riemen knallten auf die Haut von Alice. Deren Inneres zog sich zusammen. Sie glaubte, keine anderen Gefühle mehr als Schmerz zu kennen.

„Hm, sie ist wirklich perfekt für unsere Spiele.“ Die Vampirin zeichnete mit einem Finger die roten Streifen auf der Haut ihres Opfers nach. Sie genoss jede winzige Zuckung, die ihre Berührung verursachte. Lachend suhlte sie sich in dem Leid der Sterblichen. Pierre trat hinter sie, umfasste ihre Taille und animierte sie, weiterzumachen.

„Willst du ihr Blut nicht sehen? Es riechen und davon trinken?“, fragte er, da Chantal sich Zeit ließ.

Die Vampirin drehte die Peitsche in ihren Händen. Eingehend betrachtete sie das glatte, schwarze Leder, mit dem der Stiel umspannt wurde. Sie streckte die Peitsche vor und kitzelte ihr Opfer lediglich mit dem Ende des Knaufes. Dann stellte sie sich auf die Zehenspitzen und beugte den Kopf hinunter, so dass sie Alice ins Gesicht sehen konnte.

Die Augen der Blonden weiteten sich. Angstvoll wartete sie auf das, was als nächstes geschehen würde. Chantals Mund näherte sich dem ihren. Alice wollte die Lippen aufeinanderpressen, so dass eine schmale, undurchdringbare Linie entstand. Aber die Vampirin war eine geschickte Spielerin. Mit der Zunge neckte sie ihr Opfer so lange, bis diese sich seufzend ergab und die Liebkosungen ihrer Peinigerin empfing. Alice spürte, wie sich Chantal immer weiter vortastete. Ihren Mundraum erkundete.

Als die Vampirin sich wieder aufrichtete, drehte sie sich zu Pierre herum, der ihre Spielchen stumm beobachtete.

„Ein wenig fad“, war ihr Urteil. „Aber es wird gehen.“

Pierre fühlte sich dazu aufgefordert, in seinen Hosenbund zu greifen und den goldenen Ritual-Dolch hervorzuholen. Er liebte den Glanz dieser wunderschönen Waffe. Einen flüchtigen Kuss hauchte er auf die Klinge, ehe er die Spitze auf die Kehle des Mädchens richtete. Chantal hielt ihn jedoch zurück.

„Ich habe noch eine viel bessere Idee.“ Sie wartete, bis Pierre sie ansah, um ihren Blick auf Isabella hinübergleiten zu lassen.

„Mach sie los!“, forderte Chantal ihn auf. „Sie soll mit uns spielen.“

Zum wiederholten Male legte sich ein Schatten über Isabella. Nur ein kleines Stück drehte sie den Kopf in die entsprechende Richtung. Viel mehr konnte sie ohnehin nicht ausrichten. Sie war dazu verdammt, wehrlos in ihren Ketten zu hängen. Zu ihrer Überraschung lösten sich die Fesseln um ihre Handgelenke.

Ihre Arme fielen ihr in den Schoß. Sie fühlten sich taub an – als wären sie vollkommen blutleer. Vorsichtig rührte sie die Finger und verursachte damit ein Kribbeln, das sich von den Handflächen die Arme hinaufzog, bis hin zu ihren Schultern. Ein heftiger Schauder ließ sie zusammenfahren.

Pierre kniete sich zu ihr nieder. Sie konnte seine markanten Gesichtszüge und die schwarzen Augen im Schein des Kerzenlichtes erkennen. Er bereitete ihr jedoch keine Furcht. Auch nicht, als er sie unter den Achseln fasste und mit einem einzigen fließenden Ruck auf die Füße verbrachte.

Isabella schwankte kurz. Sie tastete nach dem sicheren Halt der Wand. Aber schon wurde sie fortgerissen. Durch eine dunkle Wolke wurde sie geschoben. Erst, als sie im Mittelpunkt des Raumes – vor dem Altar – ankam, durfte sie stehen bleiben. Blindlings griffen ihre gefühlskalten Finger nach der steinernen Kante. Ihr Oberkörper kippte bedrohlich weit vor. Aus ihrer Kehle kämpfte sich ein röchelndes Geräusch frei. Sie musste würgen, als sie sah, was sich direkt vor ihr befand.

Eine Frau lag auf dem Altar. Ihr bleicher Körper steckte lediglich in roter Lackunterwäsche. Stricke banden ihre Hände und Füße an dem Stein fest. Sie zitterte ununterbrochen und musste halb wahnsinnig vor Angst sein.

Isabella wusste ganz genau, um wen es sich bei dieser Frau handelte.

Diese naive Blondine, mit deren alkoholgeschwängerten Erzählungen alles erst angefangen hatte – Alice.

In ihr kämpften Wut und Traurigkeit über ihre ohnmächtige Hilflosigkeit. Ihr Magen krampfte sich zusammen, und sie meinte, sich tatsächlich übergeben zu müssen. Da wurde sie von hinten gepackt. Pierre griff in ihr Haar und zog ihren Kopf brutal zurück in den Nacken. Isabella verdrehte die Augen.

„Bella, meine Hübsche“, sagte er, „wir wollen ein wenig Spaß haben. Du hast doch nichts gegen Spaß?“

Sie schüttelte den Kopf, so weit es ihr in dieser Lage möglich war.

„Wie schön.“

Seine andere Hand streichelte ihren Bauch, fuhr hinauf und massierte die vollen Brüste. Isabella unterdrückte ein erschrockenes Keuchen. Zwar pressten sich ihre Zähne aufeinander, so dass ihr Kiefer vor Anspannung schmerzte, doch sie hielt still.

„Dann kann ich ja gleich zur Sache kommen.“

Etwas Kühles umschmeichelte plötzlich ihre Kehle. Beinahe gleichzeitig setzte der brennende Schmerz an ihrem linken Handgelenk wieder ein. Ihr goldenes Armband schien lichterloh in Flammen zu stehen. Das bemerkte Pierre allerdings nicht. Er spielte mit ihr und ritzte mit dem kühlen Gegenstand ihre Haut an.

Pierre brachte seinen Mund über Isabellas Schulter hin zu dem Ansatz ihres Dekolletés. Mit seinen Küssen verbrannte er sie. Tränen benetzten ihre Lider. Er leckte die Blutspur hinfort, die er ihr zuvor beigebracht hatte. Seine Lippen hinterließen ein dunkles Mal auf ihrer Haut.

Dann schubste er sie weiter gegen die Kante des Altars, so dass ihre Hände die Glieder von Alice zu fassen bekamen. Die fühlte sich so unsagbar kühl an. Das stetige Zittern verriet jedoch, dass sie noch am Leben war.

„Ach, wie süß", höhnte Chantal. „Die Kleine sorgt sich um unsere dreckige Hure hier." Sie ließ ihre Peitsche auf Alice niedersausen, so dass diese sich wimmernd aufbäumte. Doch die Vampirin dachte gar nicht daran, von ihr abzulassen. Ihre langen scharfen Fingernägel kratzten über die nackten Arme der Sterblichen.

Alice weinte nun hemmungslos.

Isabella wollte der Vampirin entgegenspringen und ihr für ihre Gemeinheiten ins Gesicht schlagen. Pierre hielt sie jedoch zurück. Seine Kräfte waren überwältigend. Er drückte sie auf den Altar, bis sich ihre Arme schlaff zur Seite wegschoben und ihr Oberkörper auf dem von Alice lag.

Pierre nahm den Kopf zurück und betrachtete Isabella mit einem unverschämten Gewinnerlächeln. Die versteifte sich jedoch nur.

„So macht das keinen Spaß." Chantal zeigte einen Schmollmund.

„Da stimme ich dir zu." Auch Pierre richtete sich auf und gewährte seinem Opfer wieder etwas Bewegungsfreiheit. Isabella war allerdings längst starr vor Entsetzen und rührte sich keinen Millimeter von der Stelle.

„Vielleicht bist du morgen Nacht kooperativer, meine Hübsche." Er küsste Isabella auf die Stirn. Dann drehte er ihren Leib, so dass sie mit dem Kopf auf dem Busen von Alice lag.

Welch skurrile Situation, sagte sie sich selbst.

Die Vampire schnürten sie an die Fesseln von Alice. So ruhten die beiden Frauen wie ein erschöpftes Liebespaar auf dem Steinaltar. Pierre versetzte sie in einen tiefen Schlaf. Er sandte ihnen Bilder der Fantasien, die er mit ihnen gemeinsam ausleben wollte. Die Träume waren so intensiv und heftig, dass sowohl Alice als auch Isabella immer wieder vor qualvoller Lust aufstöhnen mussten.

Der Düstere

Jesse lag nackt auf dem Bauch. Die Seidenbettwäsche schmiegte sich kühl an ihren Körper. Sie genoss die sanfte nächtliche Brise, die durch die offene Balkontür zu ihr hinüberwehte. Andrews Hände taten das Übrige, um sie in vollkommenes Wohlbefinden zu versetzen. Er massierte sie vom Nacken, den

Rücken hinunter bis zu ihrem Po. Die feinen Härchen ihrer Arme stellten sich auf. Seine Finger glitten zwischen ihre Beine, schoben ihre Schenkel auseinander.

„Gefällt dir das?“ Andrew neckte sie, indem er sich jedes Mal kurz nach dem Vordringen zu ihrer empfindsamsten Stelle wieder zurückzog.

Jesse antwortete mit einem leisen Stöhnen. Sie wollte sich ihm zudrehen. Doch er presste sie mit sanfter Gewalt zurück in die Kissen. Sein Zeigefinger fuhr über ihre Schamlippen und tauchte kurz in sie hinein, nur um sich gleich wieder von ihr zu trennen. Er hinterließ eine Spur auf ihrem Po, mithilfe ihrer eigenen Feuchte.

„Quäl mich nicht“, wimmerte Jesse.

„Warum nicht?“ Andrew ritzte ganz leicht die Haut ihrer Schulter an. Ihr Blut schimmerte ihm verlockend entgegen. Er leckte über die Wunden, schloss sie wieder, um sie erneut zu öffnen.

„Du willst es doch so sehr – stimmt es, mein Engel? Du liebst es, wenn ich dich auf diese Weise quäle. Es macht dich wahnsinnig.“

„Nein“, protestierte sie schwach.

Doch Andrew lachte wissend auf. „Ich kann deine Gedanken lesen.“

„Du Schuft!“ Am liebsten hätte sie ihm in die Rippen geboxt. Doch mehr als ein schwaches Aufbegehren brachte sie unter seinem Gewicht nicht zustande. Er beruhigte sie mit einer Vielzahl an heißen Küssen, von ihrer Schulter, an der Wirbelsäule hinunter bis zu ihrem Poansatz.

„Kannst du auch das lesen?“, fragte sie und schickte ihm ein Bild davon, auf welche Weise sie am liebsten von ihm verwöhnt werden wollte.

Andrew versäumte keine Sekunde. Er spreizte ihre Beine auseinander und hob ihren Unterleib ein Stück an, um sie besser erreichen zu können. Dann senkte sich sein Mund auf ihre feuchten Lippen. Seine Zunge umkreiste behutsam ihren Kitzler. Gelegentlich wagte er einen intensiveren Vorstoß, doch er zögerte ihren Höhepunkt so weit wie möglich hinaus.

Jesses Hände verkrallten sich vor Lust in den Kissen. Zaghaft begann sie sich zu bewegen. Sie wollte mehr. Unverblümt zeigte sie Andrew den Gedanken, wie er in sie eindrang und einem hemmungslosen Rhythmus verfiel.

Schmunzelnd richtete er sich auf, erfüllte ihren sehnsüchtigen Wunsch jedoch nicht sogleich. Er zwickte sie mit den Zähnen in den Po und rieb sich eine Weile an ihrem festen Fleisch. Schließlich tat er ihr aber den Gefallen. Er rutschte höher. Seine Hände streichelten über ihre Arme. Es erregte Jesse ungemein, seinen muskulösen Oberkörper an ihren Rücken gepresst zu spüren. Dann endlich war da auch sein harter Penis zwischen ihren Schenkeln. Ihn in sich aufzunehmen, setzte ein beinahe erlösendes Gefühl in ihr frei. Wollüstig empfing sie seine heftigen Stöße. Andrews langes Vorspiel hatte sie bereits so erregt, dass sie nur kurz brauchte, um ihren Höhepunkt zu erreichen. Er gönnte ihr allerdings nur eine winzige Pause. Schon bewegte er sich erneut in ihr. Jesses

Körper zuckte vor Ekstase. Sie wollte in das weiche Kissen, auf dem sie lag, beißen, um nicht zu laut zu stöhnen.

Als Andrew sich endlich in ihr verströmte, bäumte sie sich noch einmal auf. Dann entspannte sie sich vollkommen. Glücklich und befriedigt lag sie da.

Andrew verharrte noch eine Weile in seiner Position. Er massierte Jesses Rücken. Als er sich schließlich sicher sein konnte, dass sie eingeschlafen war, entfernte er sich vorsichtig von ihr. Er musste hinaus, denn er spürte das Nahen einer finsteren Gestalt.

Andrew verharrte am Rande der Balkonbrüstung. Er schloss kurz die Augen, um dem Anflug der kühlen Nachtluft auf seiner Haut nachzuspüren. Drinnen, in den Kissen des großzügigen Bettes, lag Jesse noch immer und schlief. Es wunderte ihn nicht, dass sie so tief in ihren Träumen versunken war. Sie hatte sich noch längst nicht daran gewöhnt, bis kurz vor dem Morgengrauen munter zu bleiben. Das verschaffte Andrew jedoch die Möglichkeit, vollkommen ungestört dort draußen zu sein.

Eine Gestalt löste sich aus den Schatten. Sie hockte angriffslustig auf dem Dach über dem Balkon und starrte auf Andrew hinab.

„Endlich“, zischte das Wesen und sprang. Katzengleich landete es auf den Füßen und richtete sich zu seiner vollen, beeindruckenden Größe auf. Obwohl Andrew nicht gerade von kleinem Wuchs war, überragte das Wesen ihn beinahe um Kopfeslänge. Ein düsterer Mann, dessen grüne Augen gefährlich aufblitzten. Sein hartes, kantiges Gesicht zeigte eine respektsgewohnte Miene. Allein dieser Ausdruck wirkte einschüchternd. Andrew kannte diesen Mann allerdings schon eine halbe Ewigkeit und konnte sich sicher sein, dass er von ihm nichts zu befürchten hatte.

Der Düstere sah an ihm vorbei. Er betrachtete die schlafende Jesse. Ihre helle Haut schien beinahe zu glänzen. Das blonde, volle Haar schmeichelte ihren weichen Zügen. Sie war schön – und so jung.

Plötzlich wurde ihre Atmung unruhig, als spürte sie einen Anflug von Gefahr. In der Tat war er ein gefährliches Wesen der Dunkelheit. Er wollte ihr einen Traum assoziieren. Etwas, das ihre oberflächliche Wachsamkeit gänzlich zunichte machte. Überraschenderweise stieß er auf eine Barriere.

Er legte den Kopf schief, als er Andrew nun ansah.

„Sie gehört dir?“

„Ja.“ Andrew wollte grinsen. Aber er besaß noch immer zu viel Respekt vor dem Düsteren. Er konnte sich selbst nicht erlauben, seine Haltung zu lockern. Es herrschte diese verfluchte Spannung zwischen ihnen. Andrew hatte sich in den letzten Jahren verändert. Die alleinige Kontrolle über den Club, die Verantwortung, nicht zuletzt die damit verbundene Macht, aber vor allem seine bezaubernde Geliebte. Er ging seinen eigenen Weg – ohne den Düsteren, der ihn zuvor durch die Jahrhunderte geleitet hatte.

„Das habe ich nicht erwartet“, gab dieser zu.

„Du bist zu lange fort gewesen, Cedric.“

Seine Gesichtszüge blieben hart. „Es waren nur ein paar Jahre. Nichts im Vergleich zu der Ewigkeit.“

Plötzlich fühlte er sich schwach. Eisige Stiche zerfetzten seinen Verstand. Seine Hände fassten nach der Balkonbrüstung. Er musste sich abstützen. Aus eigener Kraft konnte er sich nicht länger aufrecht halten.

Andrew machte einen Schritt vor. Die offensichtliche Schwäche des Düsteren schockierte ihn. Er fasste Cedric bei der Schulter, doch dieser wehrte ihn ab.

„Du bist verwundet!“

„Ein Kratzer.“ Der Düstere lachte bitter auf. „Nach über einem Jahrtausend – glaubst du wirklich, dass mich da eine Kleinigkeit wie diese umbringt? Und selbst wenn ... Glaub mir, mein Freund, es ist mir egal.“

„Warum bist du dann hier, wenn es dir so egal ist?“

„Es sind die alten Kräfte.“ Cedric unterdrückte ein Keuchen. „Jemand hat das Grab geöffnet.“

Um Andrew herum schien es totenstill zu werden. Er wusste, was dies zu bedeuten hatte. Stumm ging er einige Schritte auf und ab. Der Düstere beobachtete ihn dabei. Er grinste so gefährlich, wie es seinem Ruf gerecht wurde. Seine Augen funkelten hell. Beinahe schien er sich über seinen ehemaligen Schüler lustig zu machen.

„Hast du etwa Angst, dich ihnen zu stellen?“

„Nein“, gab Andrew schlicht zur Antwort. Allerdings warf er einen eindeutigen Blick in Jesses Richtung und verlieh seinen Befürchtungen somit eine Gestalt. Wie sollte er seiner Gefährtin erklären, was ihn erwartete? Ein Kampf gegen die finsteren Höllenmächte. Das würde es ohne Frage werden. Doch ehe Cedric darauf eingehen konnte, nahm Andrew das Gespräch wieder auf.

„Wer ist es?“

„Der, den du einst aus Brüssels Untergrund in unser Heim geholt hast.“ Eine deutliche Rüge schwang in dieser Aussage mit. Cedric hatte sich in all den Zeiten nie mit Pierre anfreunden können. Lediglich um der Sympathie Andrews willen hatte er das neue Familienmitglied aufgenommen.

„Es tut mir leid, dass ich im Unrecht war.“

Doch Cedric wischte diese Entschuldigung mit einer Handbewegung fort. Mit beiden Händen hielt er sich nun an der Balkonbrüstung fest. Seine Atmung ging schwer. Die Erschöpfung zeichnete ihn.

„Es ist unwichtig, wer von uns im Recht gewesen ist.“ Cedric rang mit sich selbst. „Es geht um mehr als das.“

In diesem Moment wurde Andrew klar, dass sie mit ihrem Gespräch bereits zu viel Zeit vergeudet hatten. Der Morgen kündigte sich an. Er zwang sie zum Warten.

Isabella hatte lange und intensiv geträumt. So intensiv, dass sie sich bei ihrem Erwachen nicht im Mindesten ausgeruht fühlte.

Sie hatte vergessen, in welcher Lage sie den Schlaf gefunden hatte. Der weiche Körper unter ihr irritierte sie für einen Moment. Alice döste noch. Ihr Busen hob und senkte sich in einem gleichmäßigen Rhythmus.

Isabella hörte den Herzschlag von Alice. Sie lag mit der rechten Gesichtshälfte auf nackter Haut – zwischen den Brüsten ihrer Kommilitonin. Als sie den Kopf nun ein Stück anheben wollte, wurde sie sich der Stricke gewahr, die sie viel zu fest an den Altar und die Frau unter ihr banden. Zudem setzten ihre Körperfunktionen allmählich wieder ein. Sie verspürte Hunger und Durst – und nebenbei noch ganz andere Bedürfnisse. Wie lange würde sie noch ausharren können, ehe ihr ein Missgeschick passierte?

Verflucht!

Sie biss sich auf die Unterlippe.

Ein Geräusch auf der anderen Seite des Raumes lenkte sie ab. Es klang, als würde jemand über Stein kratzen.

„Bella“, vernahm sie die schwache Stimme Pascals.

Ihr Herz machte einen Satz. Er war noch immer bei ihr, wenn auch ebenfalls in Ketten. Wie gerne hätte sie sich ihm zugedreht und ihm ein liebevolles Lächeln geschenkt. Aber sie konnte sich einfach nicht bewegen.

„Bella“, wiederholte er, und dieses Mal lag ein drohender Unterton in seiner Stimme.

Isabella wurde im Nacken gepackt. Blitzschnell lösten sich ihre Fesseln, und ihr Oberkörper bog sich mithilfe fremder Kräfte zurück. Alice unter ihr erwachte erschreckt, die Augen weit aufgerissen. Nackte Angst spiegelte sich darin wider. Das unkontrollierte Zittern ihrer Glieder setzte erneut ein.

Als Isabella an sich hinabsah, waren da keine Hände, die sie hielten. Sie hing in der Luft, die Arme zu den Seiten ausgestreckt, als würde man mit aller Gewalt an ihr zerren. Eine einzelne Träne rollte über ihre Wange hinab und fand ihr Ende auf Isabellas Lippen, die sich zuckend einen Spalt öffneten.

Schritte durchbrachen die Dunkelheit des Kerkers. Sie näherten sich dem Steinaltar, und als sie bereits laut in Isabellas Kopf wiederhallten, entzündeten sich auch die Kerzenleuchter an den Wänden. Das Licht kreiste die Körper der beiden Frauen ein. Sie waren der Mittelpunkt einer grotesken Szenerie.

Pierre baute sich vor ihr auf. Er hatte eine beeindruckende, respektsgebietende und unheimlich finstere Ausstrahlung. Alles, was Isabella ihm hätte entgegensetzen wollen, verblasste sogleich. Sie konnte nicht einmal seinem düsteren Blick standhalten. Nur ein klägliches Wimmern kam über ihre Lippen.

Rechts und links von ihm standen weitere Gestalten. Ruhig und in dunkle Roben gehüllt. Die Tatsache, dass sie ihm dienten, war offensichtlich.

„Ihr seid wirklich köstlich!“, säuselte Chantal, die plötzlich direkt hinter Isabella auftauchte. Die Vampirin hockte auf dem Altar und presste den Oberkörper an ihren Rücken. Sie streichelte über Isabellas ausgestreckte Arme. Dann biss sie in den Hals ihres Opfers und trank einen winzigen Schluck.

„Das meine ich wörtlich.“

Lachend sprang sie von dem Stein. In diesem Moment löste sich der unsichtbare Griff um Isabella. Ihre Arme erschlafften. Sie fiel nach vorn, konnte sich nicht mehr rechtzeitig abfangen. Alice keuchte, als Isabellas Kopf erneut auf ihrem Busen landete.

„Genug davon!“

Pierre fasste Chantal an beiden Armen und verkeilte sie hinter ihrem Rücken. Schmollend stampfte sie mit einem Fuß auf. Dieser Spielverderber gewährte ihr viel zu wenige Freiheiten.

„Lass mich sie quälen“, forderte sie.

Der Kreis der anwesenden Vampire zog sich enger um den Steinaltar zusammen. Wie dunkle Wolken, die sich aneinanderdrückten und ein Unwetter ankündigten. Die Einheit der Gestalten strahlte eine Kälte aus, die unzählbare Schauder durch Isabellas Körper schickten. Sie wartete darauf, dass etwas geschah. Irgendetwas.

Würde Chantal sie nun erneut packen und quälen?

„Du bist zu ungeduldig“, rügte Pierre seine Gespielin. Endlich ließ er wieder von ihr ab. Dieses Mal trat er selbst näher an den Altar, dicht an Isabellas Seite. Ohne sie zu berühren löste er auch ihre restlichen Fesseln und gab ihr dadurch ihre volle Bewegungsfreiheit zurück. Er befreite sie. Aber so leicht konnte es nicht sein – und diese Ahnung bestätigte sich im selben Augenblick. Die unsichtbaren Kräfte griffen erneut nach ihrem Leib. Sie trugen sie von dem Stein hinab, stellten sie auf die Füße und schoben sie mit dem Rücken an die nächste Wand.

Auch ohne Ketten war Isabella gefangen. Sie stand still und sah geradeaus, der Vampirin ins Gesicht. Die bleckte die Zähne. Mit wiegenden Hüften schritt sie auf ihr Opfer zu. Sie packte Isabella am Kinn, ließ ihre krallengleichen Fingernägel an deren Wangen hinaufgleiten und drückte schließlich bestialisch zu.

In Isabellas Augen glitzerten Tränen. Sie verkniff sich jedoch ein Wimmern. Stumm und stolz reagierte sie auf den Angriff ihrer Peinigerin. Die amüsierte sich köstlich. Ihre scharfen Fingernägel ritzten Isabellas Haut an, bis das Blut hervortrat. Gerade genug, um einen schwachen roten Schimmer zu erkennen. Chantal lehnte sich vor und leckte über Isabellas Wangen. Seufzend nahm sie den Geschmack des Blutes auf.

„Wie ich schon sagte: Köstlich!“

Pascal hing noch immer in Ketten – verdammt zum machtlosen Zuschauer. Den Tag über hatte auch er ruhen und sich von den Schindereien erholen können. Nach wie vor fühlte er sich schwach. Er brauchte dringend Blut, auch wenn seine Wunden allmählich zu heilen begannen. Seine spärlichen Kraftreserven würden nicht lange reichen. Und als er nun beobachten musste, wie seine liebste Isabella in die Spiele von Pierre und Chantal verwickelt wurde, fühlte er sich hilfloser denn je.

Pascal zerrte an seinen Fesseln. Er wollte sich losreißen und dieser verdammten Chantal den Hals umdrehen. Aber er war wie gelähmt. Wie sehr er sich auch bemühte, er konnte seine Glieder nicht unter Kontrolle bringen.

Pierre hatte der Szenerie bislang eher unbeteiligt beigewohnt. Lässig stand er inmitten des Raumes. Nun fiel sein Blick auf Pascal mit seinen Bemühungen.

„Warum so angespannt?", fragte er amüsiert. „Hast du etwa Mitleid mit der Kleinen?" Auf seinem Gesicht zeichnete sich ein gehässiger Ausdruck ab. Ihm war es eine Wohltat, den verhassten Pascal leiden zu sehen.

„Am Ende empfindest du noch etwas für sie! Aber das tust du nicht, oder? Sie ist doch sicherlich nur eine von diesen dreckigen kleinen Schlampen, die jede Nacht in dein Bett springen?"

Pascal gab keine Antwort. Er begegnete Pierres Blicken lediglich mit derselben sturen Arroganz.

Pierres Worte trafen Isabella genau so, wie er es beabsichtigt hatte. Sie spürte ein Stechen im Brustkorb und die aufkommende Wut über ihre eigene vermaledeite Lage. Als Chantals Finger nun an ihrem Körper hinabglitten, erschauderte sie. Die Vampirin schmatzte auf grässliche Weise. Ihre Zunge fuhr über ihre Lippen und nahm somit die letzten Blutstropfen auf. Es ekelte Isabella an.

Chantal fühlte den heftigen Pulsschlag ihres Opfers. Sie ergötzte sich kurz daran, ehe sie sich erneut vorbeugte und ihre spitzen Zähne genussvoll in Isabellas Fleisch schob. Dabei ließ sie derart widerwärtige Geräusche verlauten, dass es Isabella den Magen umdrehte.

Pierre ermunterte Chantal weiterzumachen. Er ignorierte Pascal, der sich mit aller Macht zu befreien versuchte. In seine Augen trat ein irres Funkeln. Doch ehe seine Bemühungen erfolgreich sein konnten, versiegten sie schon wieder. Pierre behielt ihn fest ihm Griff. Pascal würde nicht aus seinen Klauen entfliehen können. Zu sehr war die Macht des Vampirs angewachsen. Zu gering der Widerstand eines einfachen Gegners.

Im nächsten Moment hing Pascal besinnungslos in den Fesseln. Auch Isabellas Bewusstsein schwand auf merkwürdige Weise, als würde ihr Geist im nächsten Augenblick in eine Parallelwelt übertreten. Sie wandte ihrem Geliebten das Gesicht zu. Doch ihre Augenlieder flimmerten, und sie erkannte seine Gestalt nur mehr schemenhaft. Die eigenartigen Gefühle in ihrer Brust verstärkten sich. Würde sie jetzt in eine andere Welt übertreten? War das vielleicht sogar der Tod?

Aber da gab es kein Licht, wie so oft behauptet wurde. Keinen Tunnel, den sie zuvor durchqueren musste. Nur Dunkelheit. Es durchströmte sie. Zunächst glaubte sie, es würde sie schwächen. Doch tatsächlich bestärkte es sie sogar. Sie kam sich nicht länger wie ein klägliches Opfer vor.

„Komm zu mir."

Das raue Flüstern durchdrang die Dunkelheit. Isabella sandte ihre Instinkte aus, um den Ursprung zu finden. Sie reckte das Gesicht in die entsprechende Richtung. Ein warmer Luftzug fuhr über ihre Wangen. Er zeichnete die Kratzspuren nach, die Chantal ihr beigebracht hatte. Der warme Hauch verwandelte sich in ein entsetzliches Brennen.

Isabella erschauderte.

Sie öffnete die Augen und stellte fest, dass sich nichts an ihrer Situation geändert hatte. Unsichtbare Hände hielten sie. Von ihnen wurde sie aufrecht an die Wand gedrückt. Ihre Füße schienen ein Stück weit über dem Boden zu schweben. Das war allerdings nur ihr eigenes Empfinden. Ob es den Tatsachen entsprach, konnte sie nicht mit Sicherheit sagen. Ihr Kopf wollte sich nicht senken lassen, um die Füße und den Boden zu erkennen. Etwas zwang sie, geradeaus zu blicken.

Dort, direkt vor sich stehend, sah sie Chantal, die ein blutverschmiertes Grinsen zeigte, einer tollwütigen Katze gleich. Aus den Schatten hinter ihr tauchte Pierre auf. Er schob eine Hand über die Schulter der Vampirin, fasste sie an der Kehle und zog sie zurück. Mit der anderen Hand brachte er einen goldglänzenden Gegenstand zum Vorschein. Die Klinge blitzte gefährlich auf. Sie schmiegte sich gegen die straffe, aschfahle Haut Chantals. Stöhnend öffnete die Vampirin den Mund. Ihre Zunge stieß hervor, verlangte nach dem Geschmack von Fleisch und Blut.

Isabellas Blick blieb auf dem Dolch hängen. Ein Leuchten trat in den Rubinschaft. Im gleichen Augenblick flammte ihr linkes Handgelenk heiß auf. Das Armband verbrannte ihre Haut.

In Pierres Züge schlich sich ein verwunderter Ausdruck. Er hob seine goldene Waffe an und drehte sie in der Hand. Zum ersten Mal, seit er sie aus der Gruft der Alten gestohlen hatte, entwickelte sie ein Eigenleben. Ihr Innerstes pulsierte, als besäße es ein Herz. Dies musste der Augenblick sein, den er herbeigesehnt hatte. Der Dolch würde ihm nun bei einem Ritual die Kräfte der Alten übertragen.

Wenn der Dolch zum Leben erwacht und sein Herz nach Blut verlangt, so stand es in den Schriften.

„Es ist an der Zeit", sagte er.

Chantal ahnte nicht im Geringsten, was er damit meinte. Er hatte ihr nichts von diesen Geheimnissen verraten. Sie wollte einfach nur mit ihren Opfern spielen. Mit ihren scharfen Fingernägeln kratzte sie erneut über Isabellas Haut, hinterließ blutige Striemen und amüsierte sich über das jämmerliche Wimmern der Sterblichen. Pierre hätte seinen Griff nicht lockern sollen, um dem goldenen Dolch seine ganze Aufmerksamkeit zu schenken. Chantal nutzte die Gelegenheit sogleich aus. Sie entwischte ihm und grub die Zähne erneut in Isabellas Fleisch, um von ihrem Blut zu kosten.

Pierre knurrte wütend auf. Er streckte eine Hand vor, berührte Chantal jedoch nicht tatsächlich, sondern nur mithilfe seiner Gedanken.

Die Vampirin zuckte zurück, als hätte ihr jemand mit voller Wucht ins Gesicht geschlagen. Mit beiden Händen hielt sie sich den Hals. Sie begann zu würgen. Ihr Körper drohte sich zu verkrampfen. Stolpernd machte sie ein paar Schritte rückwärts, an Pierre vorbei, bis sie von dem steinernen Altar inmitten des Raumes gestoppt wurde. Mit dem Rücken stieß sie hart dagegen. Sie rieb sich an dem Stein wie ein Tier, das sich vor Schmerzen wand. Hässliche Male gruben sich in ihre Haut, die nicht sogleich heilten, obwohl eine Vampirin wie Chantal über diese Fähigkeit verfügte. Geschwächt sank sie auf die Knie. Sie keuchte, als würde sie tatsächlich keine Luft mehr bekommen.

Pierre beachtete sie gar nicht weiter. Er streckte Isabella eine Hand entgegen. Seine Augen waren tiefschwarz, und in seinem Blick lag eine stumme Aufforderung. Alles an ihm strahlte Gefahr aus. Er wirkte Angst einflößend, gleichzeitig aber auch unheimlich anziehend. Isabella schüttelte sich unter dem Wechselbad der Gefühle. Sie wollte sich seinem düsteren Einfluss nicht ergeben. Mit aller Macht wehrte sie sich gegen ihn.

Sie drückte sich gegen die Wand, als könnte sie sich in einem der Schatten des Kerkers verstecken. Ihre Handflächen fuhren über den kalten, dreckigen Stein. Eine glitschige Stelle ließ sie erschaudernd in die Knie sinken. Dort blieb sie hocken, die Arme über das Gesicht verschränkt, bis Pierre sie packte und zurück in eine aufrechte Position zwang. Nun presste sich ihr Oberkörper direkt an den seinen. Mit jedem Atemzug spürte sie, wie sich ihre Brüste an ihm rieben. Wie sie von alledem erregt wurde, und ihre Knospen sich verhärteten. Sie hasste sich selbst dafür! Doch entfliehen konnte sie ihm nicht.

Langsam vollführte Pierre eine halbe Drehung, so dass Isabella wieder dem Altar gegenüberstand. Instinktiv wandte sie das Gesicht ab. Die Hand des Vampirs schob sich zwischen ihre Schulterblätter. Seine Fingerspitzen drückten mit enormer Kraft durch den Stoff in ihre Haut. Der Schmerz erreichte ihren Brustkorb. Sie stolperte voran – auf Chantal zu – die sich noch immer keuchend am Altar festzuhalten versuchte. Isabella kam so nahe vor ihr zum Stehen, dass ihr Mund den Oberkopf der Vampirin streifte. Verschämt biss sie sich auf die Unterlippe.

„Hab keine Angst, sie zu berühren", flüsterte Pierre ihr von hinten ins Ohr.

Mit dem Schaft des Dolches fuhr er an ihrem Po hinab zwischen ihre Beine. Er rieb sie kurz, dann forderte er sie erneut auf, aktiv zu werden.

Isabella sah vor ihrem inneren Auge, wie sie sich verkeilt mit Chantal auf dem Fußboden wälzte. Wie sie sich küssten und betatschten. Pierre sandte ihr diese Bilder. Es widerte sie an. Sie sträubte sich dagegen. Ihre Glieder versteiften sich und waren nicht bereit, der Vampirin auch nur einen Millimeter entgegenzukommen. Das veranlasste Pierre, eine Hand von ihr zu ergreifen. Diese platzierte er auf den Busen Chantals und befahl Isabella, diesen Busen zu kneten. Es dauerte auch nicht lange, da vergaß die Vampirin ihr Schmerzempfinden. Sie entspannte sich und rutschte an der Kante des Steinaltars ein Stück hinauf, um sich weiteren Liebkosungen zu öffnen.

Verbissen kämpfte Isabella gegen den Einfluss von Pierre an, aber sie war machtlos gegen ihn.

„Du musst nicht leiden." Seine raue Stimme verursachte bei ihr eine Gänsehaut. „Lass dein altes Leben hinter dir. Ich kann dir ein neues, viel besseres Leben bieten."

Er schob den Schaft des Dolches erneut zwischen ihre Beine. Sie spürte das heiße Pulsieren im Inneren des Rubins. Oder war es gar ihre eigene Lust? Sie wusste es nicht mehr – konnte die verworrenen Empfindungen einfach nicht mehr voneinander trennen.

„Isabella", hörte sie Pascals Flehen. Aber er schien aus weiter Ferne zu sprechen. Er klang so schwach, dass sie ihn kaum noch wahrnahm. Sie lauschte den Versprechungen von Pierre – von der Dunkelheit und der Macht. Sie konnte nicht leugnen, dass sie sich davon angezogen fühlte.

„Sei meine Dienerin." Pierres eindringliche Stimme nahm einen weichen Klang an. Sie veränderte sich zu einem hypnotischen Singsang, der Isabellas Wahrnehmung einlullte. Der Vampir gaukelte ihr vor, auf dem richtigen Pfad zu wandeln. Seinem Pfad. Wie eine dicke Watteschicht legte er sich um sie und hüllte sie ein, bis sie keine Luft mehr bekam.

Halb von Sinnen lehnte sie sich mit dem Rücken an seinen muskulösen Oberkörper.

„Ich bin deine Dienerin", gab sie voller Inbrunst preis. In ihre Augen trat ein merkwürdiger Glanz. Ein schwacher Hauch der Verdorbenheit. Die Dunkelheit kroch von allen Seiten auf sie zu und wollte den Platz in ihrer Seele erobern.

„Isabella, nein!" Pascal zerrte an seinen Ketten. Er zwang seinen Körper, sich zu befreien. Was ihn an die Wand gefesselt hielt, war jedoch so übermächtig, dass er nur ein klägliches Zucken zustande brachte. Pierre hatte ihn in einen nahezu bewegungsunfähigen Zustand versetzt. Es machte Pascal zu einem hilflosen, erbärmlichen Etwas. Da saß er nun und konnte nichts weiter tun, als Isabella flehend anzustarren. Und zu seinem Entsetzen wirkte sie auch noch belustigt.

Cedric stützte sich mit beiden Händen von dem Balkongeländer ab. Er beobachtete die vielen bunten Lichter, die Paris zu einem Mekka des Nachtlebens machten. Diese Stadt schlief offensichtlich nie.

Erschöpfung machte sich in ihm breit. Den Tag über hatte er nicht zu seiner tiefen Ruhe gefunden. Wachsam hatte er in einem abgedunkelten Zimmer des Appartements gelegen, stets von der Befürchtung zerfressen, jemand könnte seiner Existenz ein Ende bereiten wollen.

Als er sich nun umdrehte, sah er, wie Andrew auf der Bettkante saß und seiner geliebten Jesse über die Wange streichelte. Seine Hand legte sich unter ihr Kinn. Er hob ihren Kopf an, damit sie ihm in die Augen blicken musste. Auch ohne zu lauschen, wusste Cedric, was er ihr in diesem Moment mitteilte. Natürlich würde Jesse mit Unverständnis reagieren, ihn anflehen, auf immer und ewig in Paris zu bleiben und nie mehr nach Brüssel zurückzukehren.

„Was kümmern dich die anderen Vampire? Du hast mich. Genüge ich dir etwa nicht mehr?“

Ohne es zu beabsichtigen, war Cedric doch zu weit vorgedrungen und hatte ihre letzten Worte wahrgenommen. Andrew bedachte ihn mit einem finsteren Blick. Er widmete sich seiner Geliebten erst wieder, als der Düstere sich aus ihrem Gespräch zurückgezogen hatte.

Cedric brach jegliche Verbindung ab, war sich jedoch keiner Schuld bewusst. Im Gegenteil. Er wollte Andrew zur Eile antreiben und ihm einen Vorwurf daraus machen, dass er sich derart lange mit einem Weibsbild aufhielt.

Zu seiner Verwunderung trat das Paar nur wenige Minuten später gemeinsam zu ihm hinaus. Jesse wirkte etwas schüchtern. Sie hielt sich links von Andrew an dessen Arm fest. Beinahe ehrfürchtig sah sie den Düsteren an. Dennoch spürte er ihren starken Geist, als sie nun zu ihm sprach.

„Ich weiß, dass ihr denkt, ich sollte lieber hier bleiben und auf euch warten. Aber ich werde euch nicht alleine gehen lassen. Ich werde mitkommen.“

„Das ist unvernünftig“, stellte Cedric sachlich fest.

„Das ist mir egal.“

Andrew und Cedric sahen sich an. Es schien beinahe so, als trügen sie einen stummen Kampf aus, von dem Jesse nichts mitbekommen sollte. Am Ende nickte der Düstere aber, so dass sie sich gemeinsam auf den Weg machen konnten.

Für Jesse sollte die Reise eine vollkommen neue Erfahrung werden. Andrew hatte ihr soeben zum ersten Mal von dem Vampirflug durch Raum und Zeit erzählt. Nun legten sich seine Arme um ihre Taille. Er zog sie zu sich heran und projizierte ihr ein Bild von schwarzen Vögeln mit riesenhaften Schwingen und merkwürdig nach unten gebogenen Schnäbeln. Ehe sie begriff, dass eines dieser Tiere sie selbst verkörperte, hatte sie sich auch schon verwandelt. Andrew dämpfte ihren unwillkürlichen Schockzustand. Er fing sie auf und brachte sie auf ihre eigene Flugbahn. Wie frei sie sich mit einem Mal fühlte! Höher und höher stiegen die Vampire in die Lüfte, bis das Gebäude, von dem aus sie gestartet waren, verschwamm. Paris wurde zu einem winzigen Punkt einer überdimensionalen Landkarte.

Jesse hatte sich gerade an diesen Anblick gewöhnt. Sie verlor ihre Angst, keinen Halt mehr zu haben. Munter schwang sie mit den großen schwarzen Flügeln, ließ den kühlen Nachtwind über ihr Gefieder streifen. Doch da wurde sie auch schon vorwärtsgetrieben. Mit halsbrecherischer Geschwindigkeit stürmten nun die drei Vögel durch die Dunkelheit. Bunte Lichter flackerten wild um Jesse herum auf und erloschen wieder, bis sie glaubte, in einem Nichts zu landen. Sie hatte keine Kraft mehr.

Viel länger hätte sie diesen Flug nicht ertragen können. Sie war heilfroh, als sie im nächsten Moment den Boden unter ihren Füßen spürte.

„Gelandet“, schnaufte sie und presste sich Halt suchend an Andrew.

Isabella wurde schwindelig. Ihr Körper fühlte sich wie eine leere Hülle an. Leicht zu manipulieren. Genau das musste sie sein. Pierre bediente sich ihrer Schwäche. Er redete in unverständlichen Worten auf sie ein, und Isabella antwortete, ohne dabei ihre eigene Stimme zu hören. Sie wusste weder, was sie da sagte, noch welche Bedeutung es hatte. Ihre Hände ließen sich nicht mehr kontrollieren. Durch eine dunkle Macht gesteuert, streichelten sie die üppigen Rundungen Chantals.

Die Vampirin stöhnte und reckte sich ihr entgegen. Sie öffnete die Knöpfe, die das knappe Lackbustier vorne zusammenhielten. Ihre Brüste quollen heraus. Groß und prall und so perfekt, dass Isabella nicht anders konnte, als sie anzustarren. Pierres eiserner Griff in ihrem Nacken drückte sie hinab. Isabella küsste das Dekolleté Chantals. Willenlos ergeben leckte sie über die nackte Haut. Ihre Lippen umschlossen eine Brustwarze. Sie sog daran, bis die Vampirin vor Wonne gurrte wie ein zahmes Täubchen.

„Isabella!“

Sie hielt inne. Die harte Knospe entglitt ihrem Mund. Ungeduldig presste sie sich an ihre Wange. Doch Isabella war abgelenkt. Sie fragte sich, warum diese Stimme ihr bekannt vorkam, und wer da gerade nach ihr gerufen hatte.

„Unwichtig“, wischte Pierre diese Gedanken beiseite. „Es ist allmählich Zeit für das Ritual.“

„Das Ritual?“ Isabella hob fragend eine Augenbraue. Sie verstand gar nichts.

Chantal hingegen kicherte. „Das Ritual!“, keifte sie. „Ich will dein Blut sehen. Ich will es riechen und schmecken und mich daran laben.“

Isabella wurde zur Seite geschleudert. Schmerzlich wurde ihr bewusst, dass sie momentan nicht mehr als eine Marionette war. Sie taumelte durch den Kerkerraum. Bemüht, sich einen Überblick zu verschaffen, erkannte sie als erstes die düsteren Gestalten, die in einem Halbkreis um den Steinaltar herumstanden. Haltlos stolperte sie gegen eine von ihnen. Starke Arme fingen sie auf. Sie hielten sie fest und trugen sie abermals zu dem skurrilen Vampirpaar.

Pierre hielt den goldenen Dolch mit beiden Händen hoch. Der Rubinschaft leuchtete auf und verwandelte sein Gesicht in eine blutrote, diabolische Fratze. Es hatte den Anschein, als wollte er Isabella die Waffe überreichen. *Aber das konnte nicht sein*, redete sie sich ein. Trotzdem streckten sich ihm ihre Hände entgegen. Bei dem Versuch, sich gegen ihn zu wehren, scheiterte sie. Gequält heulte sie auf. Schon schlossen sich ihre Finger um den Griff des Dolches.

„Du wirst es für uns tun."

Chantal streichelte über ihr Haar. Ganz leicht stieß sie Isabella von hinten an, und die beiden Frauen standen an der Seite des Steinaltars. Vor ihnen lag das Opfer – Alice – mit ausgestreckten Gliedmaßen. Sie war noch immer gefesselt. Mittlerweile hatte sie sich die Gelenke wund gescheuert. Nackte Panik zeigte sich auf ihrem Gesicht, als sie den Dolch in Isabellas Hand erblickte.

„Ihr Fleisch ist jung und zart. Du wirst dich dabei gar nicht so sehr anstrengen müssen." Chantals Finger legten sich auf Isabellas Dolchhand. Wie zu einer einzigen Person verschmolzen kreisten die Hände mit der Waffe über den Unterleib von Alice. Sie senkten die stumpfe Seite der Klinge auf den flachen Bauch. Dieser erbebte zitternd. Schluchzend flehte Alice um Gnade.

Schon wieder suchte sich diese vertraute Stimme einen Weg in Isabellas Kopf. Jemand flüsterte ihren Namen. Doch er sprach sehr leise und nur in ihren Gedanken. Irritiert wollte sie sich umsehen. Chantal zwang sie allerdings dazu, sich auf den Dolch zu konzentrieren. Das Zucken des Opferleibes ging auf Isabella über. Sie spürte jede grauenhafte Empfindung der wehrlosen Alice.

„Und jetzt die Spitze."

Die Finger der Vampirin krallten sich stärker fest.

Das dauert viel zu lange, schlich sich eine weitere, fordernde Stimme in Isabellas Gedanken. *Mach schon. Stich zu. Du willst es doch auch!*

Nein, Isabella, widersprach der Erste. *Nein, das würdest du niemals wollen. Vergiss nicht, wer da vor dir liegt.*

Pascal!!!

Endlich erkannte Isabella in der vertrauten Stimme ihren geliebten Vampir Pascal. Sämtliche Erinnerungen schlugen wie ein Blitz in ihr ein. Sie fühlte die heißen Küsse auf ihrer Haut, die leidenschaftlichen Berührungen Pascals, aber auch den Ekel, den sie gegenüber anderen Vertretern der Nacht empfand. Ein Schrei löste sich aus ihrer Kehle. So unverhofft und schrill, dass er selbst Chantal überrumpelte. Isabella riss sich von der Vampirin los und schleuderte den verdammten Dolch weit von sich fort. Klirrend traf er die Wand. Er wäre zu Boden gefallen, hätte Pierre ihn nicht zuvor aufgefangen.

Pascal saß an die Wand gekettet am Boden. Er bot einen jämmerlichen Anblick. Es tat Isabella in der Seele weh, ihn so zu sehen und scheinbar nichts ausrichten zu können. Sie selbst war viel zu schwach, konnte sich gerade noch auf den Beinen halten. Hinzu kam der Schmerz in ihrem linken Handgelenk. Es brannte unerträglich heiß. Der goldene Schmuck, der sich eng an ihre Haut schmiegte, glühte förmlich. Isabella wusste nicht warum, aber dieses Armband würde sie ganz sicher noch umbringen.

Sie hielt es nicht mehr aus. Sie konnte diese Schmerzen nicht länger ertragen. Wie von Sinnen fummelte sie an dem Armband herum. Es musste sich doch über ihre Hand wegschieben lassen. Irgendwie!

Dann endlich brach eines der Glieder aus dem Schmuckstück. Augenblicklich glitt es von Isabellas Handgelenk. Es fiel zu Boden und blieb so liegen, dass die sieben grünen Steine für jeden gut sichtbar ihr Leuchten zeigten.

Isabellas Haut war tatsächlich verbrannt. Die Stelle, um die zuvor das Armband gelegen hatte, fühlte sich noch heiß an.

Ein eigenartiges Grummeln erfüllte die Ritualstätte, so dass ein jeder die Luft anhielt. Der Fußboden vibrierte kurz, und von der Decke rieselten kleine Steine hinab, als würde sich ein Ungeheuer aus einem tiefen Schlaf erheben. Gleich darauf wurde es jedoch wieder still.

Pierre fand als Erster aus seiner Starre. Er stürzte auf das goldene Armband zu und hob es vom Boden auf. In der einen Hand hielt er das Schmuckstück, in der anderen den Dolch. Beide Gegenstände erstrahlten sogleich. Fasziniert beobachtete Pierre, wie beides voneinander angezogen wurde. Er lachte in sich hinein, als er erkannte, was Isabella die ganze Zeit über bei sich getragen hatte. Wie eine Schlange schmiegte sich nun das Armband um den Schaft des Dolches. Die beiden Stücke bildeten eine Einheit, deren goldener Glanz so hell erstrahlte, dass alle – außer Pierre – die Augen davor verschließen mussten. Die Waffe und der Schmuck passten so perfekt zueinander, dass es beinahe an eine Ungeheuerlichkeit grenzte, sie überhaupt voneinander getrennt zu haben.

Die grünen Augen leuchteten ebenso wie der Rubinschaft, in dem nun tatsächlich ein Herz zu schlagen schien.

Plötzlich spürte Pierre, wie das volle Ausmaß der alten Kräfte in seine Glieder kehrte. Durch seine Fingerspitzen schlich es sich in seine Hände hinein, deren Handrücken in die Breite wuchsen. Lederartige, dunkle Hornhaut bildete sich darauf. Seine weißen Fingernägel verwandelten sich in tiefschwarze Krallen.

Die Dunkelheit fuhr weiter durch seine Arme und seinen Oberkörper und ließ die Adern stark hervortreten. Seine einstmals engelsgleiche Erscheinung veränderte sich in die eines Dämons. Der helle Schein der goldenen Waffe verblasste allmählich.

Blinzelnd öffnete Isabella die Augen. Chantal und sie waren beinahe gleichzeitig zu Boden gegangen. Die Vampirin saß neben ihr. Sie stöhnte, und ihre Finger griffen nach Isabella, um sich an ihr hochzuziehen. Ihre Bemühungen waren jedoch vergebens. Denn Isabella wurde schon im nächsten

Moment gepackt und auf die Beine gezerrt. Ungläubig starrte sie in eine hässliche Fratze. Dass sich Pierre dahinter verbarg, erkannte sie lediglich noch an den Augen.

Er legte ihr den Dolch in die Hände und schloss seine eigenen Finger um die ihren. Sein Mund öffnete sich und entblößte eine Zahnreihe, die vollends aus gefährlichen Spitzen bestand. Die übergroßen Eckzähne ragten nur ein Stück weit hervor. Vor Gier lief ihm der Sabber am Kinn hinunter. Ein kalter Schauder fuhr in Isabellas Nacken.

„Ich habe Hunger“, knurrte er. „Gib mir frisches Blut.“

Sie fühlte seinen Biss, obwohl er ihr noch überhaupt nichts angetan hatte. Aber er würde ihr Blut aussagen und sie leblos am Boden liegen lassen. Das war gewiss. Es gab keinen Ausweg. Ihre Schulterblätter zogen sich zusammen. Kälte breitete sich in ihrem Inneren aus. Sie schloss die Augen und vergoss eine Träne, mit der sie sich von ihrem sterblichen Dasein verabschieden wollte.

Doch all ihren Befürchtungen und obskuren Vorstellungen zum Trotz vergrub er seine Zähne nicht in ihrem Fleisch. Er streifte sie nicht einmal mit den Lippen. Stattdessen führte er sie zum wiederholten Male auf den Altar zu.

„Nein, dein Blut möchte ich nicht.“ Sein eindringliches Raunen hatte einen grausigen Unterton.

„Ich möchte, dass du mir ihr Blut besorgst.“ Er deutete auf den aschfahlen Körper von Alice. Mittlerweile wirkte sie mehr tot als lebendig.

„Tu es mit dem Dolch. Jetzt sofort.“

Sein Einfluss schnürte Isabella immer enger ein. Ihr Atem versiegte. Sie riss die Augen wieder auf – ganz weit – und starrte Alice an. Die zitterte und wimmerte in ihrem apathischen Zustand. Sie flehte Isabella an, sie zu verschonen. War sie nicht unschuldig? Verdiente sie es etwa nicht weiterzuleben?

Ein dicker Kloß bildete sich in Isabellas Hals. Sie musste husten, um nicht zu ersticken. Viel zu schnell füllten sich ihre Lungen wieder mit Luft, und das Brennen verschärfte ihre missliche Lage nur noch mehr.

Pierre konnte nicht von ihr verlangen, Alice etwas anzutun!

Niemals würde sie das. Ihr nicht und auch sonst niemandem.

Wütend schubste Pierre Isabella auf den Altar, so dass sie unsanft mit dem Gesicht auf dem nackten Körper von Alice landete. Den Dolch nahm er mit sich. Wie ein Schatten schlich er um das Steingebilde und seine Opfer.

Chantal lag nach wie vor am Boden. Mit den Armen stützte sie den Oberkörper ab und blickte zu dem Wesen auf, in das sich Pierre verwandelt hatte. Selbst ihr machte sein neues Erscheinungsbild Angst. Sie wagte nicht, sich zu rühren.

Während Pierre den Raum durchquerte, hielt er die ganze Zeit über Blickkontakt zu Isabella. Sie sollte wissen, welche Konsequenzen ihre Weigerung hatte. Pascal war das Ziel seines Begehrs. Er packte den Angeketteten an seinem blonden, klebrigen Haar. Brutal riss er den Kopf seines

Opfers nach hinten. Überstreckt lag er schließlich auf Pierres Schoß und bot ihm seine Kehle offen preis.

Dieses grausame Wesen präsentierte Isabella voller Überheblichkeit seinen goldenen Dolch. Er leckte über die Klinge. Küsste sie. Sie war sein liebster Schatz. In ihr steckte alles, was er jemals ersehnt hatte.

Zu Isabellas Entsetzen stellte er die Spitze des Dolches nun in Pascals Halsbeuge. Er ritzte ein winziges Kreuz in dessen Haut. Daraus quollen zwei Blutstropfen hervor, ehe sich die Wunde wieder schloss. Zurück blieb ein rotes Mal, das Pascal zeichnete. Er hatte nicht mehr die Kraft, sich in kürzester Zeit vollständig zu regenerieren.

Pierre fing mit seiner Waffe die Blutstropfen auf und leckte erneut über die Klinge. Dann presste er sie gegen Pascals Kehle. Provozierend sah er zu Isabella hinüber. Sie war so liegen geblieben, wie er sie auf den Altar geschubst hatte. Ihr Kopf hob und senkte sich durch die bebende Atmung von Alice unter ihr. Stumm starrte sie Pierre an. Wie ein Tier auf der Lauer wirkte sie. Bereit, ihm an den Hals zu springen, würde er ihrem Liebsten etwas antun.

Es amüsierte ihn so sehr!

„Es ist deine Entscheidung“, sagte er nach einem scheinbar nicht enden wollenden Moment der Stille. „Entweder er oder deine blonde Freundin da.“

Heiße und kalte Schauder durchströmten Isabellas Leib. Pierre erwartete ernsthaft von ihr, dass sie sich seinen grotesken Spielereien anschloss. Fieberhaft suchte sie nach einer Lösung, wie sie dieser Lage entkommen konnte. Es musste doch eine Möglichkeit geben! Gab es nicht immer einen Ausweg?

Seufzend rutschte sie von dem Altar. Sie richtete sich kerzengerade auf, die Handflächen auf der Kante abgelegt. Eine gleichgültige Miene aufgesetzt, besah sie sich zunächst die zitternde Alice und dann Pierre.

„Dann fange ich mit ihr an“, entschied Isabella.

Um ihm zu zeigen, dass sie es ernst meinte, überwand sie jeglichen Widerwillen und massierte die Schenkel von Alice. Sie ging sogar noch weiter und setzte die Streicheleinheiten fort bis hinauf zu den Brüsten. Das genügte Pierre offensichtlich. Achtlos ließ er von Pascal ab. Er raffte sich auf, geifernd und mit Wollust im Blick. Er trat Isabella gegenüber. Auf der anderen Seite des Steinaltars blieb er stehen und reichte ihr den goldenen Dolch.

Chantal keuchte auf, als sie sah, was ihr Angebeteter dort tat. Sie wollte ihn anschreien, dass er der Verräterin auf keinen Fall die Waffe der Dunkelheit überlassen dürfte. Aber Pierre spürte ihr Aufbegehren, noch bevor es aus ihr herausbrach. Eine flüchtige Handbewegung genügte, um Chantal weit weg über den Boden schlittern zu lassen. Sie landete direkt neben dem gefangenen Pascal und stieß dort mit dem Rücken gegen die Wand. Vor Schmerz krümmte sie sich, brachte jedoch keinen Ton über die Lippen. Ihre Augen füllten sich mit Tränen der Wut. Sie war Pierre stets treu ergeben gewesen. Warum behandelte er sie nun so geringschätzig?

Unterdessen nahm Isabella den Dolch aus Pierres Händen an. Sie betrachtete die Waffe von allen Seiten. Kaum zu glauben, dass sie einen Teil davon ihr Leben lang an ihrem Handgelenk getragen hatte. Die kleine goldene Schlange mit den sieben grünen Augen wirkte nicht mehr wie ein Armband. Es war ein Ornament, eingegraben in den Schaft des Dolches. Mit dem spitzen Schwanz umschlang es den leuchtenden Rubin. Dieser fühlte sich heiß an. Isabella konnte das Leben in ihm spüren. Doch dieses Leben verlangte nach neuem Blut, um weiter existieren zu können. Ebenso wie es die Vampire taten.

„Worauf wartest du noch?“

Am Ende der Qual

Angespannt presste Isabella die Lippen aufeinander. Sie hatte nicht vorgehabt zu weinen. Dennoch suchte sich eine Träne aus ihren feuchten Augen den Weg über ihre Wange hinab. Sie versiegte in ihrem Mundwinkel. Der salzige Geschmack kämpfte sich in Isabellas Mundraum vor. Ihre sämtlichen Empfindungen verstärkten sich. Sie meinte sogar, die Atmung eines jeden Anwesenden zu hören und sie alle mit geschlossenen Augen auseinanderhalten zu können.

Alice bäumte sich auf, als sie spürte, wie Isabellas Fingerspitzen sanft ihre Bauchdecke berührten. Sie hatte noch nichts getan. Trotzdem wälzte die Gefangene sich von rechts nach links, soweit es ihre Fesseln zuließen.

Plötzlich begann es in Isabellas Kopf laut zu pochen. Der eindringliche Blick Pierres brannte auf ihrer Haut. Er durchbohrte sie regelrecht – versuchte in die Tiefen ihrer Seele vorzudringen. Offensichtlich wollte er ihre Handlungen vollkommen unter seine Kontrolle bringen. Mit dem Widerstand, den sie ihm entgegenbrachte, hatte er allerdings nicht gerechnet.

Isabella nahm ihre mittlerweile zitternden Finger von Alice. Der Dolch lag schwer in ihrer Hand. Sein Gewicht war weitaus größer und belastender, als sein Erscheinungsbild vermuten ließ. Die Waffe wollte sie zu Boden ziehen, woraufhin Isabella einfach losließ. Klirrend kam der Dolch auf dem Stein zwischen ihren Füßen auf. Sie brauchte nicht erst zu Pierre aufblicken, um zu sehen, wie er mit einem Hechtsprung über den Altar stürzte.

„Was fällt dir ein, du dumme Sterbliche?“, fauchte er sie an.

Schnell hatte er die goldene Waffe zurück in seinen Besitz gebracht. Er fasste Isabella bei der Schulter und drückte sie grob gegen die steinerne Kante des Altars. Die Klinge legte sich nun an ihre eigene Kehle. Sie nahm den Geruch des Metalls auf. Es vermischte sich mit Blut. Pierre hatte sie ganz leicht mit der Spitze des Dolches unterhalb des Kinns verletzt. Ein Tropfen Blut fiel hinab auf die Klinge.

„Schließ dich mir an! Das wird deine letzte Gelegenheit sein.“

Isabella senkte nur stumm den Kopf. Sie konnte seine Forderungen ganz einfach nicht erfüllen. Die Dunkelheit war zwar verlockend, aber einer Unschuldigen – wie Alice – etwas anzutun, widerstrebte am Ende doch ihrer Natur.

„Dann verabschiede dich von deinem Geliebten.“

Pierre wirbelte herum. Er stürzte auf Pascal zu, der schlaff in seinen Ketten an der Wand hing. Einer wilden Bestie gleich ragte Pierre über dem geschwächten Körper dort am Boden auf. Seine Gestalt wirkte überdimensional. Immer weiter schien er zu wachsen.

„Nein!“, schrie Isabella, als sie mit ansehen musste, wie er Pascal auf seine Arme hob. Pierres Klauen schlossen sich um ihren Liebsten. Er quetschte ihm den Atem aus dem Brustkorb. Seine Krallenfinger ergriffen Pascals Unterkiefer und zwangen das Gesicht brutal in Isabellas Richtung.

„Sieh sie dir ein letztes Mal an, deine Bella.“ Verachtung sprach aus Pierres Stimme. Er würde sie alle in die Verdammnis schicken. Auch Isabella, diese Sterbliche, die ihm auf ihre ungewöhnliche Weise die Sinne vernebelte. Für eine kurze Weile hatte er tatsächlich geglaubt, sie auf die Seite der Dunkelheit hinüberziehen zu können. Er hatte sie zu einer von ihnen machen wollen. Einer Vampirin – und gleichfalls zu seiner Gefährtin für die Ewigkeit. Aber die Schönheit weigerte sich, sich ihm zu unterwerfen. Seinen Willen anzunehmen und ihn zu ihrem eigenen zu machen. Pierre konnte nicht einmal in die hintersten Ecken ihrer Gedanken vordringen. Eine ungewöhnliche Tatsache für einen Menschen. Er hatte allerdings nicht vor, sich ernsthaft damit auseinanderzusetzen.

Boshaft grinsend wiegte er den Kopf. Er würde kurzen Prozess machen. Mit Pascal. Mit Isabella. Dem blonden Mädchen auf dem Altar, an dessen Namen er sich nicht erinnerte. Vielleicht sogar mit Chantal.

Die goldene Klinge blitzte im Kerzenschein. Pierre drehte den Dolch in seiner rechten Hand, während er mit der anderen fest in Pascals Nacken zugriff.

„Nein, das darfst du nicht tun!“ Isabella war außer sich vor Verzweiflung. Sie wollte ihren geliebten Vampir retten. Um jeden Preis.

Hätte sie doch nur eine Ahnung gehabt, wie sie es anstellen sollte!

Plötzlich herrschte Ruhe. Als hätte jemand sämtliche Geräusche mit einem Mal eingefangen und in einer imaginären Truhe eingesperrt. Das Kerzenlicht erstarb beinahe. Nur ein schwacher Schein blieb zurück. Ein Menschenauge konnte ihn kaum durchdringen. Sogar die Luft schien dem Kerkerraum zu entschwinden und ihn auf diese Weise in ein Vakuum zu verwandeln.

Isabella starrte durch die eingetretene Dunkelheit und versuchte ganz vorsichtig, sich voranzutasten. Gerade war sie im Begriff gewesen, um den Steinaltar herumzuhechten und ihren geliebten Pascal aus den Klauen des niederträchtigen Pierre zu befreien. Aber nun machte sie unbeholfen einen Schritt vor den anderen und musste sich dabei an der Kante des Altars festhalten. Angestrengt lauschte sie. Gab es da eine Klinge, die auf Fleisch traf und eine Wunde verursachte?

Sie hörte nichts. Nicht einmal den röchelnden Atem des Monstrums, in das Pierre sich verwandelt hatte. Sie wollte schreien und weinen zugleich. Die Angst um Pascal machte sie wahnsinnig.

„Nein", flüsterte sie in den Raum hinein. „Pascal … wo bist du? Ich sehe dich nicht mehr."

„Er ist hier", antwortete die raue Stimme Pierres.

Sie hörte, wie er mit der Klinge gegen die Steinwand schlug, als wollte er seiner Drohung Ausdruck verleihen. Aber gleich darauf geschah etwas Merkwürdiges. Sie konnte es zwar nicht sehen, war sich aber sicher, dass der Dolch seiner Hand entrissen und durch die Luft geschleudert wurde. Die Waffe blieb am Boden liegen. Das Pulsieren des Rubinschaftes erfüllte die Ritualstätte.

Jemand stöhnte, ein anderer keuchte, was von einem gedämpften Aufschrei begleitet wurde. Kampfgeräusche entstanden. Jemand rauschte an ihr vorbei. Er fauchte. Isabella war verwirrt. Auch der Kreis der anderen Vampire, die bislang stumm in ihren Kutten dagestanden hatten, schien in Bewegung zu geraten.

Dann endlich flammte es hinter ihr hell auf. Goldene Strahlen durchbrachen die Dunkelheit. Als Isabella sich umdrehte, erkannte sie im Mittelpunkt der Lichtquelle einen großgewachsenen Mann. Sein langes pechschwarzes Haar fiel auf die breiten Schultern, und aus seinem kantigen Gesicht blickten sie grünfunkelnde Augen an. Sie streckte eine Hand nach ihm aus, als könnte sie ihn aus der Entfernung ergreifen.

Er schenkte ihr ein warmes Lächeln, das so gar nicht zu seiner sonst eher unterkühlten Miene passen wollte.

Isabella war überzeugt, diesen Mann zu kennen.

So ein Unsinn, rügte sie sich aber schon im nächsten Moment. Woher sollte sie ihn denn kennen?

Er sah sie wissend an, als hätte er ihre Gedanken gelesen. Was nicht weiter verwunderlich gewesen wäre, wie Isabella sich selbst sagte. Offensichtlich war er ebenfalls ein Vampir und strotzte nur so vor übernatürlichen Fähigkeiten. Hilflos wandte sie sich ab.

„Pascal", wollte sie flehen, „hilf mir aus diesem Alptraum heraus." Aber Pascal lag wie tot am Boden. Die Ketten waren fort. Zurück blieben die vielen Wunden. Sein Körper war übersät davon. Blut klebte an seiner Haut, den Haaren und selbst an den Steinen, auf denen er ausgestreckt lag. Isabella stürzte zu ihm hinüber. Sie drehte ihn auf den Rücken, nahm sein Gesicht in beide

Hände und streichelte ihn. Auf seinen Lippen hatte sich eine angetrocknete Blutkruste gebildet. Isabella beugte sich vor und küsste ihn, als könne sie ihm auf diese Weise wieder Leben einhauchen.

Dann tat sie etwas vollkommen Widersinniges. Sie fühlte nach seinem Puls.

Ein Schatten legte sich über sie. Lachen erschallte.

„Pierre“, presste sie hervor. All ihre Wut ballte sich zu einem einzigen großen Knoten zusammen und wollte auf der Stelle aus ihr herausplatzten. Sie schoss in die Höhe. Ihr Vorhaben, ihn zu verletzten, war jedoch von vornherein zum Scheitern verurteilt. Niemals hätte sie sich gegen einen Mächtigen der Finsternis – wie er einer war – wehren können. Ehe sie überhaupt einen Schmerzensschrei ausstoßen konnte, hatte er ihre Arme auf dem Rücken verdreht. Erneut hing sie wehrlos in seinen Klauen.

„Ich glaube, du hast unseren Besuch noch gar nicht begrüßt“, raunte er an ihrem Ohr.

Er zwang Isabellas Kopf in den Nacken, so dass ihr die Augen hervortraten. Sie stierte geradeaus zu den Gestalten, die sich ihnen allmählich näherten: Der Vampir mit den grünen Augen, neben ihm ein weiterer, beinahe ebenso düsterer Vertreter, der allerdings jemanden hinter sich zu schützen schien – und zwar eine blonde Frau.

„Wie schön, dass ihr gekommen seid, um meinen Triumph mitzuerleben.“ Pierre verhöhnte die drei ganz offen.

Er gab den anderen Vampiren ein Zeichen. Ihr Kreis schloss sich enger zusammen, doch die Eindringlinge erreichten sie nicht. Etwas hinderte sie am Vorankommen. Eine Art Kraftfeld, vermutete Isabella.

„Und jetzt gib mir den Dolch zurück!“, forderte Pierre den Düsteren auf. „Oder muss ich erst ungemütlich werden?“

Augenblicklich bohrten sich seine Zähne durch den Stoff in Isabellas Schulterfleisch. Vor Schreck brachte sie keinen Ton heraus. Sie zuckte nur schwach, überwältig von dem brennend heißen Gefühl, das ihren Körper durchströmte.

Pierre trank nur wenige Schlucke von ihr und schubste sie gleich darauf von sich, als wäre sie ein abgenutzter, toter Gegenstand. Sie fiel auf die Knie. Mit den Händen stützte sie sich vom Boden ab und versuchte wieder einen klaren Kopf zu bekommen.

Es war leicht gewesen, Pierre bei ihrem Eintreffen zu überrumpeln und ihm den Dolch abzunehmen. Aber ganz gleich, wie sehr Cedric sich nun dagegen sperrte, es bereitete ihm Schmerzen, Isabella unter dem Einfluss des abtrünnigen Vampirs leiden zu sehen. Die Wunde in seiner Schulter pochte. Er musste sich zur Ruhe zwingen. Trotzdem ging seine Atmung stockend. Er bildete sich ein, dass sein innerlicher Aufruhr für jedermann gut sichtbar sein musste. Als er schließlich noch Isabellas wehleidigen Blick auffing, drohte etwas in ihm zu zerbrechen.

„Deine Tage in unserer Mitte sind gezählt, Pierre."

Aber der spuckte daraufhin nur aus. Mit erhobenem Haupt näherte er sich Cedric und seinen Begleitern.

„Das hast du schon immer gewollt, oder nicht? Du wolltest mich schon damals wieder wegschicken. In deinem Haus war ich nie willkommen." Pierre sah den Düsteren schief an, die spitzen Zähne gefährlich weit vorgeschoben. In seinem Mundwinkel glitzerte noch ein Tropfen von Isabellas Blut.

„Mein Blut", flüsterte Cedric ihm in Gedanken zu.

Aber Pierre verstand nicht, was sein Kontrahent damit ausdrücken wollte. Und es war ihm auch egal. In seinem Inneren herrschte nur noch Dunkelheit und Kälte.

Nun endlich war der Zeitpunkt gekommen, an dem er sich rächen konnte. Für das Misstrauen und die dummen Regeln, die ihn stets daran gehindert hatten, seine wahre Natur auszuleben.

„Von euch werde ich mich nicht länger unterdrücken lassen." Sein Blick wanderte von Cedric auf Andrew. Der mächtige Clubbesitzer wirkte klein neben seinem Mentor.

Hinter Andrew versteckte sich Jesse. Dieses Frauenzimmer konnte Pierre ebenso wenig ausstehen. Sie allein trug die Schuld an dem Tod von Louis. Einem Vampir, zu dem Pierre stets ein enges Vertrauensverhältnis gepflegt hatte. Aus Liebe zu Jesse hatte Andrew ihn zum Kampf gefordert und am Ende vernichtet. Ein Grund mehr, sie alle zu verachten. Er würde nicht länger warten, sondern auf der Stelle angreifen.

Pierre ging nicht in die Knie und stieß sich auch nicht vom Boden ab. Seine Gestalt erhob sich einfach und schoss wie ein Blitz auf die Eindringlinge zu. Die unsichtbare Schutzmauer der drei Neuankömmlinge durchbrach er, als wäre sie gar nicht existent. Überrascht machte Cedric einen Schritt rückwärts. Er hielt den goldenen Blut-Dolch fest mit einer Hand umklammert. Unter keinen Umständen würde er sich die Waffe wieder stehlen lassen.

„Das wollen wir doch mal sehen", zischte Pierre.

Plötzlich war er über Cedric. Die anderen beiden hatte er mit einem flüchtigen Wink zur Seite gefegt. Ohne zu wissen, wie ihnen geschah, lagen sie auf dem Rücken. Jesse stöhnte ängstlich auf, denn schon im nächsten Augenblick traten auch die Vampire in den dunklen Kutten enger an sie heran. Jesses Finger verkrallten sich in Andrews Hemdärmel.

Cedric hatte alle Mühe, sich Pierre vom Leib zu halten. Die Kräfte, die er mithilfe seiner Gedanken steuerte, genügten nicht. Schließlich verkeilten sich die Arme der beiden Vampire. Sie gingen ebenfalls zu Boden, rollten übereinander hinweg und versuchten sich gegenseitig zu verletzen.

Isabella beobachtete die skurrile Situation aus sicherer Entfernung. Sie saß noch immer am gleichen Fleck und hielt sich die verletzte Schulter. Pierre hatte heftig zugebissen und die Wunde im Anschluss nicht wieder geschlossen. Sie blutete. Der schwarze Stoff ihres T-Shirts glänzte an der Stelle bereits feucht.

Der Düstere wälzte sich mit Pierre über den dreckigen Steinboden. Der andere Vampir und die blonde Frau taten für eine Weile gar nichts. Sie brauchten viel zu lange, um wieder auf die Füße zu finden. Der Kreis der dunklen Vampire hatte sich längst um sie geschlossen. Da konnte Isabella auch schon ein eigenartiges Gemurmel und das Fletschen von Zähnen hören. Auch der Düstere wurde dadurch abgelenkt. Er verlor zwar nur kurz die Kontrolle, dennoch genügte es, so dass Pierre den Dolch zurück in seinen Besitz bringen konnte.

Ein triumphierendes Lachen erfüllte den Kerkerraum. Isabella musste sich schütteln. Es war abscheulich! Niemand schien Pierre aufhalten zu können. Wie ein böser Geist stieg er in die Höhe und kreiste über den Köpfen der Anwesenden. Die erstarrte Chantal kehrte ins Geschehen zurück, indem sie kummervoll aufseufzte. Verträumt blickte sie zu Pierre hinauf. Er musste eine Art Held für sie sein, dem sie jeglichen Fehltritt verzieh – anders konnte sich Isabella das Verhalten der Vampirin nicht erklären.

Chantal bemerkte offensichtlich, dass sie beobachtet wurde. Ein Grinsen schlich sich in ihre Züge, und zu allem Überfluss streckte sie nun auch noch ihre Finger nach dem bewusstlosen Pascal aus. Er lag direkt neben der Vampirin. Vollkommen wehrlos.

In Isabellas Kopf begann es erbarmungslos zu hämmern. Sie wollte Pierre aufhalten und Pascal retten.

Aber wie?

Schniefend hievte sie sich auf die Beine. Sie sah, dass die drei Fremden mittlerweile vollkommen von den dunklen Vampiren umzingelt waren. Pierre, über ihren Köpfen, senkte sich langsam zurück in Richtung Boden. Den goldenen Dolch hielt er wie eine Trophäe in die Höhe. Es sah so aus, als wollte er im nächsten Moment zustechen. Gleichgültig, wen er damit verletzte.

Isabella konnte den Blick nicht von ihm wenden. Erst ein gleißender Lichtschein machte sie blind dafür. Ihre Haut prickelte, und die Härchen auf ihren Armen stellten sich auf. Sie hielt eine Hand über die Augen, versuchte blinzelnd die Quelle des Scheins ausfindig zu machen. Einen Moment später erkannte sie schließlich die helle Gestalt inmitten des dunklen Vampirkreises. Ihre Strahlen verbanden sich mit dem Dolch in Pierres Händen. Es schien, als würde die Macht von der Gestalt am Boden hinauffließen, sich mit dem Dolch verbinden und in verstärkter Form zu seinem Ausgangspunkt zurückkehren.

Mit angehaltenem Atem sah Isabella, wie das Licht sich weiter und weiter ausbreitete, bis es den gesamten Kreis der Vampire erfasst hatte. Nun erkannte sie auch, wer da im Mittelpunkt stand. Es war der Düstere, dessen Anblick sie erschaudern ließ. Doch auf eine unbestimmte Weise wusste sie, dass sie von ihm nichts zu befürchten hatte. Ganz im Gegenteil. Seine beiden Begleiter standen rechts und links von ihm. Sie flüsterten ununterbrochen, als würden sie damit eine Art Zauber unterstützen.

Der Schein wurde heller, bis er in ein durchdringendes Weiß überging. Kleine Flammen entstanden, die zunächst eher unscheinbar auf den Köpfen der dunklen Vampire tanzten. Rasch gewannen sie jedoch an Höhe. Die Körper loderten bereits im nächsten Augenblick hell auf. Isabella konnte noch die Schreie der Vampire hören, bevor sie sich abwenden musste. Sie fiel zurück auf den Boden, die Arme über den Kopf geworfen. Das Feuer verpuffte in einer einzigen Stichflamme, die den Kerker kurz aufheizte. Dann wurde alles wieder ruhig und kühl.

Pierre landete laut und wütend auf den Füßen. Jeder Schritt von ihm brachte die Ritualstätte zum Erzittern. Seine Mitstreiter – die Vampire in den dunklen Kutten – lagen zu Staub zerfallen auf dem Steinboden. Er trat einen der Haufen fort, so dass die feinen Partikel im Kerzenschein funkelten.

Knurrend verstärkte Pierre seinen Griff um den Schaft des Dolches. Er konzentrierte sich auf das intensive Pulsieren, bis er den Blutdurst des Rubins spürte, als wäre es sein eigener. Dadurch erregt stürzte er auf die drei Eindringlinge vor. Cedric machte einen Ausfallschritt in seine Richtung. Er streckte den rechten Arm aus und wollte die Finger um Pierres Kehle schließen, sobald er ihm nahe genug war. Doch zu seiner Überraschung verfügte dieser Vampir über eine ausgesprochene Wendigkeit. Pierre duckte sich unter dem Arm Cedrics hindurch, warf sich auf die Seite und versetzte seinem Gegner einen tiefen Schnitt oberhalb der Hüfte.

Andrew schob sich an dem Düsteren vorbei. Er selbst versuchte nun, Pierre zu ergreifen und den Dolch in seinen Besitz zu bringen. Aber auch er scheiterte. Pierre war viel zu schnell. Er sprang in die Luft – und über seine Kontrahenten hinweg. Verächtlich lachend landete er an der nächsten Wand. Wie eine Spinne hielt er sich an den Steinen fest und blickte auf seine Angreifer hinab. In sein Gesicht schlich sich der Ausdruck eines Wahnsinnigen. Seine Bewegungen wurden immer abgehackter, als hätte er sich nicht mehr vollends unter Kontrolle. Schon begann er in der Höhe an der Wand entlangzuschleichen, bis er den Kerkerraum halb umrundet hatte. Erneut näherte er sich Isabella, die verängstigt zu ihm hinaufsah.

Was würde er nun tun?

Ungeachtet ihrer Wunde zog sie die Schulterblätter zusammen und erntete dafür einen scharfen Stich, der durch ihren Körper jagte. Wimmernd ging sie in die Knie. Pierre nutzte den Moment und ließ von der Wand ab. Einem Racheengel gleich senkte sich seine düstere Gestalt auf Isabella nieder. Seine Schattenschwingen breiteten sich einmal zu den Seiten aus, um den Frauenkörper anschließend zu umschließen.

Isabella konnte förmlich spüren, wie die Dunkelheit nach ihrem Herzen griff. Sie glaubte, ihr Leben aushauchen zu müssen. Pierres Hände legten sich auf ihre Taille, ihren Rücken, Oberkörper und umfassten schließlich ihre vollen Brüste. Er knetete sie. Seine fordernden Küsse brannten in ihrem Nacken. Taub vor Schmerz und Kummer ließ sie alles geschehen. Sie bemerkte nicht einmal, wie ihr die Tränen die Wangen hinabrollten.

„Er darf dich nicht besitzen“, flüsterte plötzlich eine Stimme in ihrem Kopf. Ein vertrauerter Klang lag darin. Er lullte sie in seine Wärme ein. Zum ersten Mal, seit sie sich an diesem hässlichen Platz des Club Noir befand, fühlte sie einen Hauch von Geborgenheit.

„Du musst dich gegen ihn wehren“, forderte die Stimme. „Du kannst es – aber das weißt du selbst am besten.“

Isabella atmete tief durch. Imaginäre Arme legten sich um ihre Schultern. Ein warmer Körper drückte sich sanft an den ihren. Sie genoss die Streicheleinheiten, auch wenn sie nicht real waren. Für einen Moment war sie versucht, einfach den Kopf zurückzulegen und sich gehen zu lassen. Doch die Hände lösten sich wieder von ihr. Sie gaben Isabella einen Schubs.

„Wach auf, Bella. Wach auf!“

Ruckartig öffnete sie die Augen. Die groben Berührungen Pierres waren Wirklichkeit. Seine Finger quetschten ihr Fleisch auf brutale Weise. Er presste seine Zähne gegen die Wunde an ihrer Schulter. Doch bevor er noch einmal von ihr trinken konnte, entwand sie sich seinem Griff. Geschmeidig glitt sie unter seinen Armen hinweg. Hinter ihm tauchte sie wieder auf, streichelte mit ihren Fingerspitzen über seinen Rücken.

Nun war sich Isabella tatsächlich sicher, dass die Stimme in ihrem Kopf nicht gelogen hatte. Sie fauchte leise. Lächelnd gestand sie sich ein, am Ende sogar noch Spaß an diesen Spielchen zu empfinden.

Pierre hingegen wollte ihr unter keinen Umständen unterliegen. Er wirbelte herum, packte sie bei den Handgelenken und zwang sie, ihm direkt in die schwarzen Augen zu sehen.

Isabella spürte, wie die Hitze des Dolches auf sie überging. Pierre hielt die Waffe in der rechten Hand. Gleichzeitig schlossen sich seine Finger um ihren Arm, so dass sich der pulsierende Rubinschaft auf ihre Haut presste.

War es nicht viel zu leicht, den Spieß umzudrehen?

Isabella wich dem intensiven Blick Pierres aus. Sie sah über seine Schulter hinweg und entdeckte den düsteren Mann. Er stand ganz still. Dennoch beeinflusste er sie. Es war seine Stimme gewesen, die sie die ganze Zeit über vernommen hatte. Aus einem unbestimmten Impuls heraus nickte sie ihm zu, und drehte im nächsten Augenblick ihre Hand aus dem Griff Pierres. Kaum, dass sie wusste wie ihr geschah, schlossen sich ihre Finger auch schon um den Dolch. Ganz fest fasste sie zu und befreite auch ihre andere Hand. Der Geist der Wahrnehmung trat aus ihrem Körper.

Isabella sah sich selbst dort inmitten der Ritualstätte stehen. Pierre direkt vor ihr. Mit weit aufgerissenen, ungläubigen Augen starrte er sie an.

Die drei fremden Vampire schauten ihnen von der anderen Seite des Raumes aus zu.

Alice hatte mittlerweile das Bewusstsein verloren. Ihr schlaffer Körper hing in Fesseln gebunden auf dem Steinaltar.

Dann war da noch Chantal, deren Krallenfinger auf dem geschundene Rücken Pascals lagen. Sie kraulte ihn. Wie ein zahmes Kätzchen.

Geliebter Pascal!

Isabella schmerzte das Herz. Erneut wollte sie weinen. Doch sie verdrängte diese Empfindung und schenkte einzig dem finsteren Pierre ihre volle Aufmerksamkeit. Sie befahl sich selbst, die Arme zu erheben. Der Dolch war über ihrem Kopf. Kurz hielt sie inne. Sie lauschte in sich hinein, ob sie wirklich zu dem fähig war, was getan werden musste. Ein weiteres tiefes Durchatmen. Mit geschlossenen Augen ließ sie schließlich den Dolch hinabsausen.

Die Waffe traf ihr Ziel.

Mit der Wucht des Auftreffens hatte Isabella allerdings nicht gerechnet. Ihr Körper wurde von einem heftigen Ruck erfasst und zurückgeschleudert. Auf dem Hinterteil rutschte sie über den Steinboden. Erst, als ihr Kopf gegen die Wand stieß, blieb sie liegen.

Neue Kräfte

Erstarrt saß Chantal am Boden, fassungslos über das, was gerade vor ihren Augen geschah. Der goldene Dolch steckte in Pierres Brust, an der Stelle, an der sich früher einmal sein Herz befunden hatte. Ein helles Leuchten ging von ihm aus. Es zerfraß den Körper des Vampirs, bis auch sein letzter kläglicher Aufschrei im Nichts verebbte.

Die Waffe fiel nieder. Ein kleiner Haufen Asche war alles, was von Pierre übrig blieb.

Chantal schüttelte den Kopf. Wieder und wieder. Das konnte nicht sein! Ganz sicher würde Pierre im nächsten Augenblick wie Phönix aus der Asche auferstehen.

Sie ließ von dem bewusstlosen Pascal ab, dessen Rücken sie mit ihren Fingernägeln bearbeitet hatte, krabbelte auf Pierres Überreste zu, befühlte die glühende Oberfläche des Dolches und wischte die Asche von seinem Glanz fort. Doch an dem pulsierenden Rubinschaft verbrannte sie sich schließlich die Finger.

Ihr Blick war hasserfüllt, als sie sich nun zu Isabella umwandte. Fauchend wie eine Furie sprang sie auf die Füße. Sie bog den Rücken zu einem Katzenbuckel zurück, ehe sie einen Satz nach vorne machte. Ihre scharfen Fingernägel reckten sich Isabella entgegen, die mit hängendem Kopf und nun ungenügendem Reaktionsvermögen, um der Vampirin rechtzeitig ausweichen zu können, auf dem Boden gegen die Wand gelehnt saß.

Isabellas Augenlider flatterten. Sie konnte einen Schatten wahrnehmen, der sich über sie legte. Jemand berührte ihre Wangen, ihren Mund und ihren Hals. Um ihre Kehle schloss sich ein eiserner Griff. Die Luft wurde ihr knapp. Sie bäumte sich auf, öffnete die Augen weit und erkannte vor sich Chantal. Der Wahnsinn stand der Vampirin ins Gesicht geschrieben. Sie knurrte wie ein wildes Tier, während ihre Hände immer fester zudrückten. Isabella hatte keine Kraft mehr, sich zur Wehr zu setzen. Der Versuch, Chantal von sich zu stoßen, wirkte eher halbherzig.

Gerade, als Isabella glaubte keine Chance mehr zu haben, wurde die Vampirin jedoch von ihr fortgerissen. Der Düstere wirbelte sie durch den Raum. Er berührte sie dabei nicht einmal. Federleicht schwebte ihr Körper in der Luft. Mit den Armen und Beinen strampelte sie. Aber das half ihr nicht, ihrem Schicksal zu entgehen.

Ein letztes Mal tauchte der Dolch den Kerker in seinen alles durchdringenden goldenen Schein. Er schickte das Pulsieren des Rubins in die Herzgegend Chantals. Ihr Körper begann zu leuchten, wie sie es zuvor selbst bei Pierre erlebt hatte. Da wusste sie, dass ihre Zeit abgelaufen war. Sie drehte Isabella den Kopf zu. Voller Stolz reckte sie das Kinn vor und zeigte ihre gefletschten Zähne. Ein diabolisches Grinsen lag auf ihren Lippen, als sie sich von der Welt verabschiedete.

Alles um Isabella drehte sich. In ihren Händen spürte sie noch immer ein Kribbeln, ausgelöst von dem Dolchstoß durch Pierres schwarzes Herz. Ihr fröstelte bei dem Gedanken daran. Auch das Gefühl der eingeschnürten Kehle wollte nicht endgültig verfliegen.

Sie hatte gesehen, wie die Vampirin sich vor ihren Augen in Luft auflöste. Eine Art schwarzes Pulver rieselte anschließend auf den Boden herab.

Als Isabella sich allmählich aufzurichten begann, konnte sie dieses Pulver über den gesamten Kerkerraum verteilt sehen. Selbst auf dem aschfahlen, reglosen Körper von Alice auf dem Altar. Offensichtlich hatten die drei Fremden die dunkle Übermacht zerschlagen.

Ohne dich hätten wir sie nicht vernichten können, sprach eine bekannte Stimme in ihren Gedanken.

Isabella richtete sich auf und erkannte den düsteren Mann.

Von einem eigenartigen Impuls angetrieben, wäre sie ihm am liebsten in die Arme gerannt. Sie wollte sich an seinen starken Oberkörper schmiegen. Er würde ihr die Geborgenheit geben, nach der sie sich in diesem Moment so sehr sehnte.

Sie verstand sich selbst nicht. War es nicht Pascal, den sie liebte? Warum ließ sie sich nun von diesem Mann verwirren?

Der Düstere schenkte ihr ein wissendes Lächeln. Er kam auf sie zu, blieb jedoch einen Schritt weit von ihr entfernt stehen. Sein Blick wanderte auf die Wunde an ihrer Schulter. Augenblicklich spürte Isabella einen schmerzhaften Stich darin. Sie sah flehend zu dem Düsteren auf. Verstärkte er ihre Schmerzen etwa?

Doch alles, was er tat, war seine eigene Schulter zu entblößen. An der gleichen Körperstelle zeichnete sich auch bei ihm ein blutiges Mal ab. Er streckte eine Hand aus und legte sie auf Isabellas Wunde, und sie tat es ihm gleich. Im nächsten Moment wurden sie beide von einer angenehmen Wärme durchströmt. Die Schmerzen verschwanden. Ihre Wunden schlossen sich und hinterließen nur unverletzte Haut.

„Es gibt etwas, das ich dir erklären muss", sagte er. „Aber dafür ist später immer noch Zeit. Du solltest dich zuerst um Pascal kümmern, wenn dir wirklich so viel an ihm liegt. Nur du kannst ihn retten."

Isabella erschrak. Wie hatte sie nur so unaufmerksam sein können? Pascals geschundener Körper lag noch immer wie tot am Boden. Sie konnte sich nicht einmal mehr daran erinnern, wann er sich zuletzt bewegt oder ein Lebenszeichen von sich gegeben hatte. Zunächst wagte sie gar nicht, näher zu treten. Allein aus Angst, sie könnte die Situation nur verschlimmern. Dann zuckten jedoch seine Finger ganz leicht. Sein Mund formte ihren Namen. Nur war er zu schwach, um tatsächlich einen Ton hervorbringen zu können. Er wollte, dass sie zu ihm kam. Sie konnte seine Aufforderung ganz deutlich wahrnehmen.

„Pascal." Ihre Stimme brach. Sie warf sich neben ihm auf die Knie. Behutsam streichelte sie über sein Haar und seinen Rücken. Es war zwar nur ein schwaches Zeichen, doch sie konnte seine Atmung unter ihren Handflächen spüren.

Andrew und Cedric beobachteten die beiden, während Jesse begann, die Fesseln der bewusstlosen Alice zu lösen. Die Verletzungen am Körper der jungen Frau schockierten Jesse. Sie lebte nun schon eine Weile unter den Vampiren, aber so etwas hatte sie bisher nie hautnah erleben müssen. Als sie den Kopf von Alice anhob, fragte diese schwach, ob nun alles vorbei wäre.

„Ja", sagte Jesse, „es wird alles wieder gut." Alice lächelte daraufhin selig.

Andrew hingegen war nicht so optimistisch, wobei seine Sorge allein Pascal betraf. In den vergangenen Jahren hatte er die Freundschaft und Loyalität dieses Vampirs zu schätzen gelernt. Doch er war längst nicht so erfahren wie Andrew. Die Kräfte Pascals hatten ihre Grenzen, und es schien fraglich, ob er sich von seinem momentanen Zustand wieder erholen würde.

„Er ist nicht so mächtig wie wir."

„Natürlich ist er das nicht." Cedrics Miene blieb wie versteinert. „Er hat die Jahrhunderte damit vergeudet, nur sein eigenes Vergnügen zu suchen."

Für einen kurzen Moment schwiegen die beiden. Dann geschah jedoch etwas Seltsames. Der Düstere schmunzelte. Andrew bemerkte diese Gefühlsregung zum ersten Mal an ihm.

„Er ist einer von uns, Andrew. Er ist auf der richtigen Seite."

„Willst du damit sagen, wir sollten die beiden sich selbst überlassen? Wir sollten einfach so gehen?"

Cedric betrachtete den reglosen Körper Pascals. Die schweren Wunden zeichneten ihn. Sie heilten nicht von allein. Würde er nicht bald frisches Blut erhalten, wäre das Ende seines Daseins besiegelt.

Isabella kniete neben ihm. Ebenfalls geschwächt, aber nicht bewusstlos. Sie besaß den starken Geist ihrer Mutter. Sie würde nicht aufgeben, sondern alles tun, um Pascal in sein vampirisches Dasein zurückzuholen.

Wieder lächelte Cedric.

Sein Blut!

Nie hätte er geahnt, dass ihre Existenz ihn mit so viel Stolz erfüllen würde.

„Ja", sagte er schließlich. „Wir sollten sie sich selbst überlassen. Sie werden wissen, was zu tun ist. Später werden sie unsere Hilfe viel mehr brauchen."

Das geheimnisvolle Augenglitzern des Düsteren ließ nun auch Andrew verstehen.

Isabella war so sehr in ihrer Verzweiflung versunken, dass sie gar nicht bemerkte, dass die anderen Vampire den Kerker verließen. Alice trugen sie mit sich die Treppenstufen hinauf. Sie würden das arme Mädchen in eines der Gästezimmer des Clubs verbringen und sie wieder aufpäppeln.

Als schließlich Stille in dem unterirdischen Raum die Oberhand gewann, bemerkte Isabella, wie allein sie war. Sie sah sich um. Die kalten Steinwände hinauf zu der hohen Decke. Die skurrilen Bilder hoch über ihrem Kopf wirkten abschreckend. Es kam ihr beängstigend vor, an diesem Ort bei Pascal zu sitzen und nicht zu wissen, was sie tun konnte. Auf ihre Streicheleinheiten reagierte er lediglich mit einem schwachen Murmeln.

Würden doch nur seine Wunden endlich heilen! Aber womöglich benötigte er dafür ein Opfer – frisches Blut – kam es Isabella in den Sinn.

Sie setzte sich zurück, betrachtete ihn aus knapper Entfernung und lauschte in sich hinein.

Ohne weiter darüber nachzudenken, drehte sie Pascals Kopf in die richtige Position. Dann beugte sie sich hinab und bot ihm ihr Handgelenk an.

Pascal konnte den Lebenssaft bereits riechen. Das Aroma verlockte ihn. Die Dürre in seiner Kehle und die Schwäche in seinen Gliedern waren kaum noch auszuhalten. Er gierte nach Blut. Das einzige Mittel, das ihm neues Leben schenken würde. Durch das er gestärkt auferstehen konnte. Seine Zunge stieß gegen das Fleisch. Nur ganz sachte schoben sich seine Zähne vor, bis er die ersten Blutstropen empfing. Dabei folgte er lediglich seinen Instinkten, ohne zu wissen, woher diese unverhoffte Spende rührte.

Die Kräfte kehrten zurück in seinen Körper. Er konnte sich wieder regen. Ungestüm nahm Pascal nun einen Schluck nach dem anderen. Jeder winzige Tropfen schien durch seine Glieder zu wandern und die Verletzungen auf seiner Haut von innen her zu schließen.

Isabella konnte noch sehen, wie sich die roten und blauen Striemen auf seinem Oberkörper zusammenzogen, bis nichts mehr von ihnen zurückblieb. Ein glückliches Lächeln schlich sich in ihre Züge, als es ihr schließlich schwarz vor Augen wurde. Ihr letzter Gedanke war die Liebe, die sie für Pascal empfand.

Pascal musste sich zum Aufhören zwingen. Das Blut hatte ihn in einen Rausch versetzt, dem er kaum noch entfliehen konnte. Beinahe hätte er das liebevolle Wispern Isabellas überhört. Nun kehrte sein Bewusstsein vollständig zurück. Mit der neuen Kraft in seinen Armen fing er die Geliebte auf. Er drehte sich herum und bettete ihren Kopf in seinem Schoß. Doch ihre Augen waren bereits glasig und konnten nichts mehr wahrnehmen. Ihre Lippen bewegten sich noch – sie wollte etwas sagen, brachte aber nichts mehr hervor. Ganz schwach konnte er ihren Herzschlag hören.

„Bella." Er strich ihr das wilde dunkle Haar aus dem Gesicht. „Wie konntest du nur so unvernünftig sein?"

Ihm blieb nicht viel Zeit. Wenn er jetzt nicht sofort handelte, würde sie ihm unter den Händen sterben. Für einen Blutaustausch war er allerdings noch immer viel zu schwach. Er musste hinauf in den Club und nach einem willigen Opfer suchen. Dabei konnte er nur hoffen, dass die Verhältnisse dort oben nicht ebenso ausgeufert waren, wie er es im Kerker erlebt hatte.

Pascal ärgerte sich über seine eigene Unfähigkeit. Er wollte schnell hinauf, Isabella in seine Gemächer bringen und frisches Blut für ihrer beider Überleben beschaffen. Entgegen seiner gewohnten Schnelligkeit kam er nun allerdings sehr langsam die Treppe hinauf. Mit jedem Schritt schleppte er sich regelrecht von einer Stufe zur nächsten. Er spürte das Gewicht seiner Geliebten auf sich lasten. Eine Tatsache, die er normalerweise ganz sicher nicht wahrnehmen würde. Jahrhundertealte Kräfte steckten in seinen Gliedern. Kräfte, die ihm alles ermöglichten. Doch in diesen kostbaren Minuten versagten sie ihm vollständig den Dienst.

Ächzend erreichte er das obere Ende der Treppe. Der geheime Durchgang stand weit geöffnet. Im Flur dahinter breitete sich angenehmer Kerzenschein aus. Pascal blieb einen Moment stehen, um der Atmung Isabellas zu lauschen.

Sie war so schwach!

Er küsste ihre Stirn, bevor er seinen Weg fortsetzte. Lediglich ein kurzes Stück musste er dem Flur folgen. Die Tür zu seinen Gemächern tauchte so schnell vor ihm auf, als wäre er entgegen seiner Kräfte durch Raum und Zeit geschritten. Er musste sich nicht einmal mehr bemühen, die Tür aufzustoßen. Von ganz allein schwang sie auf. Pascal trat verwundert ein. Dann erkannte er jedoch Andrew, Jesse und einen düsteren Vampir, von dem er in der Vergangenheit mehr gehört als gesehen hatte. Ihm dämmerte, was um ihn herum geschah. Diese Vampire hatten seine Kräfte gestützt. Dem nicht genug, wurde er sich nun auch der Anwesenheit von zwei weiteren Personen bewusst. Junge Frauen, die Pascal scheu zulächelten. Sie waren gekommen, um ihm Blut zu spenden.

Es gab keine Worte des Dankes, die Pascal hätte aussprechen können. Cedric vermittelte ihm mit einem einfachen Nicken die Selbstverständlichkeit seines Handelns.

„Gib auf sie acht“, sagte er beim Verlassen des Zimmers. „Sonst wirst du mit deinem Blut für meines bezahlen.“

Pascal war wie erstarrt. Er wollte die Bedeutung der Worte nicht verstehen. Nicht in diesem Moment.

Er trug Isabella in sein Schlafgemach. Behutsam legte er sie auf dem Bett ab. Sie reckte ihm das Gesicht entgegen, als vermisse sie seine Nähe schon jetzt. Sie stöhnte gequält. Doch Pascal musste sich von ihr trennen, wenn auch nur kurz, um die Nahrung durch die beiden jungen Frauen anzunehmen. Erst dann konnte er gestärkt zu ihr zurückkehren. Tatsächlich spürte er, wie seine alten Kräfte seinen Körper allmählich wieder zu durchströmen begannen. Sein Brustkorb schien sich auszubreiten. Pascal atmete tief durch.

Er setzte sich auf die Bettkante. Nun waren sie allein.

Isabella war ihm hilflos ausgeliefert, wie schon einmal nach ihrer ersten Begegnung. Erneut spürte er die Leidenschaft in sich. Diese Frau stellte etwas mit ihm an, für das er keinerlei Erklärung hatte. Niemals würde er sie wieder gehen lassen!

Mit einem Biss öffnete er eine Stelle an seinem Handgelenk, die er Isabella sogleich gegen den leicht geöffneten Mund presste. Bei Bewusstsein würde ihr dies ganz sicher nicht gefallen. Pascal wusste, dass sie lieber ihre eigenen Entscheidungen traf. Aber er konnte sie nicht fragen. Und er konnte nicht länger warten und dadurch riskieren, sie zu verlieren. Er gab ihr von seinem Blut. Die ersten Tropfen liefen an ihren Mundwinkeln über ihr Kinn hinab. Ihr Unterbewusstsein nahm den fremden Geschmack offensichtlich wahr und weigerte sich zu trinken. Als Pascal sein Blut allerdings schneller fließen ließ, füllte sich Isabellas Mund, und sie musste schlucken, um nicht daran zu ersticken. Nach dem ersten zaghaften Kosten drückten sich ihre Lippen wie von selbst an seine Haut. Fordernd saugte sie, bis das Leben in ihrem Körper erwachte, und ihre Hände nach dem Arm Pascals griffen.

Er unterbrach den Blutfluss und zwang sie zurück in die Kissen.

Isabella erwachte sehr früh am Morgen. Ihr Kopf fühlte sich schwer an. Hunger und Übelkeit kämpften in ihrem Magen um die Vorherrschaft. Außerdem musste sie dringend die Toilette aufsuchen. Wo sie sich befand, nahm sie zunächst gar nicht wahr. Auch nicht, dass Pascal neben ihr im Bett lag. Mühsam kämpfte sie sich hoch, warf die Bettdecke beiseite und stand auf. Ihre Knie fühlten sich weich an. Aber es würde schon gehen, entschied sie.

Es dauerte eine Weile, bis sie den richtigen Weg in das Badezimmer fand. Sie fragte sich, ob sie an diesem Ort schon einmal gewesen war. Das alles fühlte sich merkwürdig vertraut an.

Als sie wieder zum Bett zurück wollte, musste sie unvermittelt inne halten und sich in dem großzügigen Schlafgemach umsehen. Auf einer Seite des Raumes hing von der Decke bis zum Fußboden ein schwerer roter Samtvorhang hinunter. Dahinter musste sich ein Fenster befinden. Sie schritt darauf zu, fasste nach dem Stoff und verharrte. So blieb sie stehen und wusste selbst nicht, was sie da eigentlich tat. Eine innere Stimme sagte ihr, dass sie den Vorhang lieber nicht zur Seite ziehen sollte. Dort gab es nur das helle Sonnenlicht, und dieser Gedanke versetzte sie in einen merkwürdig panischen Zustand.

Isabella ließ die Hand sinken und sah sich abermals um. In dem Raum existierte keinerlei Lichtquelle. Nicht einmal eine Kerze war angezündet. Dennoch erkannte sie alles um sich herum, als wäre es in einen gedämpften Schein getaucht.

Nun endlich sah sie auch den Männerkörper auf dem Bett. Seine Haut war beinahe durchscheinend hell und ohne jeglichen Makel. Er lag auf dem Rücken, seine Hände auf dem Bauch. Die verrutschte Decke entblößte seinen gut gebauten Oberkörper. Das blonde Haar lag in einem seidig glänzenden Zopf über seiner linken Schulter. Hätte sie nicht um sein Wesen gewusst, hätte sie ihn vermutlich für einen schönen Toten gehalten. Seine Anmut – auch wenn er sich in keiner Weise regte – hatte etwas Unwirkliches an sich.

Isabella rang mit sich selbst. Sie konnte nicht länger stehen bleiben und ihn nur ansehen, denn sie wollte viel mehr als das. Die Tatsache, dass sie beide gerettet und alleine in diesem Raum waren, machte ihr das Herz leicht. In ihre

Augen traten Tränen der Freude. Endlich konnte sie ihm ihre Gefühle gestehen – sie musste nur die Nacht abwarten.

„Sieh mich nur an“, sagte sie schniefend, während sie zu Pascal ins Bett kletterte. „Ich weine schon wieder wegen dir. Und ich werde noch den ganzen Tag weinen, weil ich die Nacht nicht erwarten kann. Weil ich nicht erwarten kann, dich wieder atmen zu sehen. – Ich hätte nie gedacht, dass es so sein würde. Aber jetzt kann ich mir nicht mehr vorstellen, ohne dich zu sein.“

Sie sah zu dem geschlossenen Samtvorhang hinüber. Ihr Gesicht verzog sich zu einer Grimasse.

„Ich hasse den Tag! Ich kann das Sonnenlicht nicht mehr ertragen. Ich möchte bei dir sein. Hier – in der Dunkelheit. Bitte ... lass mich nicht am Tag zurück.“

Isabella zitterte so sehr, dass sie glaubte, jeden Moment in Ohnmacht zu fallen. Die ganze Zeit über hatte sie ein Schluchzen unterdrückt. Aber nun konnte sie sich nicht länger zurückhalten.

Verdammt! Wäre er doch nur wach und könnte sie in die Arme schließen und trösten. Es verlangte sie so sehr nach seinen Berührungen.

Bei seinem Erwachen spürte Pascal die angenehme Last Isabellas auf sich ruhen. Sie hatte den Kopf auf seinen Brustkorb gelegt und hielt seinen Oberkörper mit den Armen umschlungen. Vorsichtig, ohne sie dabei zu wecken, löste er sich aus der Umklammerung. Er setzte sich auf, um sie zu betrachten.

Ihr Körper schmiegte sich weich in die Kissen. Ihre vollen Rundungen wirkten verführerisch. Ganz sanft hob und senkte sich ihre Brust durch ihr langsames und kaum wahrnehmbares Atmen. Doch so leise und zaghaft diese Bewegungen auch waren, sie verströmten sich in der Luft und legten sich auf Pascals Sinne. Er roch ihren süßen Duft, nahm ihn tief in sich auf. Sie erfüllte ihn auf ungeahnt vollkommene Weise. Wie konnte das nur möglich sein?

Eine Frau.

Eine Sterbliche. Und dennoch in gewisser Weise mit seiner Art verbunden.

Mein Blut, hatte Cedric gesagt. Pascal erinnerte sich genau an diese Worte, auch wenn er zu dem Zeitpunkt alles andere als aufnahmefähig gewesen war. Hinter der Anspielung des Düsteren konnte nur eine einzige mögliche Bedeutung stecken – und diese Bedeutung beruhigte sein Gewissen, da er ihr von seinem Blut gegeben hatte.

Ein Murmeln Isabellas unterbrach ihn in seinen Gedanken. Auch sie erwachte allmählich aus ihren Träumen. Als sie im nächsten Moment die Augen aufschlug und Pascal erblickte, schenkte sie ihm ein bezauberndes Lächeln.

„Bella“, raunte er ihr zu, „ich bin so froh, dass es dir wieder besser geht.“

„Es geht mir besser, weil ich bei dir bin."

Sie stützte ihren Oberkörper mit beiden Armen vom Bett ab, reckte den Kopf, um Pascals Lippen zu erreichen und ihn zu küssen. Zärtlich erwiderte er ihren Kuss. Er schob die Zunge vor und massierte die ihre in einem langsamen, kreisenden Rhythmus. Nach einer Weile legte Isabella den Kopf in den Nacken. Sie ließ es zu, dass Pascal sachte an ihrem Hals knabberte. Seine Hände glitten unter ihr T-Shirt. Schnell hatte er sie des Stoffes entledigt. Er öffnete ihren BH, umfasste ihre Brüste, senkte den Mund hinab, um an ihren harten Knospen zu saugen.

Isabella genoss jede einzelne Sekunde. Jede winzig kleine Berührung von ihm. Seufzend legte sie sich wieder zurück. Ihre Fingerspitzen fuhren seinen Rücken hinab, bis sie an sein Gesäß stießen. Erst da fiel ihr auf, dass er vollkommen nackt war. So musste er die ganze Nacht neben ihr gelegen haben. Der Gedanke daran verursachte bei ihr ein wohliges Erschauern.

Nun schlichen sich seine Hände unter ihren Hosenbund. Nur allzu bereitwillig gestattete sie ihm sein Vordringen. Sie hob den Unterleib an, um ihm zu helfen. Er entledigte sie auch ihrer Hose und ihres Slips, so dass sie ebenso nackt unter ihm lag.

Seine Streicheleinheiten setzte er nun an ihren Schenkeln fort. Er massierte ihre Waden. Erst nach einer unglaublich langen Zeit wanderten seine Hände zu ihren Knien hinauf, wo er verharrte, um ihre Beine auseinanderzudrücken. Isabella rutschte ihm entgegen. Sie streckte den Oberkörper durch. Hemmungslos stöhnte sie auf, wollte sie ihn doch endlich in sich spüren.

Pascal küsste die Innenseiten ihrer Oberschenkel. Er bemerkte, wie Isabella von ungezügelter Lust übermannt wurde, und kostete dies vollends aus. Seine Zunge schien um ihre empfindsamste Stelle zu tänzeln. Feucht und willig drängte sie sich an ihn. Er ließ sie allerdings warten. Erst, als sie es vor wilder Leidenschaft kaum noch aushalten konnte, ergab er sich ihrem Verlangen. Er kostete von ihr, leckte ihre Schamlippen und stieß ein ums andere Mal vor.

Isabella streckte die Arme über den Kopf zurück. Ihre Hände griffen nach dem eisernen Bettgestell. Sie hielt sich daran fest, da sie fürchtete, in den aufpeitschenden Wellen der Ekstase ertrinken zu müssen. Das Kribbeln und Ziehen in ihrem Unterleib trieb sie in unbändige Verzückung.

„Ich will dich spüren", forderte sie schließlich, „tief in mir."

Pascals Zungenspiele wurden langsamer. Er küsste ihre Scham, ließ seine Lippen über ihre Haut fahren, hinauf zu ihrem Bauch und wieder zu ihren Brüsten. Offensichtlich wollte er Isabella gänzlich die Sinne rauben. Trunken vor lauter Lustempfinden ergab sich ihr Körper bereits in erste Zuckungen.

„Warum tust du mir das an?", fragte sie.

Pascal war nun direkt über ihr. Sie sahen sich in die Augen. Seine Lippen lagen über den ihren, während er leise zu ihr sprach.

„Was tue ich dir denn an?"

„Du quälst mich ... erlöse mich endlich. Komm zu mir. Nimm mich jetzt."

Sein hartes Glied rieb sich an den Innenseiten ihrer Schenkel. Isabella bemühte sich, ihm entgegenzukommen, aber er hielt sie immer wieder zurück. Er wartete auf den richtigen Moment – an dem ihre Vereinigung sie vollkommen befriedigen würde.

Als Pascal ihrer Sehnsucht schließlich ein Ende bereitete, und sie ihn in sich aufnahm, war sie erfüllt von Glück. Seine harten Stöße berauschten sie. Schon nach wenigen Augenblicken spürte sie ihren Orgasmus nahen. Ihre Hände lösten sich von dem Bettgestell. Ungezügelt kratzten ihre Fingernägel über Pascals Rücken. Während sie von heftigen Wellen durchströmt wurde, hielt Pascal inne. Er leckte erneut über ihre Halsbeuge. Dieses Mal spürte Isabella jedoch, wie seine Zähne über ihre Haut streiften.

Als sie wieder zur Ruhe fand, legten sich seine Hände auf ihre Pobacken. Er drang noch weiter vor, füllte Isabella noch mehr aus. Ihre Beine schlangen sich um seinen Unterleib. Sie passte sich seinem Rhythmus an, der schneller und schneller wurde, bis ihr am Ende der Atem stockte. Ihr Inneres schien explodieren zu wollen. Überwältigt von ihrem gemeinsamen Höhepunkt drückte sie sich ganz eng an ihn. Sie hielt ihn fest und wollte ihn nie wieder los lassen.

Vergangenheit

Isabella saß in dem Besprechungszimmer von Andrew in einem der großen Sessel. Sie hielt ein Glas Rotwein in den Händen, nippte jedoch nur zaghaft von der Flüssigkeit. Ihre Wahrnehmung hatte sich verändert. Der Geschmack des Weines kam ihr nun – in ihrem neuen Dasein – etwas fad vor.

Wie irrsinnig, dass sie dieses Getränk zu verschmähen begann und durch den Genuss von Menschenblut ersetzte.

„Nicht irrsinnig. Nur natürlich."

Sie hatte gar nicht bemerkt, wie der Düstere sich in das Zimmer geschlichen hatte. Erschrocken fuhr sie vom Sessel in die Höhe und verschüttete dabei einen Tropfen Wein. Schuldbewusst biss sie sich auf die Unterlippe.

„Du musst keine Angst haben." Seine Stimme klang nun ganz sanft, und allmählich schälte sich seine Gestalt auch aus den Schatten. Er machte sich für sie sichtbar.

„Nicht vor mir. Ich bin der Letzte, der dir etwas antun würde."

Ruckartig stelle Isabella das Glas auf einem kleinen Beistelltisch ab.

„Ich habe keine Angst", sagte sie, wagte jedoch nicht, ihm in die Augen zu sehen.

Sie fragte sich, warum er sie hatte rufen lassen. Was er mit ihr besprechen wollte. Und warum sie diese verfluchten, vertrauten Gefühle in seiner Gegenwart empfand.

„Ich muss dich um Verzeihung bitten, meine kleine Isabella."

Ungläubig sah sie zu ihm auf.

„Um Verzeihung? Mich?"

„Ja." Er nickte. „Dass ich dich früher nie besucht habe. Dass ich dich einfach dich selbst überlassen habe ... Ich habe mich nie um dich gekümmert. Nur das goldene Armband mit den sieben grünen Steinen ... das habe ich dir zur Erinnerung gelassen."

„Erinnerung?" Sie verstand nicht. „Welche Erinnerung sollte ich mit dem Armband verbinden? Meine Eltern haben es mir hinterlassen. Aber ich habe sie nie gekannt."

„Du kennst mich nun."

Sein Blick war fest. Isabella schüttelte jedoch den Kopf. Er konnte unmöglich das meinen, was sie in diesem Moment annahm.

„Nein." Sie wandte sich von ihm ab, kehrte ihm den Rücken zu und wollte gehen.

„Es ist, wie es ist, Isabella. Ich bin dein Vater."

„Nein, das kann nicht sein." Unter allen Umständen wollte sie sich dieser Situation entwinden. „Wir sind untote Wesen, die eigentlich gar nicht existieren dürften. Geschweige denn, sich vermehren."

Plötzlich legten sich seine Hände auf ihre Schultern. Sie fühlten sich warm an und strahlten eine Ruhe aus, die ihre Glieder lähmte.

„Ich verstehe, was du meinst. Auch ich habe nie daran geglaubt, bis zu dem Zeitpunkt, an dem es geschah. Eines Tages stand Francesca vor mir – du ahnst nicht, welche Ähnlichkeit dich mit ihr verbindet – und sie erzählte mir von ihrer Schwangerschaft." Noch immer konnte Cedric sie deutlich vor sich sehen. Dieses Bild seiner Erinnerung würde niemals verblassen, ganz gleich, wie viele Jahrhunderte noch vor ihm lagen.

„Ich habe ihr nicht geglaubt. Ja, ich habe sie sogar verteufelt und sie zu Unrecht beschuldigt. Trotzdem hat sie nicht aufgehört, mich zu lieben. Und als ich schließlich die Wahrheit erkannte und dich zum ersten Mal sah, war es für sie bereits zu spät."

Isabella konnte ein Zittern nicht unterdrücken. „Wie meinst du das?"

„Schon lange herrschen Streitigkeiten unter uns Vampiren. Und vermutlich wird es immer wieder jemanden geben, der die Macht an sich reißen will. Damals habe ich den Club Noir geleitet. Ich hatte Feinde. Sie haben die Schwäche deiner Mutter ausgenutzt und sie gleich nach deiner Geburt getötet."

Das zu hören, versetzte Isabella einen tiefen Stich ins Herz.

„Meine Mutter war also auch eine Vampirin?"

„Nein." Cedric nahm sie beschützend in die Arme. Die Tränen in ihren Augen zu sehen, brach ihm das Herz. „Nein. Es war noch nicht so weit. Ich hatte ihr nicht vertraut, und sie wollte sich erst um ihr Baby kümmern. Um dich. Sie hatte sich noch nicht entschieden. Nicht, nachdem ich sie so ungerecht behandelt hatte. Es war meine Schuld."

Isabella weinte nun ganz offen. Sie hatte keine Angst mehr, sich ihm anzuvertrauen. Er war ihr Vater. Sie konnte nicht fassen, dass sie tatsächlich einen Vater hatte! Dass er sie im Arm hielt. Nur ihre Mutter würde sie niemals mehr kennenlernen können.

„Du hättest ihr die Entscheidung abnehmen sollen!"

Cedric musste angesichts ihrer trotzigen Reaktion lächeln. „Nein." Er schüttelte den Kopf. „Nein, das hätte ich nicht tun sollen. Und das weißt du auch."

Isabella schlang die Arme um ihn. Ihr Vater war groß und stark und stand da wie ein Fels in der Brandung, den nichts – aber auch gar nichts – erschüttern konnte. Es beruhigte sie ungemein, sich an ihm festhalten zu können. Es half den Kummer um den Tod ihrer Mutter etwas leichter zu ertragen.

„Aber warum musste sie sterben?"

„Weil die anderen hinter etwas Bestimmtem her waren."

Cedric hob Isabellas linkes Handgelenk in die Höhe. Darum lag das goldene Armband.

„Dies hier", sagte er schlicht. „Die sieben Augen der Dunkelheit. Der Schlüssel zur Macht. Deine Mutter hatte damals keine Vorstellung davon. Sie war unschuldig. Die anderen haben sie getötet, um mir Schmerzen zu bereiten ... Und das haben sie auch geschafft." Er lachte bitter auf.

„Was ist dann passiert?", fragte Isabella, nachdem er einen kurzen Moment lang geschwiegen hatte.

„Sie haben für ihr Verbrechen an deiner Mutter bezahlt. – Wir haben sie damals wie heute vernichtet." In seinen Augen glomm Hass auf, der jedoch schnell wieder verflog.

„Bei deiner Geburt habe ich dich zur Trägerin des Armbandes bestimmt. Deshalb hättest auch nur du allein Pierre aufhalten und töten können. Die Vampire wussten nichts von deiner Existenz. Nur Andrew und ich. Alle anderen dachten, dass auch du bei dem Angriff getötet wurdest. Der Schlüssel zur Macht hätte also nirgends sicherer sein können, als in den Händen eines Babys."

Isabella starrte das Schmuckstück an, als hätte sie es nie zuvor betrachtet. Ihr wurde klar, dass sie die Welt vor der Dunkelheit bewahrte. Schon immer hatte eine Verbindung zwischen ihr und den Vampiren bestanden. Sie musste lächeln, als sie an ihre unbeholfene Suche nach den Wesen der Nacht dachte. Wie hätte sie auch ahnen können, dass sie selbst Bestandteil davon war. Nun ergab alles einen Sinn. Könnte sie doch nur Louisa davon erzählen!

Ende